谷間の想像力

糸井通浩

清文堂

目　次

目　次

目　次

目　次

〔四〕　草木虫鳥

〔五〕〈うた〉文化のならい

〔六〕　ことばが拓く　225

（色紙・カット絵　糸井通浩）

〔一〕

ことばで拓く

西安・碑林へ

谷間の村の想像力――大江健三郎と故郷

四国の松山での生活は七年だった。京都から松山へ転任する前、私は、生徒への別れの挨拶で、正岡子規の話をし、大江健三郎の故郷をたずねることができる楽しみを語った。その後もずっと、健三郎の故郷「谷間の村（愛媛県喜多郡内子町大瀬）」をたずねる楽しみは抱きつづけていた。しかし、その思いを果たすことはなく京都へ帰ることになって七年がたとうとしていた。松山との別れの時期がいよいよ近づくにつれ、どうにもそのことが残念に思われて仕方がなかった。そんな私の気持ちを察してか、愛媛大学の同僚がその機会を作ってくれた。美山靖氏の車で白方勝氏ともども「谷間の村」を訪うた（二人とも近世文学者）。

山中に開けた小京都大洲市にはしばしば出かけていた。その大洲市から東へ行くと、山間の町《まち》内子町がある。大瀬の村は、その内子町の「街」からさらに山峡を車で二十分――歩くことが主であった昔は、さぞ、この内子町の「街」でさえ異郷と感じられたことであろう。私は、大江の作品「飼育」「芽むしり仔撃ち」などで読んだ風景を思い出した。

大瀬の集落は、回りを山に囲まれていて、山の頂上から向かいの頂上まで五百米ぐらいかと思われる。そんな狭い谷間の盆地にびっしりと家のたてこんだ、川沿いの村だった。私達は、健三郎の通った大瀬小学校の校庭に車を駐めると、中年の女に健三郎の家はどれかと聞いた。健三郎の家はプロパン、灯油などを扱う燃料店で、健三郎に似た顔立ちの兄さんらしき人（私は、長兄の昭太郎さんだと直感した）が店先で客と立ち話をしていた。私達は、ただきょろきょろと、しかし遠慮がちに標札を確かめたり家の中をのぞきこんだりしたが、兄さんらしき人に声をかけることが何となくはばかられた。そして、あたかも流行歌手に憧れるファンさながら「恥ずかしそうに」やっと店前で記念写真を撮ることができた。私個人はそれだけですっかり満足感に浸っていた。ここが大江の少年期まで育った土地だったのだ、と思った。

四方を山に囲まれた「谷間の村」、山はそれほど高くはないが、どの方向を見てもただちに視界は眼前の山に遮られてしまう。私は、ふと「核時代の想像力」――この大江の「想像力」という言葉を反芻した。少年期までをこの「谷間の村」ですごした健三郎の想像力は、おそらくまずこの「山」の向こうに何があるのか、と空想――憧憬することから始まったにちがいなかった。

少年期までの健三郎にとって、内子町の「街」は決して日常的な空間ではなく、この大瀬の「谷間の村」の閉じられた空間こそが日常的な空間であった。大瀬の村の人々が、ましてやその子供達が年に幾たび「街」に出かけたことか。子供達はひたすら「街」に出かけてきた大人達が持ち込む「街」の匂いに異郷の存在をかぎとろうとし、時折やってくる「街」の人やまた「街」を通ってやって来る行商人を畏敬の念をもって迎えたことだろう。自らの「街」行きのわずかな体験に、時折持ち込まれてくる「街」の匂いを重ねながら、健三郎は、「山」の向こう側に存在するものに対する空想――憧憬を育んでいたにちがいない。こうして現実感をもってくる「街」のイメージを手がかりにしてやがては彼の空想は「街」の外へ、「ことば」を手がかりに「ことば」の向こう側の世界――海の向こうへと果てしなく拡がっていたことだろう。それは同時に「谷間の村」が閉じられた空間であることを意識させることでもあったにちがいない。開かれている世界への憧憬の念は深まらざるをえなかったはずである。

そんなことを思考しながら、私は、大江の「想像（力）」の原点ないし原型を確かに見てとったように思った。いな、この思いは、同じような環境空間で少年期を育った私自身をふり返ってみたに過ぎなかったのかも知れない。

昭和五十年十二月号の「図書」（岩波書店）に、大江の講演記録である「全体を見る眼」という文章が載っている。この文章の主たる内容は、トルストイ「戦争と平和」の構造分析である。それは、「文学によってある人間の全体を表現することが、その時代の全体を表現することにもなる」と「文学の根本的な構造」を捉える、彼の認識を「よみ」を通して実践的に確認しようとしたものである。

私は、この「全体」――「全体を見る」――「全体を見る眼」という問題意識に注目したい。以下に述べることは、必ずしも、右の「図書」で大江が明記していることではないが、大江が「全体」という時には、それは彼の重視する「想像(力)」と無縁には語られていないという、私の判断に基づいてのことである。

大江が「全体」ということにこだわるのには、それが岩波講座「文学」の編集討議の中心的課題の一つであったというだけでなく、文化人類学の山口昌男との出会いによって文化人類学における「全体」というタームの意味するところが、彼の根本的思想と結合し、それによって大江の中にあったものが論理化される契機となった、ということがあったのではないか、と想像する。

さて、「全体」とは何か。今、これは「部分」との関係で説かれるものではない。文化人類学では、それは「中心」と「周縁」とからなると認識される。問題は「周縁」にある。「周縁」を如何に認識するか、換言すれば、「周縁」を如何に「全体」の中に取り込むかによるのである。「周縁」は無限性をもっている。だから、「周縁」を小さく取り込んでも大きく取り込んでも「中心」が存在すれば「全体(像)」を形成することになるわけであるが、前者であれば小さな全体(像)、後者であれば大きな全体(像)ということになる。取り込まれる「周縁」によって「全体(像)」自体が流動的なのである。構造は動く。「全体(像)」が時には、ほとんど「中心」からだけしか成り立っていないようなそれだってありうるわけである。それは「周縁」をほとんど切り捨てているような「全体(像)」である。「私とあなた」の「二人の世界」とはそんな小さな「全体(像)」でしかないはずだ。

閉じられた空間――谷間の村は、周囲の「山」を境界(周縁)として「全体」をなしている。多くの村人は、その小さな「全体(生活空間)」の内に生涯を終えたことだろう。しかし、大江健三郎は、そうした小さな「全体」でもって自己存在を自己充足させることができなかった。

私は、引越しの準備がいよいよ忙しくなった中であったが、大江家を訪う二度目の幸運に恵まれた。愛媛県立松山東高の国語科の先生方七、八名が連れていって下さった。松山東高は、健三郎の卒業した学校で、彼はその文芸部でも活躍していた。当時、大瀬村は内子高校の学区であったから、いわば越境入学であった。二年生の時、山間の内子高校から、海辺の小都市松山の高校に転校した。

このたびは、長兄の、歌人でもある大江昭太郎さん(歌誌「にぎたつ」主幹)の書斎に上がり込んだ。そこでくるま座になって、三時間余り弟健三郎を語る昭太郎さんの話に耳を傾けた。

母親は、健三郎が本ばかり読んでいると叱ったという。健三郎がいないと大騒ぎになったことがあったが、風呂桶の中に隠れて本に読みふけり、彼はいつしか眠ってしまっていたのだった、と、風呂桶に健三郎を見つけたときの様子を愉快そうに、昭太郎さんは語る。また、健三郎は大きな木の上に〝陣地〟をこしらえてそこに籠城して本を読むこともあった。昼食に木を降りれば叱られる、食事は弟にもってこさせた、という。高校の頃健三郎が書き記した蔵書目録なるものを見せてもらった。彼は、自分なる世界、その全体(像)をみつめていたのだ。

健三郎が内子高校在学のときから、当時松山東高在学の池内(伊丹十三)との交友は、文芸活動を通して始まっていた。池内とのことは、大江にも語るところがあり、また様々に伝え聞くところもあるが、昭太郎さんによると、健三郎の高校時代の金銭出納帳には、池内との金の貸借の事実が記されている、という。

健三郎は、昭和十九年父をなくし、後はほとんど、父親がわりの昭太郎さんの援助で、高校、大学で勉学することができた。昭太郎さんには、自分の夢を健三郎に託した、というところがある。健三郎の歩みに、自分のありえたであろう、我が身の姿をみている、私は昭太郎さんの健三郎を語る話ぶりにそう感じた。昭太郎さんの、その書斎には、野間文芸賞、谷崎潤一郎賞などの本賞があった。健三郎は、この賞は兄さんがとったようなものだ、と言い、兄さんへの授与式(?)も挙行して置いていったものだ、という。もっとも副賞の方は健三郎のものになった。健三郎が兄さんに捧げた自筆の詩もあった。

健三郎が故郷の、親類縁者たちの宴席で撮った写真を見た。何の宴席であったのかは聞き忘れたが、その一枚の写真が私の頭に焼きついている。宴席の真中に立ち、警察官になっている弟さんと健三郎の二人が歌を歌っている写真だった。これが小説に出てくる「弟」なのかと、私は邪道な興味を感じた。大江の小説を読むと、「弟」がよく出てくるが、大江を愛読しながら、私はいつも世代的には自分が「弟」の世代だなと感じていたからであった。私は、大江に「兄」を感じながら愛読していたと言えるかも知れない。ひたすら、その「兄」に甘える、よりかかるそんな「弟」としてであったが。

「谷間の村」に住む昭太郎さんに、これだけは聞いてみたいと思っていたことがあった。「飼育」の黒人兵事件は、この村に実際あったことがモデルなのか、と。この「谷間の村」のことではなかったが、あの山の向こうの、もっと山奥の村に飛行機が墜落したことがあった、黒人兵とは聞いていない、と教えてもらった。

日常的な「谷間の村」の空間を越えて無限に拡がる「周縁」を取り込もうとすれば、それは「想像(力)」に頼る外はない。いかに「周縁」を取り込むか、それは正に「想像(力)」に依ってこそ可能な営為であった。健三郎の故郷の「谷間の村」は、大江の「想像(力)」を育てあげた、と私は確信する。

(私が松山を去ったのは、昭和五十七年三月三十一日であった)

(岩城久治主宰『参』9号、一九八三・六)

西安の月

今、中国は西安から北京に向かう飛行機の中で、この文章を考えています。九回目の西安でした。壮年になるまで、日本語日本文学を専攻する私などが専門に関わって、日本以外の国に出かけることになるなど思ってもいませんでしたが、人生は異なもので、約二十年前突然派遣されて、北京にある「日本学研究中心」で、日本語について教えることになり、初めての渡航、四ヶ月の北京暮らしでした。それを契機にすっかり中国、殊に西安好きになってしまいました。

西安は昔の長安、唐の時代にもっとも栄えたところで、遣唐使や学問僧が多く訪れています。このたび講義をした西安交通大学のすぐ近くには、空海が修行した「青龍寺」が有り、大学の正門前の「興慶宮公園」には、阿倍仲麻呂の記念碑が建っています。故国日本に帰りたい、そんな望郷の念に駆られながら、結局願い叶わず五十有余年、長安で生涯を終えた仲麻呂の漢詩(注)が碑には刻まれています。「望郷詩」です。

翹首望東天　神馳奈良遥
三笠山頂上　想又皎月圓

「神」は精神(こころ)の意。同じ思いが和歌では、「天の原ふりさけ見れば春日なる三笠の山に出でし月かも」(古今和歌集)となる。一度帰国を試みた時、明州の港で詠んだ歌です。当時、どんな艱難と月日を掛けて、長安(西安)と日本を行き来したものかと、機中から地上の広大な風景を眺めながら、古代の人たちが偲ばれます。

西安の城壁(周囲約十三キロ、一部崩壊していたが現在は修復され完璧につながっている)、それはみごとなもの。城門の中で最もばかでかい南門に芥川龍之介の「杜子春」の彿を追い、門のそばの公園にある吉備真備の記念碑に敬服の念を伝えました。城壁内は京都と同じく、大路小路が基盤の目になっています。というより京都（平安京）が長安をモデルにしたのであり、左京を洛陽城、右京を長安城と呼ぶこともあったのも、その故です。京都光華女子大学のある「西京極」とは、かつての平安京・長安城の西果ての通り京極通りを意味します。

縁は異なもの味なもの、といいますが、今私は、この四月から西京極の本学につとめさせてもらっています。しかし、かつて昭和六十一年度から平成二年度まで、非常勤で通わせていただきました。その間の半年が北京滞在でした。生まれは、実は西北方の嵯峨・嵐山でしたが、そこの生活は七歳までで、それから丹後、京都、大阪（豊中）、愛媛（松山）を周り、再び京都へ、宇治に住み深草につとめ、そしてこの四月、本学には七条大宮の勤め先（龍谷大学文学部）から移ってきたのです。生まれた嵯峨・嵐山へとだんだん近くに戻ってきているようで、そう思うと縁の不思議を感ぜざるを得ません。

西安興慶宮公園　道真を悼む李白詩碑

今年の旧暦中秋の名月の日は少し遅いようですが、早くも中国では、「月餅」のシーズン、あふれんばかりに多種多様な「月餅」が売られています。日本で言えば、月見の団子（もとは、小芋）というよりは、正月のお餅に相当すると考えた方が良いでしょう。一度だけ、西安（長安）で中秋の名月を観賞したことがあります。二年前、皎々たる満月をじっくり眺めたものでした。まさに、李白の詠ん

だ

長安一片月（子夜呉歌）

です。時を超え、所を隔てて見ても、見る月は同じ月です。この月を、阿倍仲麻呂が望郷の念を抱いて見たのもこの月だと思って見ると、感慨はまた一入です。

仲麻呂は、「天の原」の歌を遺して故国へと船出、しかし、台風のため遭難、それを旧知の仲の李白は「仲麻呂溺死」と聞かされ（実は誤伝）、「哭晁卿衡詩」と題する詩を詠み、「明月不帰沈碧海」と悼んだ。「晁衡」が仲麻呂の唐での名前です（前頁の写真参照）。

月には不思議な力があります。月は地球の物、地球の物で地球上のすべての人が取り合いせずに共有できる、ただ一つの存在。地球ないし人類が、一つになるには、「月」をランドマーク（媒体）として、他者を思いやる想像力を高めることが有効ではないかなどと、中国を飛ぶ機中で夢想していました。

【注】 筧文生氏のご教示によると、仲麻呂の手になるものでなく、近代の中国人による和歌「天の原」の訳詩とのこと。

（京都光華女子大学日本文学科「会報」39号、二〇〇七・一〇）

動詞人間学

先だって、院生（京都光華女子大学）がケイタイで撮った、一枚の写真を持ってきた。大阪モノレールが車内に張り出した告示ポスターの写真で、十一月一日から「扉を閉めます」に「統一する」旨を伝えている。「統一する」とは、車掌によって「扉が閉まります」「扉を閉めます」どちらを言うかが、まちまちだったからである。これには実は背景がある。十年も前か、JRの宝塚駅で、ラッシュ時の混雑を解消する策として、普通「扉が閉まります」とアナウンスしていたのを、「扉を閉めます」と言うことにしたところ、みごと混雑解消に向かったという。その知恵が沿線の駅や私鉄にも拡がったと聞いた。つまり自動詞表現を他動詞表現に切り替えてうまくいったというわけである。しかし、このことを東京の新聞が取り上げたが、「閉めます」とは乗客に失礼な言い方だと、あまり良い反応は示していないという。

文部省唱歌「ウミ」の歌詞、三番は戦前「ウミニオフネヲウカバシテ」であったが、戦後の教科書では「海にお船を浮かばせて」と改められた。「浮かばす」という他動詞は認められない、助動詞「せる」を使った使役表現が正しいという判断によるのであろう。日本語では、自動詞・他動詞の対応が形を変えてよく整備されている。単に一対一のペアに終わらず、例えば、「浮く」系の動詞では、自動詞・他動詞が二つずつ存在する。しかし、対応する他動詞がない場合(例「行く」)は使役の助動詞を使った表現(例「行かせる」)がその代行をする。ではいっそのこと「行かす」という他動詞を認めればいいじゃないかと言いたくなる(特殊な意味で、すでに「行かす」は用いるが)。「浮かばして」と他動詞を用いた当初の歌詞は、「浮かべて」ではリズムが整わないとみての苦肉の策であったのだろうか。

自動詞で捉えるか、他動詞で捉えるかで、事に対する主体の認識・意識の違いが生じることがある。日本語教育では、ごく親しいとは言えない人には「お茶を入れましたよ、どうぞ」でなく「お茶が入りましたよ、どうぞ」の方が丁寧さ(ポライトネス)が高いといわれる。同じ事実を「コップが割れちゃった」「コップを割っちゃった」どちらでも言えるが、後者の方が自分のした行為と認めて、責任を感じているようなニュアンスを伴っている。他動詞の表現では、動作主の存在が意識されやすいが、同じ事態を自動詞の文で表すと、動作主が背後に隠れてしまうのである。

関西のことばだろうか、「とれとれ」ということばがある。CMソングの歌詞にも「とれとれぴちぴち蟹料理…」と使われている。「とれる」という動詞の語幹を重ねてできた語で、「とれたて」とも言うように、新鮮な魚や野菜などを指して使う。「とれる」は、他動詞「とる(取る)」に対する自動詞(自発動詞とも)として中世末期から見られるようだ。しかし、日常的には、他動詞で「たくさん魚をとった」「今年は米をよくとった」とか「とりたて」なんどと言うより、自動詞で「たくさん魚・米がとれた」「とれたて」という方が自然でなじんだ感じがする。おもしろいことに、人の動作(労働)の結果なのに、「とれる、とれた」というと、動作主としての「人」は背後に退き、何か人の力を超えたもの、「神」とか「自然」とかによって与えられた、恵んでもらった、と言うニュアンスが伴っている。こんなところに日本人の民族性が自ずと現れているのかも知れない。

ゴミの分別回収は、「燃えるゴミ・燃えないゴミ」の区別がベースにある。これは自動詞による区別だが、最近は地域によっては、他動詞による分別指示をするところが有るそうだ。「燃やすゴミ・燃やさないゴミ」の区別である。なるほど、「燃える」からといって「燃や」してはいけないゴミがやたらと多くなっている。今は、うっかり庭で焚き火もできないのである。なかには「燃やせるゴミ」という区分もあるとか。また「可燃物」「不可燃物」という指示も見かけるが、日本語では「可・不可」の区別では、かえって曖昧になるのではないだろうか。

「閉める」「閉まる」の自他の区別に関して、座右の銘のように思っていることばがある。若いころ私は、本学(京都教育大学)の附属高校に勤務していたが、同和教育の研修の場で、著名な歴史学者から学んだことばがある。人間はしばしば自動詞で「しまった」と思うことがあるが、そんなとき「しめた」と他動詞で捉え直してみてはどうか、と言うのである。深いことばだと思った。「しめた」と思うときこそ「しまった」と思えとも言える。自他を切り替えることで、大きく気分や思いが変わるのである。

もっとも以上の「しめた」「しまった」の「しめる」「しまる」は、実は「閉める」「閉まる」の意味の語ではない。「しめた」は「占めた」で、まんまと自分のものにしたという喜びを表し、「しまった」は「了った」で、「やってしまった、えらいことや」などと使う、取り返しのつかない思いの籠もる「了う」である。しかし私は、人生の指針として、あえて「閉める」「閉まる」の自他の対立と考えることにしている。

（京都教育大学「広報」123号、二〇〇九・三）

時はめぐり

この『柴のいほり』、今では卒業生を送る頃に刊行される習わしとなってきた。今、巻頭言を認めながら、時はめぐり、今年もまた卒業生を送り出すときが来たのかと、感慨一入である。年のせいなのか、時の経つ早さがしきりに身にしみる。

四季の変化にめぐまれている日本列島では、一年を通して、折々の自然の装いを楽しんでいるようなもの。それだけに、うっかりしていると、時に追われることになる。「我が身よにふるながめせし間に」である。近頃の生活がそんなゆとりのない生活であるために、時の経つ早さを痛感するのかも知れない。

春夏秋冬の観念は早く中国で確立していて、日本においても、この四季感が移入され、暦が制度化されたのであるが、しかし、もともと和語にも「はる・なつ・あき・ふゆ」と季節専用の語は揃っていた。独自に四季感を認識していたのである。

しかし、この四つの季節語の中で、「あき（秋）」だけは明らかに「飽く」の連用形の名詞用法である。この季節は果実や稲などの収穫時で、食料の満ち溢れる季節であることを象徴していることばだと分かる。後の三つは、いわゆる動詞と同型語(語末が「ウ」の音)で、「あき」よりは一足先に季節語になっていた、つまり「あき」は季節語として後発の語であったことを思わせる。

この事は、琉球列島のことばで確認できる。『おもろさうし』には、季節語としては「なつ」と「ふゆ」の二つしか出てこない。もっとも今の「春」のころを指す語には、「若夏」「うりずん」がある。しかし、これは季節専用の語ではないといわれる。季節としては「夏」と見られていたわけで、ただ夏の初めは特別な思い、感覚で受け取られる時期であったがために格別に説明用語が成立していたのだ。それが「若夏」であり「うりずん(雨の多い湿っぽい頃、の意)」であったと思われる。要するに、一年という周期は、まずもっとも暑い頃ともっとも寒い頃との違いの繰り返しと認識されたわけで、至極自然である。英語史においても、[spring][autumn]が季節語になったのは、十六世紀のころだと指摘する研究書があったと記憶する。

同じことが、本土の「春」の語についても言えよう。「はる」が「なつ・ふゆ」とともに早く季節語になっていたのも、同じ理由であろう。しかし本土では、「あき」も早くに季節語になっている。おそらく稲作農耕の定着(弥生時代)が「あき」という季節の確立を要求したものと思われる。動詞「飽く」からの派生語であった。以来本土では「春・秋」が季節感を代表するようになった(中国では成語「春秋」、経書の一つの名など、弥生以前に成立しているが)。『万葉集』にはじまる「春秋の競い」、四季の中で好んで和歌に詠まれた季節、いい季節と云うが、暑くもなし寒くもなし、中途半端、曖昧な季節なのである。そこに価値を見たわけで、日本人独特の感覚がある。

「時はめぐり夏が来て」、は「青葉城恋唄」だが、時はめぐり春が来て、また別れと出会いの季節である。思うに、人生せいぜい八十回の「春秋」、折々の自然を楽しみながら生きる、余裕のある暮らしがしたいものである。

(龍谷大学文学部日本文学科『柴のいほり』33号、二〇〇六・二)

「作文歩上」のすすめ

中国の昔の言葉に「三上」(「作文三上」とも)という言葉がある。北宋の文章家・欧陽脩の『帰田録』によると、彼は友人にこう語ったという。「私が日頃書いている文章は、たいてい〝三上〟で考えたことだ。三上とは、枕上(就寝の床で)、馬上、厠上(便所で)のこと。私には、この〝三上〟がものを考えるのに最もいい場所だ」と。

三上にあるときは、意識しなければならない現実から解放される、それが三上に共通している。体ばかりか脳まで休まり、現実に押し込められていた無意識(潜在意識)が浮上してきて、良いアイデアをもたらすということであるらしい。

私たちはいつどこで考えることをしているだろうか。歩きながら、自動車を運転しながら、あるいは自転車をこぎながらケータイしている人がいる。寸暇を惜しむかのようで、よほど忙しいらしいと、皮肉りたくなる。これではとても「考える」時間などないのではと思ってしまう。それどころか、日常生活がＩＴ化して、パソコンやケータイにのめり込んだ生活では、「考えないヒト」サルになってしまうと警告する学者もある。

木村紀子さんの新著『日本語の古層―ことばの由来、心身のむかし』の「ネル(練)」の章にいたく共鳴するところがあった。現代的な価値は「ゆっくりネル」ことでなく、対応が「はやい」ことで、はやいことが絶対的に善とされる時代になったという。アイデアを練る、文章を練る、「練る」にはゆっくりと時間がかかる。現代では、結果・結論までの「過程(練る時間)」が欠落しているという指摘である。「練る」とはここでいう「考える」と置き換えていい言葉である。

『節用集』には、「ネル」に「遅歩」という字が当ててあるそうだ。考える、文章を練るには、歩くことが効果的とは経験的にも実感している。〝三上〟にならって言うなら、「作文歩上」ということになる。歩くことは、健康のためばかりか、心の健康にもなるのである。目的地に向かってひたすら足を動かし移動する、体は休めないが、脳にとっては自由時間だ。脳にブレーンストーミングさせる絶好のチャンスである。あれこれ試行錯誤する。想像力を揺さぶり、思いを練りに練ることができる。それは、自分を取り戻すときでもある。

京都には西田幾多郎らの「哲学の道」がある。今や観光スポットであるが、それぞれが自分の「哲学の道」を持ちたいものである。「作文歩上」の道である。

（京都新聞朝刊、二〇一一・四・一〇）

一行一字の縦書き

子供の頃、「れだす」と書かれているのを見て、何を売っている店だろう、と思い悩んだと話してくれた人がいた。「れだす」は横書きに書かれていた。昔の右から左へと書いた横書きで、「すだれ」と書いてあったのだが、子供にはそこまではわからなかったのである。今では創業の古い店で、しかも昔ながらの看板を今も掲げた店でないと、右から左への横書きの看板はすっかり見かけなくなった。西本願寺前の亀屋陸奥という古いお菓子屋さんの「本派本山　松風調進所」と書いた、大きな横看板などはその貴重な一つである。

欧米式の横書き（いうまでもなく左から右へと書く）が、どんどん縦書き文化の日本にはびこってきている。漢字縦書き文化の、本家本元の中国でさえ、新聞を始め、たいていのものが欧米式横書きになっている。漢字をだんだん使わなくなってきている、表音文字ハングルの朝鮮半島でも勿論、横書きが主流。国語学会は、学会名を日本語学会と改名したが、その少し前から、機関誌『国語学』を横書きに切り替えている。奇妙なことに、学校の「国語」の教科書は縦書きを守っているが、国語の先生の書く指導案や国語教育関連の本でも横書きが見られるようになった。かくいう私が若い国語教育学者と二人で編者になって出した『国語教育を学ぶ人のために』(世界思想社)も実は横書きなのである。

こんな話をするのも実は、本号『日本言語文化研究』第六号を編集していて、集まった原稿五本がすべて日本語学の原稿で、すべてが横書き、そのため縦書き原稿を念頭に置いて装幀している本誌であるため、本号では、表紙をめくると、いきなり原稿のお尻が目に入ってくることになったわけで、このみっともなさをどう処理しようかと壁にぶつかったからである。そこで「巻頭言」を縦書きで書くことで、「お尻」を隠そうと考えるに至ったわけである。しかし今後どうなるか、今は考えている余裕がないが、いずれ寄せられる原稿が横書きを主流とするようになるものと考えると、表紙を表裏逆にした、横書き用の雑誌の装幀に変えなければならないかもしれない。

屋名池誠氏が岩波書店の『図書』に「縦書き横書きの日本語史」というタイトルで連載されていた文章は、とてもおもしろく毎号が楽しみであった(最近、まとめて岩波新書の一冊となっている)。さきに見た「すだれ」のような右から左への横書きは、本質的には縦書きであって、いわば一行が一字であっても立派に縦書きだと見ればよいわけである。今後日本の世の中で横書きが一般化してくると、一行の縦書きの看板や様々な表札は、横書きの珍しい場合と見られるようになり、いわば一行一字の横書きの例とされることになるのかもしれない。

今こうして、パソコンに文章を打ち込んでいるが、横書きである。なんやかやいいながら、すっかり横書きになれてきている自分を感じる。確かにここまで書いてきた文章が、ディスプレーの画面上で、縦書きに比べて読みやすいようにも思える。髙島俊男氏は、「タテヨコの論」という文章で、黒井千次さんの言葉「思考の通路」を借りて、縦書きには縦書きの思考の通路があり、横書きには横書きの思考の通路があると指摘している。言語に関する論文は多くが横書きになってきているが、やはり文学とは異なる思考の通路があるからであろうか。本号はすべて語学関係の論文になった。

（『日本言語文化研究』6号巻頭言、二〇〇四・九）

「おんぶ」に「抱っこ」

1　増えた「抱っこ」

一年余り前、ある新聞で、赤ちゃん連れての外出時に、「カンガルー抱っこ」するお母さんが町に広がっているという記事を読んだ。それ以前から、この頃めっきり「おんぶ」姿のお母さんを見かけなくなったことが気になっていた。というより、「抱っこ」姿で乳幼児を体にくくりつけているのを見かけてビックリし、それ以来そんな若いお母さんが増えたことが気になっていたのである。

「抱っこ」と「おんぶ」とでは、お母さんと乳幼児の関係に本質的な違いがある。「抱っこ」では、お母さんと乳幼児は、向き合う関係にあり、目と目を交わす。乳幼児は抱かれて、愛されているという心の安定を得る。そこに信頼関係が生まれる。もっとも、向き合う関係は、対立する、いがみ合う関係にもなる。「おんぶ」では、共に同じ方向を見ていて、行動において一体化している。同じ一つのことやものを共に見る関係である。「抱っこ」の人間関係が閉鎖的で第三者を受け入れにくいのに対して、「おんぶ」の人間関係では、他者を受け入れてもその関係は崩れない。友達や仲間をつくる人間関係に繋がっていくといえよう。

こう考えると、「抱っこ」と「おんぶ」とは、幼児のうちに育たなければならない人間関係の二つの型を象徴しているように思われる。「抱っこ」型が欠けてもいけないし、「おんぶ」型が欠けてもいけない。ところが、この頃、「おんぶ」型の人間関係の育ちが不十分ではないかと思われるのである。

子ども三人と妻、家族で富士登山をしたことがある。河口湖側の五合目から登り始めた。宿泊予定の八合目の山小屋直前で、冷たい風雨に見舞われて、小屋に辿り着いたときには、全員くたくた、一番下の小学三年の男の子は軽い高山病、あまり食事もとらなかった。翌朝頂上をめざして歩き始めたが、下の子はしばらくして、もう一歩も歩けないという状態になった。私も足が重かったが、やむなく下の子をおんぶして登った。しかし三十メートルも行かぬうちに降ろして休んだ。そんなことを何度か繰り返したとき、「もう歩く」と言ったのである。しかも五人の中で一番元気になり、頂上へも勇んで一番乗りした。下の子の、この変わり様には驚いた。いざというときには助けてもらえるという安心感が下の子の元気を引き出したのに違いない。（おんぶに抱っこ）というと、「甘やかし」の代名詞のように言われるが、人間関係をつくるには時に応じては大切なことだと思った。

2　教育の場では…

学校教育の場は、教える者と教えられる者という向き合う「抱っこ」型の人間関係が型としては基本にならざるを得ない。しかし、先にも述べたように「抱っこ」型では、両者が信頼関係で結ばれていない限り、同じ向き合う人間関係と言っても、それはいがみ合う、にらみ合う関係になりやすい。しかも学校の管理体制が強まれば強まるほど、その面が噴出しやすくなる。その意味でも、学校教育において「おんぶ」型人間関係を作り出す努力が欠かせないと言うことになるが、それが薄くなって来ているように感じられる。

二十一世紀のキー・ワードは、ありふれた言葉だが、〝コミュニケーション〟ではないだろうか。もっとも、従来の「伝達」が重視されてきたコミュニケーションでなく「享受」が重視されるコミュニケーションでなければならないと思っている。「享受」は「きく」(聞、聴、訊)ことである。
国語教育において、「聞く」力の衰えが指摘されて久しい。「聞く」力の衰えは、そこにとどまらず「話す」力にも影響する。昨年「ききよみ」という言葉に出合って、はっと悟るところがあった。従来「よむ」ことと言えば、文字言語について考えられてきた。しかし、「きく」ことによっても「よむ」力が育つことの意味を知ったのである。「きく」ことは、他者を受け入れること、他者の状況を理解することである。まさに「おんぶ」型人間関係の形成には欠かせない力である。言うまでもなく、幼児期を過ぎれば、「おんぶ」の関係、つまり負う・負われるは、お互いさまのことになる。

(京都新聞朝刊、二〇〇〇・二・二二)

〔二〕

都（京都）のならい

軒下の石たち

紫式部供養塔
（千本閻魔堂《えんまどう》・引接寺《いんじょうじ》）

小野篁の墓

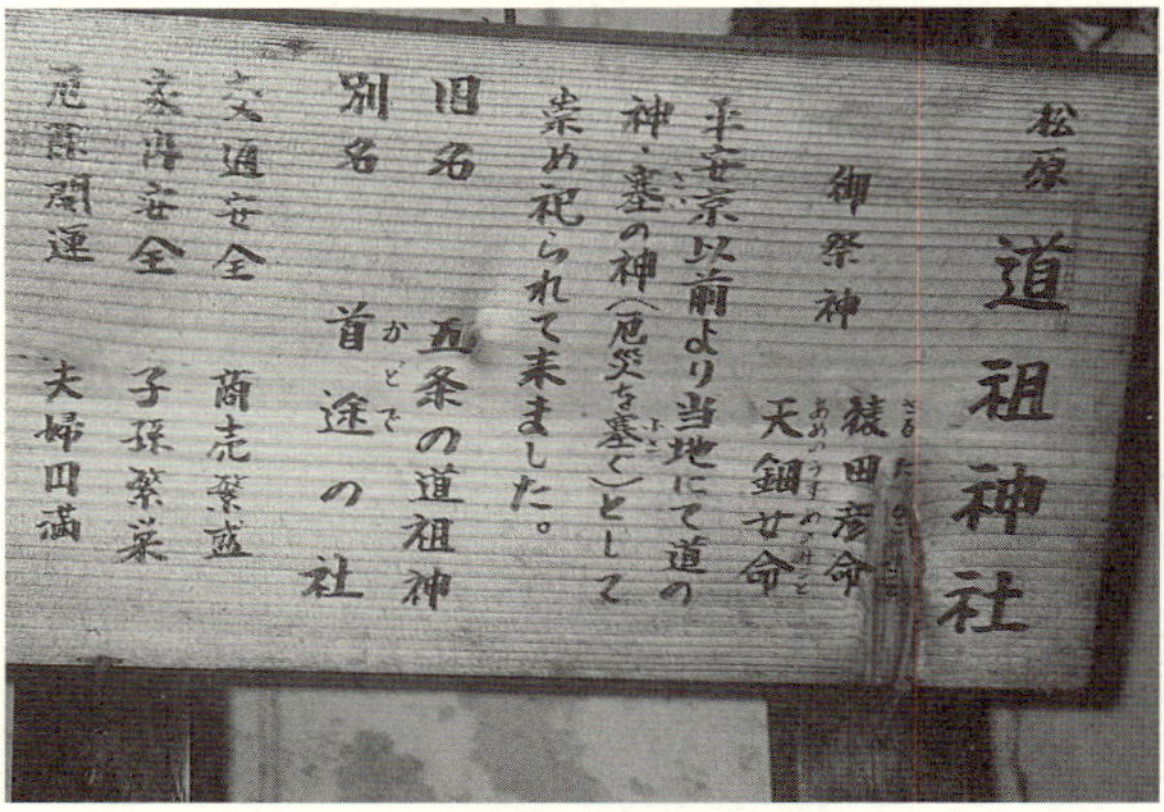

松原通りの道祖神社

「お」をめぐるおはなし

1　女房詞の誕生

日ごろの言葉遣いで、「お」をつけようかつけまいか、迷うことはないでしょうか。「おめでとうございます」の場合、今は「お」をとって言うことはありません。「お」をとって「めでとうござる」というと、なんだか古い時代の言葉になります。おなかの大きな女性に「おめでた？」と尋ねるのは、妊娠のことを意味しますが、この場合も「お」を取って「めでた？」とは言いません。しかし、「おめでたい」は使うとき、ちょっと戸惑います。「おめでたい」には、「あいつは、おめでたい間抜けな奴だ」などと良くないイメージを伴って使うことがあるからです。ですから「めでたい」ことにも、うっかり「おめでたい」というと、失礼にならないかと気になるものです。

目上の人からもらった手紙は「お手紙」と言います。ところが、目上の人に出す自分の手紙に「お」をつけていいのか悪いのか、迷う人が多いようです(つけて可。ただし、「お」の働きには違いがある)。

今夜から三回にわたって、手紙をお手紙、めでたいをおめでたいというように、いろんな詞の頭にくっつけて使う、接頭語の「お」をめぐる話題を紹介します。普段何気なく使っている、日本語の背景やルーツを確かめてみることも、とても興味深いことではないでしょうか。

接頭語の「お」は、「み仏」や「みことのり」の「み」と同様に、本来尊敬語を作る接頭語です。もっとも元は「み」に「おほ」をつけた「おほみ」でしたが、平安時代の『源氏物語』の冒頭「いづれの御時にか」のように、「おほん」「おおん」になり、さらに「おん」そして「お」へと簡略化してきたものです。ところが、現在使う

「お」には、尊敬語を作るためにつけたとは思えない「お」がたくさんあります。「お茶」「お箸」「お菓子」などの「お」。自分が飲むものや自分が使うものにも「お」をつけて使います。これらの「お」を、尊敬語を作る「お」と区別して、「美化語」をつくる「お」と言います。

さて、現在「お」をつけて美化語として用いる詞はたくさんありますが、その源流を尋ねると、室町時代に発生した女房詞と言われるものからはじまっていることが分かります。「女房」というと、今は「ゲゲゲの女房」など「ワイフ」「妻」の意味で使いますが、ここで言う女房詞の女房とは、宮中に仕える特定の女性たちを指す言葉です。例えば、平安時代では、優れた文学作品を残した清少納言や紫式部、赤染衛門といった女性も、宮中に仕える女房でした。

アメリカの大統領であったリンカーンが、「人民の人民による人民のための政治」という有名な言葉を残していますが、それになぞらえて言うと、女房詞とは「女の女による女のための言葉」と言うことになります。もっとも「女」といっても、ここでは女性一般を意味するのでなく、女性の中でも内裏や仙洞御所など宮中に仕える女房という身分の女性達に限っていました。言わば、そういう女房たちの間だけで通じればいいという、隠語、業界用語のようなものでした。例えば、当時誰もが使っている「腹」(一般語)という言葉があるにもかかわらず、「おなか」という別語を作ったのが、「女房の女房による女房のための言葉」です。

発生当初、一群の女房詞は、宮中の女性だけが使っていたのですが、時代とともに宮中を出て世間に広がり、詞によっては、今私たちがそれと知らずに使っているものにも、もとは女房詞であった言葉があります。では、そういう女房詞がどんな風に作られたものか、女房詞の作り方—造語法を、現在も使うもとは女房詞であった語を例にして整理してみましょう。

第一に「言い換え」という方法、例えば、お寿司屋さんに行ったときや刺身を食べるとき、「むらさき」を要求しますが、「むらさき」とは醤油を指す女房詞です。「かべ」とか「白壁」と言うと、豆腐のこと。このように指すものが持っている印象的な性質や特徴に注目して、既存の詞(一般語)とは全く違う詞に言い換える方法だと言えます。今では、物知りしか知らない言葉が多いかも知れませんが、代表的なものに、果物の梨のことを「ありのみ」といったり、海水から取る塩を「波の花」といったりします。実は「きなこ」も女房詞です。煎った大豆の粉・豆の粉のことですね。「き」は黄色、「こ」は粉のこと、黄色の粉の意です。「きなこ」の「な」は古代にあった、所有を示す助詞の「の」にあたる詞で、目の穴の「まなこ」の「な」や手のひらの「たなごころ」の「な」と同じです。「きなこ」は古風な命名と言えます。その他、穀物の粟(あわ)のことを「おみなえし」、ぼた餅のことを「萩の花」と言い換えています。どれも文学的な表現で、連想が美しくみやびな詞です。

第二、いわゆる「文字言葉」と言われるものです。「しゃもじ」がその例ですが、すでにある「しゃくし」と言う語を踏まえて、「しゃ」という文字で始まる詞という意味を持たせた作り方です。おなかのすいた状態を「ひもじ・ひもじい」と言いますが、これも女房詞です。すでにある「ひだるし、ひだるい」を踏まえていますが、新語の「ひもじい」に取って代わられて今では「ひだるい」は余り聞かなくなりました。手紙言葉で知られる「お目もじ」も「おめにかかる」の意の女房詞です。「ゆもじ」は湯具のこと、風呂上がりに着ます。「たもじ」はたこ、「かもじ」は「髪の毛」(または「かかさん」)のこと。この方法はとても簡便であったことから、たくさんの文字言葉が生まれましたが、そのほとんどを今では使いません。

第三、「ものことば」と言えばいいでしょうか。野菜のことを「あおもの」というのは女房詞です。今は「青物市場」などと使います。ものの性質などを指す詞に「もの」をつける方法です。漬け物をいう「香の物」。大根のことを「からもの」、鷹が峰大根など京の大根が辛かったからと言われています。しかし、今はもう聞かない言葉です。

第四、漬け物の「香の物」を「こうこう」のように、ある語を繰り返す方法もありました。「するめ」のことを「するする」、団子のことを、「うまい」の意味の女房詞「いしい」を重ねて「いしいし」と言いました。この方法による例も多くはありません。

さて最後に、「お」の付く女房詞を取り上げることになります。これは、女房詞を作る代表的な方法で、元の詞の最初の二文字だけを取った省略形に「お」をつけるという方法が基本です。例えば、貝の「はまぐり」を指す女房詞は、「ハマグリ」の最初の二文字を取って、それに「お」をつけ「おはま」と言いました。「おでん」という料理名は、「田楽」という料理名の「でん」をとって「おでん」としたものです。「なすび」から「おなす」、「こわい」「こわめし」から「おこわ」などです。省略するまでもないときは、元の語に「お」をつけるだけですませます。「おゆ」「おいも」「おしる」がその例です。また、「萩の花」は、ぼた餅の女房詞ですが、そこからさらに「おはぎ」という女房詞(お＋省略形)も生まれました。

しかも、他の方法ですでに女房詞であるものにも「お」をつけて言うようにもなっていきました。お餅の女房詞の「かちん」を「おかちん」、「むすび」を「おむすび」、饅頭の「まん」を「おまん」と言うようになったのが、その例です。その他「おかず」「おなか」、銭のことを言う「おあし」など(お＋言い換え語)があります。

こうして「お」の付く詞が、女房詞を代表するようになってきたのです。これらの「お」は、尊敬語を作るためにつけたのではありませんでした。次回には、なぜ女房詞が広がり、「お」をつける言葉が日本語の中で重要な位置を占めるようになったのか、考えてみます。

2　女性と〝お〟付き言葉

前回、室町時代に宮中に仕える女房たちの間で生まれた女房詞の話をしました。実際使われた女房詞に出会える資料の一つに『お湯殿の上の日記』という女房の認めた、宮中の日記があります。その十五世紀末ごろの日記に「いと」または「いとひき」という女房詞が出てきます。糸引き納豆、藁苞納豆とも言いますが、今普通に出回っている納豆と同じです。京都をはじめ関西の人は、納豆を好まないとよく言われますが、室町後期には京の都の宮中でも食べていたことがわかります。京都市北部（右京区）の旧京北町が今の納豆の発祥の地だとも言われていますが、なるほどとうなずけます（近江の湖西地区の説もある）。因みに、京都には大徳寺納豆、一休寺納豆といわれる、乾燥させた、黒くて堅い納豆も古くからありました。こちらは寺納豆などとも言われます。

さて、女房詞は、宮中の女房たちが自分たちが使うために生み出したものでしたが、やがて将軍家や大名小名のお城に仕える女性にも広がり、さらに江戸時代には町衆の女性も使うようになります。また、詞によっては、男性も使うようになったものも出てきました。このように女房詞を使う層が広がると、女房詞と一般語との違いが、女房たちかそれ以外の一般の人か、という単に「使い手の違い」にとどまらなくなってきた女房詞も出てきます。たとえば、食べ物が美味であるのを今「おいしい」といいますが、これはもともと女房詞に発した詞です。団子のことを女房詞で「いしいし」といいました。団子は美味の代表格だからでしょう。「うまい」の意味の女房詞「いしい」に「お」をつけて言うようになったのが「おいしい」です。しかしその後、女房や女性にとどまらず男性も使うようになりました。もともと一般には「うまし・うまい」と言う詞がありました。ところが今では、「おいしい」が一般語になり、古くからの「うまい」の方はくだけた、ぞんざいな、ある意味下品な言葉と受け取られるようになっています。ちょうど、「喰う」が普通語だったのに、たまう・頂くの意の「たぶ」が変化した「食べる」が使われるようになると、「食べる」の方が普通語になり、「喰う」がぞんざいな下品なことばとなったのに似ています。京言葉（女房詞）と地方語（普通語から方言へ）という位相差に繋がったものもあることに注意したい。

「おじや」は雑炊の女房詞です。雑炊は本来「水を増す」と書く「増水」でした。女房詞の「おじや」、一般語の「雑炊」、両方とも使うようになると、「おじや」と「雑炊」が異なるもの、水気の残り具合が異なるというように受け取られるようになったなどの例もあります。この場合は、意味的に役割分担して両方生き残っているといえるようです。料理名の「田楽」と「おでん」も本来同じものを指したのですが、今では異なる料理になっています。「おでん」と言う言葉とともに刺していた串もとれて「関東炊き」とも言われるものになっています。

さて、高貴な方たちの物言いへのあこがれからでしょうか、江戸時代に入ると、町衆の女性たちへと女房詞を使う層が広がっていきました。そうした実態を踏まえて、それらの詞を「女房詞」に代わって「女中言葉」と言うようになります。「女中」と言っても、現在は「お手伝いさん」と言い換えている「女中」のことではありません。江戸時代には女性一般を指していった言葉です。「女中言葉」とは女性詞という意味です。

ところが、女房詞から女中言葉へという用語の変化は、単に呼び名が変わっただけではなく、その背景には大きな問題を孕んでいました。もとは「女房」という特定の階層の女性達だけの言葉であったものが、女性一般が用いる言葉になったと言うだけではないのです。高貴な人たちの言葉である女房詞は、雅で上品な言葉と受け取られるようになり、女性らしさを引き立てる言葉であるという評価をもたらしました。そこから江戸時代には、女性を女性らしく育てる一環として、女性にふさわしい言葉遣いとして、女房詞が、女性教育の重要な柱の一つと位置づけられるようになったのです。女性らしいもの言いには欠かせない言葉として、女房詞から女性言葉、つまり女中言葉と言われるようになったのです。いわば、もとは一部ながら女性が自分たちのために自由に生み出した言葉でしたが、逆に女性が束縛される、身につけるよう強制される言葉になったことを意味します。

江戸時代には、女性教育のために多くの書物、女性の躾書が出版されています。元禄ころの代表的なものに『婦人養草』『女重宝記』などがありますが、貞享四年（一六八七年）出版の『籠耳（かごみみ）』という書物に、

　言葉にも女ことばあり。わきまへずして侍、町人、見ざま良き人の女ことばいへるは、聞きにくきものなり。

とあり、数年後の元禄五年(一六九二年)刊行の『女重宝記』には、次のように書いてあります。

つねの女などは、かりにも男近く育つべからず。男の中に育ちたる女は心も男らしく言葉も男にうつるものなり。男の言葉遣ひを女のいひたるは、耳にあたりて聞きにくきものなり。女の言葉はかたことまじりにやはらかなるこそよけれ。

江戸時代の男尊女卑の風潮の中で、女は女らしい物言いをすべきだと言っていますが、このころ、女言葉と男言葉、それぞれ「もの言い」が違うものとしてうけ取られていました。女が男みたいな話し方をするのは、とても耳障りだ、女はものやわらかな「もの言い」をすべきだと言っているのです。では、ここでいう「女ことば」とはどんな言葉だったのか、その例としてあげているものをみますと、まずは女房詞を引き継いだものであることが分かります。それが女中言葉であり、また「大和詞」とも言いました。ただ、女房詞を受け継いだもの以外にも「女のやわらかな詞づかい」としてあげているものに、例えば、子供のことを「おさない」、泣くことを「おむつがる」、寝ることを「おしずまる」というなどの言葉も例に挙げられています。

さて、『女重宝記』には、先の文につづけて、次のように書かれています。

よろづの詞におともじをつけてやはらかなるべし

とあります。女性の柔らかな詞づかいの代表的なものは、「お」をつける言葉と「もじ」をつけて言う「文字言葉」だと言っています。確かに、江戸時代には、たこのことを「たもじ」、いかのことを「いもじ」、すしを「すもじ」、かかさん・かあさんを「かもじ」、ととさん・とうさんを「ともじ」などと「もじ」をつけて言う詞が盛んに使われています。しかし現在では余り残っていません。それに対して一方の「お」をつけて言う方は今も生きていて盛んに活用されています。こうして、物の名などに「お」をつけて言うことが、上品で物柔らかいもの言いを象徴するものになっていきました。そして、女性詞を代表する一つと受け取られる風潮が生まれてきたと言えるようです。

女房詞は、日常女性がより深く関わった衣食住、中でも特に「食」に関する詞が多くを占めていましたが、女性はまた育児とも関わることが多く、育児語なども女性詞の系列と見られています。幼稚園や保育所の先生たちが「お」をつけすぎるなどと、言われたこともあります。「絵描き」というと画家を指しますが、「お絵描き」というと絵を描くことを意味する育児語です。「おカバン」「おくつ」「おてて」「おとと」などの詞、それに絵本や低学年の教科書などが「です・ます」調で書いてあることなど、幼い子供に対して、やわらかでやさしいもの言いを心がけることから自ずと用いられている詞なのでしょう。育児の世界と「お」の付く美化語とは切り離せない関係にあるようです。

3 今も広がる〝お〟付き言葉

二回にわたって、「お」をつける詞が盛んに用いられるようになってきた経過をたどってきました。ところで、「お手紙」や「お宝」などと物の名などの頭につける接頭語の「お」は、本来和語、元から日本語である詞、訓読みする詞につけるものです。一方、漢語、音読みする詞には、「ぎょ」または「ご」をつけるのが原則です。ところが、この規範をやぶるような用い方が見られるという現象があります。

一つは、和語なのに「ご」を付ける例、「ごもっとも」「ごゆっくり」などがあります。しかしこの例は多くはありません。問題は、漢語に「お」をつけて使う場合です。

例えば、本来「ご」をつけて言うことも無い漢語なのに「お」ならつけて言うという例があります。「お人形」「お食事」「お料理」「お菓子」「お財布」「お電話」「お弁当」などです。「ご人形」「ご弁当」とは言いませんね。さらに注目すべきは、つけるなら規範通り「ご」をつけていた漢語なのに、「お」をつけて言うようにもなってきた例がかなりあります。「ご旅行」に対して「お旅行」、「ご返事」を「お返事」、「ご入学」を「お入学」、「ご祝儀」を「お祝儀」など。この場合は、二つを使い分けて、「ご返事」は尊敬語又は謙譲語として使い、「お返事」の方は美化語として使う、例えば「大きな声でお返事しなさい」など、幼児相手の会話で用いる場合などです。規範をはずれるにもかかわらず、漢語に「お」をつけて美化語化する例がどんどん増えています。「お入学」「お受験」などは、社会的に話題になりました。

「ご飯」の場合、「はん」が音読みの詞なので、「ご」がついています。しかし女房詞では「お」をつけて「おハン」「おばん」とも言いました。京都の家庭料理をいう「おばんざい」、この言葉が広く知られるようになりましたが、私は女房詞の「おばん」におかずの意味の「さい」がついて、「おばんざい」といったものと、思っています。ただ、「おばんざい」の語源説には他に、「お番菜」説、「お晩菜」説、「お万菜」説などがありますが、書くときは普通「おばんざい」と平仮名で書きます。

また、本来つけることが無かった外来語にも、「おビール」「おソース」などと「お」をつけるようになっていて、本来の領域を越えてまで盛んに用いられています。

「お」は本来尊敬語を作る接頭語であったのですが、女房詞の系列から美化語を作る接頭語としても用いられるようになって、時にはどちらの「お」のつもりで用いられているのか、曖昧な場合さえ見られます。「はなし」に「お」をつけるかつけないかを例に、そのことを考えてみます。まず自分のには「私のはなし」と「お」をつけませんが、他人、例えば先生のには「先生のお話し」と「お」をつけるのは尊敬語です。しかし「お話しの絵本」とか「○○ちゃん、お話しが好きなのね」などは美化語として「お」をつけた場合です。特に幼児を相手にして言う場合です。しかし今これをお聞きの皆さんを相手にして、この「ないとエッセー」の総タイトルは、「〝お〟のつくお話」、「お話し」となっていますね。私が私自身を尊敬扱いすることはありませんから、この「お話」は美化語になります。「〝お〟のつく話」と「お」をつけなくてもいいところですが、「お話しの絵本」の「お話し」と近い使い方で、「一定のまとまりを持ったはなし」であることを「お話し」で意味しているというニュアンスを伴っているように感じます。それとも、「お手紙」「ご相談」のように自分の動作の及ぶ相手への配慮、つまりお聞きくださっている皆さんに対して、謙譲語のつもりで、「お」をつけているとも言えそうな例です。

ともかく基本的には、自分にかかわるもの、自分の所有物にも「お」をつけるのは、美化語と言っていいでしょう。「お茶」「お箸」「お湯」「おやつ」「お菓子」などはそうです。

接頭語の「お」は、つけるかつけないか、本来取り外しができるものであったはずですが、「お」の付いた形がそのまま固定して、特有の意味を持った詞となったものがあります。「お」が取れなくなった詞のことです。先の美化語としての「おはなし」も特有のニュアンスを持っていて、「お」を外すとそのニュアンスが消えてしまいます。「お」が外せなくなっていると言えるでしょう。面・お面をつけたところ、それが肉の一部になり外せなくなったお面のことを、「肉付きの面」と言いますが、丁度その面のように取り付けた「お」が外せなくなって、本体と一体化してしまった場合があるのです。例えば、次のような現象が見られます。

「おてんばな娘」などという「おてんば」、「お」をとっても、もう今は「てんば」と言う詞はありません。「お」の付いた形で固まっていて、「お」が外せません。「おばけ」の「お」もそうです。「ばけの皮をはがす」等の時には「お」をつけませんが…。また、「お辞儀」の場合も「お」をとった「辞儀」はもう今は死語になっています。育児語の「おてて」「おめめ」などもこの例になります。「お」をつけて美化語にしていると言う意識が薄れて、普通語のようになっているのが、「お茶」や「お湯」などで、「お」の付かない「茶」も「湯」も残ってはいますが、かなり特殊化しているように思います。

そして、先にも挙げましたが、「絵描き」は画家を指し、「お絵描き」は絵を描くことを意味する美化語・幼児語というように、「お」のついた形と付かない形が意味の役割分担をしていて、そのため「お」が外せなくなっているという場合がたくさんあります。

江戸時代のことば遊びの一つに、「すむと濁るで大違い」という謎掛けがあり、その答えの一つに「はけに毛があり、はげに毛がなし」など、うまく捉えたものだと感心する例があります。それになぞらえていうと、「お」がつくとつかないで大違い、と言う例があるのです。「お」をつけて言う方の「お」を取ることができなくなっていると言ってもいいでしょう。

例えば、現代語では、「しゃれ」と「おしゃれ」は全く意味が異なります。「おしゃれ」の「お」は取れませんし、「しゃれ」に「お」をつけることもできません。「はこ」と「おはこ」の関係もよく似ています。「おはこ」の「はこ」も入れ物の箱のことです。「おはこ」を十八番と書くことがあります。十八番とは、自分の得意な狂言や芝居のことで、得意芸を「おはこ」と言いました。「ひや」は冷や酒のことで、「おひや」というと、ただの冷たい水のことです。「お」をつけたのとつけないのとでは、指し示す飲み物が違います。

「にぎり」と「おにぎり」も今では、それぞれ異なる食べ物を指していますね。「にぎり」は「にぎりずし」の略、「おにぎり」は「にぎりめし」の美化語です。「むすび」「おむすび」は女房詞で、元禄の『女重宝記』には大和詞として「やきめしは、むすび」とあります。当時の「やきめし」は今の「焼きおにぎり」のことであったらしく、今の「やきめし」は炒飯のことになっています。

あげていくときりがありません。最後に「ふくろ」と「おふくろ」についてみておきましょう。「ふくろ」は入れ物のことですが、この「ふくろ」が母親を指す女房詞になり、さらに「お」をつけて、「おふくろ」と、自分の母親のことを意味します。ふくろのように何でも受け入れ飲み込んでくれるものと言うことから生まれたという説があります。「お」がつくとつかないで大違いという点では、現代は「おふくろの味」が影を潜めて、「ふくろの味」で育つ子が多くなってきたのは、ちょっと寂しい気がします。

これで「お」のつくお話しの「おしまい」といたします。

【注】本稿は、二〇一一年十二月にＮＨＫ第一放送「深夜便・ないとエッセー」で三回に渡って放送した原稿に少々加筆したものである。

（『日本言語文化研究』16号、二〇一二・七）

京ことばからの発信——女ことば

1　京ことばの特徴

「そんなむずかしいことやあらしまへん。あたしは神の捨子やのうて、人間の親が捨てはった捨子どす。」

川端康成『古都』（春の花）

これは主人公千恵子の会話。『古都』では、登場人物たちの会話が京ことばで写されている。文庫本の「解説」（川端康成）によると、京ことばを京都の人に頼んでなおしてもらった、とある。『京ことば辞典』（東京堂出版）は、その京都の人を真下五一さんだと指摘している。「ヤ」（では）、「アラシマヘン」（ありません）、「ノウテ」（なくて）、「ハル」（敬語の助動詞）、「ドス」（です。大阪では「ダス」）、これらが京ことばらしい雰囲気を伝えている。共通語では、「ある―ない」のペアだが、京阪神では「ある―あらん・あらへん」のペアも用いる。これは古語の「あり―あらず」のペアを受け継いでいるのである。だからこれが待遇表現になると、「あらへん―あらしまへん」のペアになるが、共通語では「ないーないです・ありません」となる。

『古都』の中で、唯一つ気になる表現がある。千恵子の育ての母の会話に「（ひと口には）言われへんけど、…」とあるが、この言い方は大阪の人の言い方で、京の人なら「言えへんけど」ではないだろうか。古語「書かぬ」が「書かん」となり、京都では「へ」音を挿入して「書かへん」（「書きはせぬ」の変化形と説明される）と言う。それがさらに大阪では「書けへん」と変化している。ところが可能動詞「書ける」を用いて、不可能を表すとき、京都では「書けへん」ですんだが、大阪では「書けへん」の形では、書かないの意の「書けへん」と同じ言葉になってしまう。そこで大阪では「書かれへん」と言うようになったと説明されている。この理屈からすると、大阪では「言えへん」「言われへん」の区別だが、京都では「言わへん」「言えへん」の区別でよいことになるのである。

また、「お行きやす」などと、「オーヤス」を用いて尊敬表現にしたり、「ご覧になってください」を「お見やしとくれやす」などというのも京都らしい。共通語では、「おーになる」（例・お食べになる）で尊敬表現を造るが、「お見になる」とは言わない、「ご覧になる」と言う。しかし、京都では「見る」を用いて「お見やす」と言うからである。

京ことばというと、どんなことばを先ず思い浮かべるか、という問いには、いろんな答えがあるだろう。「おいでやす」「おおきに」「かんにんえ」を浮かべる人（図参照）、また、「はんなり」「ほっこり」「まったり」を代表として挙げる人もある。「はんなり」は「はななり」の変化した語とみる考えもあるようだが、これらはいずれも「やはり」が「やっぱり」、「あはれ」が「あっぱれ」、「ふわり」が「ふんわり」となったように、「はなり」「ほこり」「またり」（「全し・またい」という形容詞から）という三音節語に促音や撥音が加わって、音が醸す雰囲気（音感）を強調した語形となったものであろう。そして、どれも京独特の、感覚・感情を表すことばとして今も生きているが、意味（用い方）も多様に広がっている。

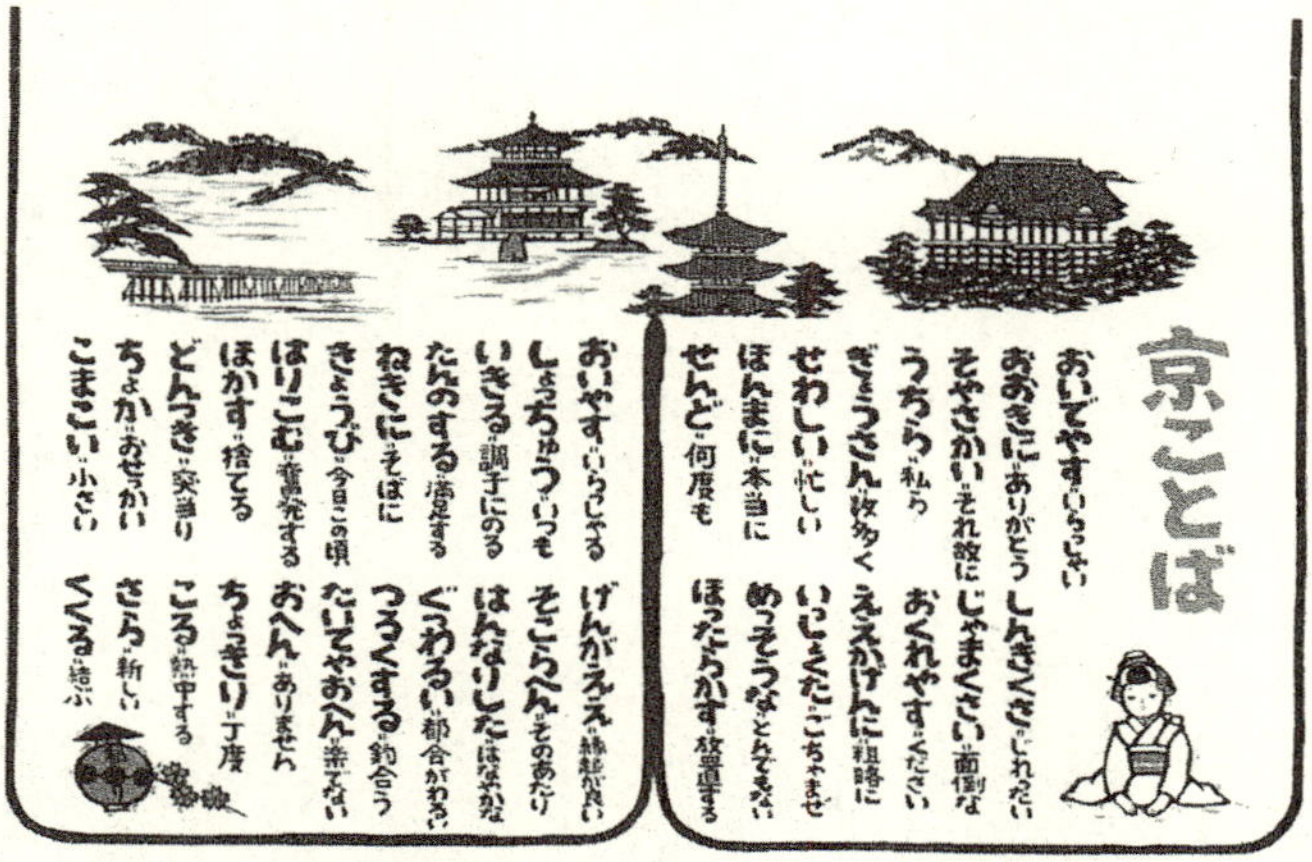

図　お土産屋さんで見つけた「京ことば」の のれん

「はんなり」は「花・はなやか」の語を同源とする語らしく、穏やかで明るい雰囲気を基本的には意味するが、色彩ばかりか、人格や聴覚・触覚に関しても用いられる。「ほっこり」は体がほこほこする、ほてった状態が元の意味らしく、それが労働などで疲れた状態の時に当たることから、一息つく、ほっとする、にも通う意味にもなっている。「まったり」、今はもっぱら食感を表す語として、全国的に用いられるようになってきている。『暮らしのことば擬音・擬態語辞典』（講談社）にも立項されていて、「関西の方言では、動きが緩慢な様子を示すのに使う場合がある」と補説する。もともと熟した、落ち着いた状態を意味する語ではなかったかと思われる。これらが、京ことばの代表であることには変わりないが、いわゆる京盆地だけでなく周辺の地域でも用いられる語である。

特に東京あたりの人を驚かす言葉に、「捨てる」と言わずに「ほかす」と言ったり、元に戻す（かたづける）ことを「なおす」と言ったりする語がある。しかし、もともと京都でも「捨てる（古語で「捨つ）」」と言っていたのである。言葉は変化する。文化など生活上の価値観が新しく生まれる所では新しい言葉が生まれやすく、それが周辺へと伝播していく。それ故、京都から離れた地域には古い元の言葉が、京都で発生した新しい言葉と交代せずに残っていることもある。京都を中心とする地域は、長く日本の文化・文明の中心地であった。例えば、柳田国男の『蝸牛考《かぎゅうこう》』によると、「蝸牛（かたつむり）」のことを、今京阪神では「ででむし・でんでんむし」と言うが、現在共通語としては「かたつむり」であるのは、明治の頃、東京あたりでは「かたつむり」と言っていたからである。しかし、これもかつて京都で使っていた言葉で、京の白拍子が唄う歌謡を集めた『梁塵《りょうじん》秘《ひ》抄《しょう》』の歌の文句に使われている(「舞へ舞へかたつむり」)のである。

「ほかす」に似た語に「ほる(放)」がある。これは古語「はふる(はぶる)」が「ほうる」となり、さらに「ほる」となったものであろう。この語から、「放っておく」「ほっとく」「ほったらかす」などの俗語も生まれている。それに対して、「ほかす」は「ほうか(放下)す」という漢語サ変動詞の変化した語という説明もある。しかし和語の「ほうる」をもとに「―かす」という語尾と取っ替えてできた語と見るのがいいと思う。「いかす」「うごかす」「おどかす」などの語からの類推によるとみるわけである。

さて、『古都』に「おみ帯」という言葉が会話に二回出てくる。その他の箇所では単に「帯」である。「おみ」は「おみや(足・おみあしとも)」「おみおつけ(味噌汁のこと)」などに使われている接頭辞「おみ」。この接頭辞には、二つの用法がある。『古都』の二例は、帯の持ち主(千重子)を敬った尊敬語と思われる。この用法は、「おみ顔」「おみ体」「おみ首」などと用いられ、最高敬語を示すと言われている。平安時代以降、尊敬語を造る「み」が神仏や皇室関係の語に限って付けられているのに相当するからであろう。しかし、『古都』の例は、もっと軽く用いられている。もう一つ、女性が生み出した美化語と言われる用法の場合があり、「おみおつけ」「おみ箸(てもと・おてもと)」などがそれ。「おみや(足)」などは、尊敬語と美化語の両方の用い方がある。もっとも「おみや」というと、「土産」を指すことばでもあるが、この方は「みやげ」の省略形に「お」を付けたもの(「おみやげ」の省略形ではない)で、語の構成が異なっている。「おみやげ」は後になって、「みやげ」に美化語を造る「お」を付けたもの。

「おみ」と同じことが、接頭辞「お」にも言える。現在「お」には二つの用法、尊敬語を造る用法と美化語を造る用法とがある。実は、このうち美化語を造る「お」の成立が、日本語に大きな変革をもたらすことになったのである。それは京の女の生み出したものであった。

2　女性語の誕生

室町時代、京の都の宮中(御所―内裏・仙洞)に仕える女房たちの間に自分たちが使うために作り出した一連の言葉があった。やがて「女房詞」と呼ばれるようになるが、女性の女性による女性のための言葉である。時代を追って、次々と女性の間で造語され、語彙がふくらむ。そして江戸時代になると、女中言葉と呼ばれるようになる。「女房」という特定の職業人に限られていたものが、「女中」(女性一般を指す)の語が示すように、江戸時代になると一般庶民の女性も使う語として広がっていった。おそらく宮中の女性から冷泉家のような公家や大名小名のお城に使える女性へと、そして商家の町衆の女性へと広がったものと思われる。この時代の女性語には、宮中の女房が生み出した、いわゆる女房詞だけでなく(当然それはそれで受け継がれながら)、それ以外の、女性によって生み出され使われた語もあった。それ故「女中言葉」と言われる。これが現代にも残存する女性語といわれるものの元を作り出したと言えよう。

江戸時代の女中言葉については、『女重宝記《おんなちょうほうき》』(元禄五年、一六九二年・苗村丈伯)などに詳しい記述がある。巻一の五「女詞づかひの事　付たり大和詞」に、

男の詞づかひを女のいひたるは、耳に当たりて聞きにくきものなり。女の詞は片言まじりに柔らかなるこそよけれ。(略)万《よろず》の詞に「お」と、「もじ」とをつけて、やはらかなるべし。あらましここに書き付けてしらしむるものなり。

とあり、この後、語例が列挙されている。書名が示すように、女性教育、女性の躾《しつけ》を目的としており、女性は女

性らしいものいいをすることという教えが説かれている。室町時代に、女性が自分たちのためにと生み出した女房詞（女性語）であったものが、江戸時代になると、その言葉に女性が縛られることになってくる。女性らしさを強要される詞になったのである。『女重宝記』では、女性語が意味の上から「きるい（着物）、しょくもつ、あをもの（野菜）、ぎょるい（魚貝）、だうぐ（道具）」の五つに分類されている。多くが食生活に関わる語で、女性の支配していたエリアを中心としていることが分かる。

「万の詞に『お』と、『もじ』とをつけて」とある。この二つは女性語といわれるものの代表的な語形を指している。では、どのように女房詞・女中言葉と呼ばれる語が造語されたのか、それを整理してみよう。

①「もじ」をつける語（文字詞とも）

元からある語の頭の一文字（音節）を取って、それに「もじ」をつけたもの。

例：「しゃくし（杓子）」から「しゃもじ」、「すし（寿司）」から「すもじ」、「ひだるい（空腹の意）」から「ひもじい」、「かみ（髪）」から「かもじ」、「おめにかかる」から「おめもじ」、「心配」から「しんもじ」、「ゆぐ（湯具）」から「ゆもじ」、「そなた（二人称の語）」から「そもじ」など。

女性語の中でも特徴ある語形で、この一種の暗号のような方式で生まれたものは多い。

②「お」をつける詞（「お」つき詞とも）

A　既存の語から、多くは最初の二文字（音節）をとって、それに「お」をつけたもの。

例：「はまぐり（蛤）」から「おはま」、「こわめし（強飯）」から「おこわ」、「さつまいも（甘藷）」から「おさつ」、「かぼちゃ（南瓜）」から「おかぼ」、「いしいし（団子）」から「おいし（い）」（形容詞・美味しい）、「でんがく（田楽・料理名）」から「おでん」、「はぎのもち（萩の餅・ぼた餅）」から「おはぎ」、「みやげ（土産）」から「おみや」、「まんじゅう」から「おまん」、「なすび（茄子）」から「おなす」など。

B　既存の語が二文字（音節）以下なら、そのまま「お」をつけた語。
例：「ゆ（湯）」から「おゆ」、「おいも（芋）」など。
C　既存の語とは異なる別語に「お」をつけた語。
例：「水」を「おひや（し）」と、「腹」を「おなか」と、「かね（金銭）」を「おあし」と、「豆腐」を「おかべ」と、「うお（魚）」を「おまな」（真菜—副食の中の主になるものの意か）」、「尻」を「おいど」」、「菜（副食・料理）」を「おかず」と、「味噌」を「おむし」、「小豆」を「おあか」と、「かまぼこ（蒲鉾）」を「おいた」となど。
この造語方法が、単に既存の語に「お」をつけるだけで、「おビール」「お受験」にまで至る、「お」付き言葉の盛んな生産をもたらすことになったのである。この方法によるものがもっとも多い。なかには、もともとは「お」のつかない形で女性語として成立したものが、後に「お」をつけて安定するに至ったものもある。
例：「てもと（箸）」が「おてもと」、「まな（魚）」が「おまな」、「まわり（副食の料理）」が「おまわり」など。⑤の「言い換え」による造語法で生まれた語に、後に「お」をつけたもの。
③　「もの」をつける語
例：「からもの」（大根）、「しろもの」（塩）、「つめたもの」（膾）、「おながもの」（うどん）、「あおもの」（青物・菜）など。
④　畳語（重ね言葉とも）
例：小豆を「あかあか」、香の物を「こうこう」、するめを「するする」、ぼた餅を「やわやわ」など。
⑤　言い換えによる語
例：酒を「くこん・九献」、醤油や鰯を「むらさき」、醤油を「おしたじ」、塩を「波の花」、餅を「あも」や「おかちん」、大豆の粉を「きなこ」、米を「うちまき」、母親を「（お）ふくろ」、松を「千代の草」、ふな

（鮒）を「やまぶき」、雑炊を「おじや」、硯を「玉の池」、ごまめを「たづくり」など。

先に引用した『女重宝記』の見出し語に「大和詞」とある。これは、以上例示した女房詞・女中言葉のことを指した用語である。これらの語をまとめた語彙集が江戸時代にはたくさん出版されたが、その書名は、「女中言葉」や「大和詞」であった。ただし「大和詞」と言うともう一つの意味にも用いられた。伝統的な和歌の世界の語彙（歌語や雅語）を指して言うことがあり、女性の教養としての和歌を詠むための参考にされた語彙集もあった。

『女重宝記』では、女性語を「大和詞」として列挙した後で「右は御所方の詞づかいなれども、地下にも用ゆる事多し」と述べている。もともと女房詞として生まれた詞は、宮中、つまり御所で用いられたもので「御所ことば」とも言われる。皇室関係や公家の流れを汲む家に継承されているらしいが、戦後の研究では、京都の尼門跡（比丘尼御所とも）大聖寺、宝鏡寺などにも伝えられていると報告されている（井之口有一他『尼門跡の言語生活の調査研究』風間書房・一九六五年）。

女房詞は京都から発信された女性ことばであるが、一般語化して男性も使うようになったものもあり、地方へと伝播したものもある。言うまでもなく、今や死語となったものもある。語一つ一つが異なる消息を持っているのである。そして、今なお京にとどまっているのが、「京ことば」の一部をなすことになる。古い女性語は、おそらく京にこそもっともたくさん残っていることであろう。それを見つけ出すのも、京を旅する楽しみの一つであるに違いない。

3 「お」つきのことばと女性

接頭辞「お」は、本来事物の持ち主に対する尊敬語を造る接頭辞で、以下のような歴史を持っている。いわゆる漢語の「御」に相当する語として、奈良時代以前では、「み」とそれに「おほ（大）」を付けた「おほみ」とがあったが、平安時代になると、「おほみ」が変化した「おほん」がもっぱら用いられ、「み」の方は、神仏や皇室の人物に関わる語に限って用いられるというように特殊化して、それが現代にまで続いている。一方、中世には「おほん」から「おん」に変化して用いられ、さらに「お」と短縮して、今の「お」になったのである。

それまでは、語形は変化しても、いずれも尊敬語を造る接頭辞であることには変わりがなかった。ところが、以上見てきた「お」のつく女房詞・女中言葉は、持ち主あるいは所有主を敬って「お」をつけているわけではない。「お」がついているからと言って、誰かに対する敬意を示すわけでもないのである。いわば、これらの語を用いる人の、ものそのものを大切に扱う気持ちが籠められている。用いる人の品の良さ、言葉づかいを優しい上品なものにする、そんな機能をもった接頭辞「お」なのである。そこでこの種の「お」のついた語を今は「美化語」と呼んで区別する。普通の語ないし表現に特別な気持ちを加えることばは、従来敬語ないし待遇表現と呼ばれてきたものであった。尊敬語、謙譲語、丁寧語、(それにぞんざいな語や罵倒語など)に分類される。この歴史に「美化語」という新種の語群が誕生したわけで、女性によって生み出された女性語の中からであった。いずれにしても、男性も使う普通語(一般語)が存在するにもかかわらず、その異名語として生み出された女性語が、江戸時代に女性らしい物言いと上品な物言いとが融合することで、特にその「お」付きのことばなどが上品な物言いの代表的なことばと見なされるようになってきたのである。

普通語としての「はら(腹)」に対して京都あたりから上品なことばとして「おなか」が浸透し伝播して行くに従って、「おなか」が普通語のように意識されてくるようになり、逆に「はら」がぞんざいなことば、特に女性には似つかわしくないと見なされるようになっている。ただし、「おなか」の浸透度は地域によって異なるであろう。よく似たことは、「くう(喰う)」がかつて普通語であったが、「たぶ(たまふ)」から生まれた「食べる」が普通語として定着してきて、もとからの「くう」がぞんざいな、上品でない語のようになってしまっているといった例にも見られる。

例えば、「話」という常体の名詞に「お」を付けた「お話」が、「ただいまの先生のお話、うかがっていて」と使うと、先生への敬いの尊敬語となり、「侑ちゃんはどんなお話が好きなの」では、美化語である。もっとも、ある種の本を「お話の本」というが、それを「話の本」とは言わない。また幼稚園などでは「お話の時間」と言い、「話しの時間」とは普通言わない。「お話好き」と「話し好き」は微妙に異なる。こう見ると、「お」が取り外せなくなっている場合があることが注目される。「お」が付く形で普通語化しているのである。

本来接頭辞「お」は取り外しができたはずであるが、女性語として生まれた「お」付き言葉は「お」がとれないのである。「はまぐり（蛤）」を「おはま」とは言うが「はま」とは普通言わない。ぼた餅を「おはぎ」（言い換え語の「萩の花」を基に「お」付き言葉に造った語とも）と言っても単に「はぎ」とはいわない。「はぎ」だと、植物の「萩」になる。

面白いことに、「お」がつくかつかないかで、別語になってしまうペアがある。「にぎり」と「おにぎり」では食費の予算が変わる、「ひや」は冷や酒で「おひや」は水のこと、昔は「おふくろの味」で育ったが今の子は「ふくろの味」で育てられる、「しゃれ」と「おしゃれ」は今では別語、「なじみの客」と「おなじみの客」、「お座敷がかかる」とは言うが「座敷がかかる」とは言わない。これらの「お」ははずせない。「お」の付いた場合も美化語と言うより普通語化していると言うべきものもあるのである。

先に「お受験」の語をとりあげたが、本来接頭辞「お」は和語につき、漢語には「ご」をつけるのが原則であるのに、「お受験」は漢語に「お」がついている。女性語に発した「お」付き言葉がここまで浸食してきている。「ご旅行」「ご卒業」も「お旅行」「お卒業」と言ったりするのはまだしも、注目されるのは、元来「ご」をつけて言わない漢語、例えば「人形」に「お」をつけて「お人形」と言う類のあることである。「お年始」「お食事」「お電話」

「お習字」「お掃除」等々、確かに日常語に多いが、やはり女性語としてまずは女性から言い出したのではないだろうか。

「ごはん(飯)」(めし・食事)は原則通りの語構成であるが、京ことばの「おばん」は女房詞で「ご飯」のこと、「お」が漢語についている。京料理の一種のように思われがちな、京の「おばんざい」、これは京の日常の食事のお菜(おかず)のことである。このことばとともに、庶民(家庭)の京料理も味わって欲しいものである。

(『京都学の企て』勉誠出版、二〇〇六・五)

おかず(副食)——京都を食べる・ことばで食べる

1　グルメ京都——伝統と革新

二〇〇九年秋、結果が待ち望まれていたミシュランガイド(京都大阪編、二〇一〇年)が発表された。栄えある三つ星が付いたレストランはなんと、食い倒れの大阪が一店で、着倒れの京都が六店であった。一つ星以上の店舗の数も京都の方が圧倒的に多い。京の三つ星六店は、いずれも名だたる高級感の漂う店である。京都でこそ一般人にとっては食い倒れの目に遭いそうで、目が飛び出るような出費になるのではないか。むしろ食い倒れの大阪は、一般人相手に、安くて美味いものをたらふく喰わせることをモットーにしていて、ミシュラン人気などは二の次なのかも知れない。

京料理は芸術品と言っても良い。食材とその取り合わせ、調理法、器と盛りつけ、いずれにも工夫があり、ただおなかを満たすだけの目的で食するのはもったいない料理である。そこにはまた、単に伝統を守るだけでなく、新しい工夫をこらす、たゆまぬ努力が見られる。今や全国的にグルメ時代を迎えていて、料理をメインにした、テレビのバラエティ番組も様々ある。各地の郷土料理への関心も高く、料理の伝統と革新の二面を見ることができるのは、京料理だけのことではない。革新が進むと、創作料理と言い、あるいは無国籍料理と言ったりするものも盛んに人気を集めている。

一方「おかず(副食)」と言えば、京都で普段一般の家庭の食卓に並ぶ料理のことである。これも京の料理である。高級料亭・レストランのそれとは異なり、芸術品に仕立てることは二の次で、ひたすら美味しさとおなかを満足させることを追及している。「手間はかけても、お金はかけるな」の心意気による料理である。京、および周辺地域では、これを「おばんざい」と言っている。祭りやお祝いなど宴席の「晴れ」の料理でなく、この京の日常の「け」の料理が今では、家庭を出て、ちょっとしたお食事処(「おばんざいやさん」)で食することができる。三条四条の河原町を中心とする周辺地域には、「おばんざい」を看板にする店が殊に多い。「京の食」を楽しみに京都を訪れる人も多いであろうが、気軽に京の家庭料理が楽しめるのである。この章では、「おばんざい」をめぐって、あれこれ考えてみたい。

2　食のことば

おばんざいの語源

「おばんざい」ということばを世間に広めたのは、大村しげさんたちの本がきっかけであろう。(1)「おばんざい」の本が店頭に並んだり、NHKの番組「きょうの料理」で特集が組まれたりして、一時にぎわったこともある。ところが不思議なことに、いつも「おばんざい」と平仮名で書かれるのが通常で、その語源がまだはっきりしていないようだ。しかし中で有力な説は、「お番菜」と書くとする説である。江戸の『守貞漫稿』に「平日の菜を京阪にては、番菜と云」とあり、江戸末期に『年中番菜録』(一八四九年)という本も出ている。また、大阪の織田作之助『アド・バルーン』には「昼はばんざいと…」とある。日常のおかずを「番菜」と言ったことが分かる。これに、女性語らしく「お」を付けて言うようになったと見るわけで、「番―」とするのは、「番茶」「番傘」「番下駄」「番袋」などの「番」と同じで、普段の、粗末な、と言う意味を添えているのだと見られている。「定番」なども使う「番」である。関東・江戸では、「(お)惣菜《そうざい》」がこれにあたる。

巷《ちまた》の主婦に聞くと、「お晩菜」では、と答える人が多い。[2] 特に一日のうちディナー食である夕食のおかずが、最も工夫されるからしい。また「お万菜」と言う説もある。おかずがあれこれと多いことを意味しているらしい。いずれにしろ「菜」は野菜の意味でなく、「おかず」のことである。中国語では、料理のメニューのことを「菜譜」という。

しかし、私見では「お飯菜」ではないかと思っている。『日本国語大辞典(第二版)』では、「番菜」の項目があり「ふだんのお菜…京阪で言う語」としているが、「おばんざい」の項には「御飯菜」と漢字を当て、「ご飯のおかずのことを京都でいう」とする。しかし、特にこの漢字表記についての根拠は示していない。

女房詞に「お飯(おばん)」という語があった。『御湯殿上日記』に見える。主上のものを「御膳」というのに対して、臣下のめしをさす女房詞で、転じて「めし」の美化語になったとされる。この「おばん(飯)」に、おかずの意の「菜」をつけた「おばんざい」とみるわけで、女房詞であったのではないだろうか。堀井令以知氏によると、[3] 例えば、麦飯を「むもじのおばん(飯)」などと言ったという。今普通には「ご飯《はん》」というように、字音語(漢語)には「ご」を付けるのが正規であろうが、女性がよく使う語には「お人形」「お食事」や「お受験」のように、字音語にも「お」を付けることはよくあることである。「おばん(飯)」、そして「おさい(菜)」は、その意味でも女性語であったといえる。もっとも「飯菜《はんさい》」という「めしと菜、あるいは食事」の意の語が『古今著聞集』などにみられるようで、すると既存のこの「飯菜」に女性語らしく「お」をつけたのが「おばんざい」だったということも考えられる。

女房詞と食文化

鎌倉―室町時代の交以降、宮中の女房の間で発生したらしいが、「女性の女性による女性のための」ことば、「女房詞」がある。その後、江戸時代になると、「女中言葉(詞)」といわれて、ますます語彙は拡大、後の女性語の基盤となっている。当然京を中心に生まれ使われてきた言葉で、一部は全国的に広まったが、周辺に拡がらなかった語は、京ことば(狭くは「御所ことば」とも)と意識されることにもなっている。

女房詞(以下ここでは「女中言葉」も含んでいう)は衣食住、なかでも多くが「食」に関わる語であった。菜(副食)を「おかず」というのも女房詞である。数々あるの意を写している。また、「(お)まわり」「(お)めぐり」という語もあった。前者は、おかずを大皿に盛って席を取り回したからと説明するものもあるが、後者も併せ、主食の飯(と汁)のまわり(めぐり)に並べるものであったことによる造語であろう。「おさい」も「お」をつけた女性語と思われる。また、「おぞよ」という語もあり、安くてぎょうさんにある、身近なおかずの意味で使うらしいが、「お雑用・お雑余」の変化した語で、やはり女性語であったであろう。

その他、食に関する女房詞を、『日葡《にっぽ》辞書』(一六〇三年刊)が「女性語」と注記する語を中心に拾い出して見よう。「いと」「いとひき」(まめなっとう・糸引き納豆)が「大上臈御名之事」や『御湯殿上日記』にみられ、納豆が京都に早くから存在したことが分かる。(4) 焼いた豆腐や生麩《なまふ》、こんにゃくを串差しにして「みそ」を付けて食べる「田楽」は、京料理の一つとしてよく知られる。これを「おでん」というのは女房詞である。もっとも串を刺すこともなく煮込む、今の「おでん」は、もとのそれと似ても似つかぬもので、「関東炊き（煮）」と言う。もっとも地方によっては、また京阪地区でも店によっては串を刺して煮込んでいるところもある。「おじや」は、「増水（雑炊・雑水）」を指す女房詞であり、元は同じ料理のことであったが、今は、両者を違うものを指す語と受け取っている。

あも―米の粉の団子、あるいは餅。あか―小豆のことで、「あかあか」とも。（お）かちん―餅のことで、「くさのかちん」は蓬餅《よもぎ》、「わらのかちん」は蕨餅《わらび》。うつぼ―中が空洞から葱《ねぎ》のこと。おかま―かまぼこのこと、「おいた」とも言った。（お）かべ―豆腐。からもん（辛物）―大根のことで、特に二十日大根のことらしい。おつけ―汁のことで「おしる」とも、「おみ」をつけるパターンで「おみおつけ」とも（参考：おみあし（足）―おみあなど）。

はぎのはな（萩の花）―ぼた餅のことで、ここから「おはぎ」と略す、また「やわやわ」とも。

おまな―菜の代表、菜の中の菜の意の「真菜」で魚のこと、「おさかな」とも、「あかおまな」は鮭《さけ》、「ゆきのおまな」「ゆきのいを」は鱈《たら》、「ながいおまな」は鱧《はも》のこと。おまん―饅頭のこと。九献（くこん）―酒のこと。くちぼそ―かます（魳）のこと。おなま―膾（なます）のことで、「つめたもの」とも。なみのはな（波の花）―塩のことで、「しろもの」とも。むし―味噌のことで、「おむし」とも。ぞろ―素麺・冷や麦のことで、「つめたぞろ」などと用いた。

その他、もと女性語であったと言われるものを取り上げる。

あおもの（青物）―野菜のこと、おこわ―こわいい（強飯）のこと、おひや・おひやし―水のことで、今単に「ひや」というと、冷や酒のことになる。こうこう（香香）―「香の物」とも、漬け物のこと。きなこ（黄な粉）―大豆の粉。きぬかつぎ（衣かつぎ）―子芋（やや芋）を皮を付けたまま茹《ゆ》でたもの。よこがみ（横紙）―するめのことで、「するする」とも言った。やまぶき―鮒《ふな》のこと。おなす―茄子（なすび）のこと。ごん―牛蒡《ごぼう》、こんぼとも。たづくり―ごまめ、カタクチイワシの乾物。つきよ―飯鮓。かか―鰹節のことで、「おかか」ともいう。

以上、主なものを列挙してみたが、今も一般に使う語や、すでに死語になったもの、まだ京阪地区では使うものなど、いろいろであるが、これらの造語法にみる発想には楽しいものが多い。
また、「お豆さん」「お芋さん」などと普段口にするのも京の女性語である。

京の料理語

家庭料理はおふくろの味である。「おふくろ(袋)」も女房詞であるが、「お」をとると「ふくろ(袋)」となり、別の意の語になるから、「おふくろ」の「お」は外せなくなっている。ところが、だんだん家庭料理がすたれて行ってるのではないだろうか、「おふくろの味」よりも「お」を取ってしまった「ふくろ(袋)の味」(チンしてすぐ食べられる、インスタント物の、袋に入った出来合いの料理の味)が出回り、重宝されているのである。ちょっと嘆かわしい？ 京の家庭料理「おばんざい」が家庭を出て、お食事処の店に進出したのも単に観光客向けだけの為でなく、京に住む人々の為でもあるのかも知れない。

同様に先に見た「ひや」と「おひや」も別語、また「にぎり(ずし)」と「おにぎり」も同様で、「お」が付くと付かないで別語になる。「おにぎり」の類語「おむすび」も女房詞である。「(お)むすび」は、にぎりめしのことで、それを焼いた焼飯(やきめし)を「むすび」と言ったようだ。今居酒屋などでは、「焼きおにぎり」と言っている。

「おしたじ」も女房詞としては醤油のこと。「したじ」は「下地」で、料理では味付けの基にするものを指し、その代表である醤油を、とりたてて「おしたじ」と言ったのであろう。また別に醤油のことは「むらさき」ともいう。「むらさき」はまた、鰯《いわし》のことを言うこともあった。

「おてもと」も、箸を意味する女房詞であるが、これも「お」を外すと「てもと」、本来の「手元」の意味の語と理解されるから、「お」がはずせない。

食材を薄く、細かく切ることを「はやす」というのも、女房詞である。「ひもじい」(「ひだるい」からの造語で、おなかがすいた状態)「おいしい(美味しい)」(団子をいう「いしいし」からの造語で、「うまい」に取って代わりつつある語)も女房詞である。

「炊いたん」(炊いたもの)「煮たん」(煮たもの)、京ことばである。特に調理の「炊く」の用い方は、京ことばの特徴的なものの一つである。全国的にめし(飯)については「めし・ご飯を炊く」と言うが、京都では「大根を炊く・大根炊き」「鱧巻き牛蒡、炊いといて」など、いろんな煮物について使うのである。鯛の頭などの「あら」を甘辛く煮込んだものを、京都では「あら炊き」というが、他所では「あら煮」であろう。しかし面白いことに、里芋の子芋などをごった煮にしたものは、愛媛県大洲では「芋炊き」と言い、山形などでは「芋煮(会)」という。ただ、和食では料理法の違いで料理の種類を区別するとき、煮もの、揚げもの、蒸しもの、和えもの、冷やしもの・浸しもの、焼きもの、酢のもの、吸いもの・汁もの、漬けもの、そしてお造りなどと言うが、「炊きもの」とは言わない。煮物がほぼカバーしているからか。「炊き合わせ」という語があるが、「炊き寄せ」同様、盛りつけ方の区別である。「炊き出し」というと、緊急時にもともとはご飯を炊いて出したものであろう。

3　京の食材

おばんざいの食材には、四季折々の旬の味を大事にして選ぶ。そのためには、京都ないし近郊で取れるものということになるが、昔から京野菜といわれて豊富な種類の野菜がある。しかも、産地産地の名前を付けて呼ばれるものが多いのも特色の一つだ。中には独特の形をしていて目を楽しませてくれる食材も多い。

賀茂なす(手鞠《てまり》のように大きく丸い)、鹿ケ谷《ししがたに》カボチャ(二階付という特有の形をした南瓜)、桃山茗荷《みょうが》(ずんぐりでなく細長くて、赤い筋が可憐だ)、堀川牛蒡(太くて、牛蒡なのに輪切りにしても調理できる)、聖護院大根(細長いのでなく、蕪《かぶら》のような形)、壬生菜《みぶな》(水菜の類・葉っぱがぎざぎざで歯ごたえがある)、万願寺唐辛子、伏見唐辛子、鷹ヶ峯《たかがみね》辛味大根(小さいが辛い)、九条ねぎ、桂瓜(白く細長い。白瓜とも)、松ヶ崎うきな蕪。

しかし今では、当地名の所在地では、ほとんど生産されていない。

上賀茂の酸茎菜《すぐきな》(および、漬け物のすぐき)、深泥《みどろ》が池の「ジュンサイ(ぬなわ)」。向日市・長岡京市の「タケノコ」、まだ地中にあったものは「筍」と書き、地上に伸びたものは「竹の子」と区別するとか、それだけ竹の子料理も細分化されていて、料理の種類も多い。山椒は鞍馬、山菜は八瀬大原。

形が特有な物に「海老芋《えびいも》」がある。里芋系の芋だが、里芋の子芋もおばんざいには欠かせない食材である。そして、独活(うど)、二十日大根、冬瓜(とうがん)、慈姑(くわい)なども、京ではなじみの食材であろう。

菜の王様は、「おまな」と言われた魚であるが、鯉、鮒など淡水魚はともかく、京都は海から遠い。いずれにしても、京都には、干物にしたものなど、日持ちするよう加工されたものしか入ってこなかった。しかし、その加工品をうまく用いて、京特有の料理に仕立てているのである。若狭から鯖街道をやってくる塩鯖、鯖寿司はバッテラ(小舟に見立てた寿司・ボートと同語のポルトガル語による)と呼ばれる。小鯵《あじ》や最近では鱩《はたはた》の南蛮漬け。瀬戸内・難波から入る鱧、骨きりの工夫で、今や夏の京料理の代表の一つで、様々な料理になって楽しまれる。北海道から来る、干物に加工された身欠き鰊《にしん》は、鰊そばが生みだされ、京のそば文化をになっている。鱈も棒鱈となって、芋棒で知られる。「おかか」と呼ばれる鰹も鰹節の削り節も生節もうまく使われる。京都のど真中にあって、これらの食材を提供する、代表格が錦小路の錦市場である。

4　おばんざいのお店

早くに酒蔵を利用した和風レストランがいくつかできているが、伝統の町家を再利用する工夫も進んでいる。中には大学の特別教室になっているものもある。そして、おばんざいの店になっているものもあるのである。そんな一軒（お数家《かずや》いしかわ・京都市四条高倉下ル西側）を訪ねてみた。細長い露地（ろうじ）を入った、その奥まったところにぽつんとあった。開店まもなくだったが、すでに片隅に老夫婦が食事をしていた。やがて、若い女性の一人客、女性の二人連れが二組、カウンター席に座った。女性ばかりの数名組みは二階へと上がっていった。さすが女性に人気とガイドブックにあった通りである。

　おばんざいの店の特徴は、カウンター席があって、その目の前の部分、または棚に大鉢・中鉢に盛った料理が数々並べてあることである。寿司屋がカウンターの前に、その日のネタを並べているのと似ている。直接目で確かめて料理を選ぶことができる。店にもよるが、だいたい十種類から十五種類が並んでいる。それには、定番のものと日替わりのものとがあるようだ。この日訪ねた店の「お品書き」には日付があり、毎日変わる手書きのものである。「おばんざい」の欄には、次のような料理名が並んでいた。

　オクラもずく酢・はたはたの南蛮漬け・サーモンとわけぎのてっぱえ・鶏だんごと冬瓜のたいたん・金太郎しめじとサーモンのホイル焼き・秋茄子とエビの白味噌グラタン・くも子ポン酢・筑前煮・秋刀魚《さんま》の山椒煮・

（お品書きにはなかったが。鰊と茄子のたいたんもでていた。さらに肉じゃがも）

　眺めてみると、伝統を守りながらも新しい面も見られる。ふと、どんな料理、どの料理が京のおばんざいらしいおばんざいなのかと考えてみたが、これこれと決められないような気がする。先のメニューにはないが、だし巻き、サツマイモ・コンニャクなどを混ぜたおから（きらず）、青菜（畑菜、壬生菜、水菜など）とお揚げを炊いたん、きんぴら牛蒡、鰯の生姜煮、ぶり大根、酸茎又は大根の漬けもんを煮たん、などもその候補に入るように思うが、「これが京のおばんざい」というのは、どうも人それぞれなのかもしれない。しかし、ひじき、豆腐、干し大根といった安上がりの食材を使った料理は、京のおばんざいには欠かせないと思う。賢いのは、店が許してくれるなら、盛り合わせを頼み、少量ずつ色々食べてみることである。

【注】

（1） 大村しげ外二名『京のおばんざい―四季の味ごよみ』（光村推古書院、二〇〇二年、これは昭和四十一年（一九六六年）刊同書の復刻版）

（2） （1）の著書の序（文）で、松本章男氏は、「御晩菜」としている。

（3） 堀井令以知『京都語を学ぶ人のために』（世界思想社、二〇〇六年）

（4） 拙稿「納豆は京生まれ？」（『京の歴史・文学を歩く』勉誠出版、二〇〇八年所収）。京都の北部京北町では、お正月に「納豆餅」を食べるのが慣わし。

（『京都学を楽しむ』勉誠出版、二〇一〇・七）

軒下の石たち

ここ数年、街中を歩いていて、すぐ目に止まるのが、軒下の石とでも言うか、町家の玄関先や家の角《かど》あたりにごろんと置かれている石たちである。注意を向けるきっかけになったのは、路上観察学会編（赤瀬川原平ら）の『京都おもしろウォッチング』（新潮社、とんぼの本）という本。この本では、この石のことを「角石《かどいし》」などと呼んでいる。いずれ民俗学的な意味があるのだろうが、これといって、この石の存在にまつわる由来は書かれていない。しかし、私は、これまでそれほど注意を向けることもなく見すごしていた、この石の存在が急に気になり出したのである。

京の街中だけの風俗かと思っていたが、伏見大手筋界隈にもやたらと多い。奈良市内でもみた。どんな地域・地方に広がっているものかさえ、まだ知らないが、石の置かれ方やその石の表情などが、なんとも様々で、それが面白いのである。日頃の億劫も手伝って、ともかく自らの観察とデータ収集の結果だけを頼りに、いろいろ推理してみようと思った。だからこそ、秘かな楽しみの一つになっている。

角石と言えば、すぐ思い出すのが、八年前初めて沖縄を訪ねて知った「石敢當《せきかんとう》」という風習である。道路に面した、民家の辻角に「石敢當」と書かれているのが、いかにも「おまじない」という印象を受けた。泊まった大きなホテルの玄関先にも「石敢當」と刻んだ石碑があって、一種観光化しているのを感じた。おそらく、災厄をもたらすものが、外部から侵入するのを防ぐ呪術的機能を持っているものと思われた。中国伝来の習俗らしい。

京の街中では、鬼門や裏鬼門にあたる隈が切ってあって三角地帯になっていることがある。そこにこの石が置かれていることがある。しかし、これがこの石の本来の姿なのかどうかはわからない。必ずしも、この鬼門、裏鬼門の角に置かれているとは限らないのである。道路に面した角なら、方角によらないように思われる。

いずれにしても、家の敷地と外界との境界に置かれてあって、いかにも、何かから家を護っているという表情をしている。道路に属する石でなく、あくまで家に属する石なのだ。路傍の石ではない。

本来は、石一個で意味をなしていたものと思われる。ところが、軒下に、いくつも並んで置かれてあったり、しっかりした板塀などに沿っていかめしく並べられていたりするものもあって、かえって一個だけごろんとしている姿は、孤軍奮闘、がんばっているなぁ、と思わせられて、ほほえましくなる。

これらの石は、家に属する。だから、石の置かれ方には、家のあるじの、この石に対する思いがみごとに反映する。ペンキでカラフルに飾られた石があるかと思うと、コンクリートで固められてもうごろんともできなくなった石もある。中には、鎖でつながれて、逃げ出さない（？）ようにされた石、または、本来家を護るべき角石自身が、箱入り息子のように、さらに鉄柵で護られているといった過保護な石まである。二つ三つが寄りそって、ちょっとした石庭をなしていて、うまく生かされているなあと眼を楽しませてくれるものもあった。

石たちは、昔とは違った役目を、今では負わされているように思われる。京の街中の通りは狭い。特に曲がり角にあたる家は、自動車の侵入や衝突を避ける防御が必要になっている（石とは関係なく、角に鉄の柵がしてある家も多い）。いわば、石たちはガードレールのような役目を今や負わされている。中には、家（というより屋敷）の角に、黄色と黒のペンキで縞模様に化粧されて、でんと構えている石もあった。時には、家の前の溝ぶたを越えて、大きな図体を半分道路に投げ出し、逆に交通妨害しているような放蕩息子（？）もしばしばみかける。そんなのをみると、家のあるじは、もっとしっかり管理して欲しいと思ったりする。中には、運悪く、角にコンクリートの電柱が立ったため、自分の仕事を奪われて、失業中という顔の、日陰の石もある。

石も様々なのである。とげとげしい角のあるもの、真ん丸なもの、多くは、自然石として生まれたまんまのものだが、中には、礎石だったか、石橋の一部だったか、人手の加わった跡のある、二度のおつとめという石もある。箱入り息子あり、放蕩息子あり、孤軍奮闘型あり、とこれらの石たちに綽名をつけるのもひとつの楽しみなのである。そして、ついつい、この石たちに、人の生き方をなぞらえてみたりする。石とはいえ、生かされて生きることが何て尊いことかとつくづく感ずる。少なくともこれらの石は、路傍の石ではないのである。謎解きを目標に、もうしばらくは、この楽しみがつづきそうである。

【注】　読者の中で、この「石」に関して、ご存じのこと、ありましたら、私までお知らせください。

（龍谷大学広報誌『龍谷』37号、一九九七夏号）

庭——自然を造る京文化

1 「癒し」の空間へ

本来「庭」という空間は、なんらかの行為が行われる、特定の機能を持った空間であった。「齋庭《いにわ》」「審神庭《さにわ》」の語があるように、「はれ」あるいは公的な祭りの空間、つまり、人々と神々が接する空間であった。当然、神楽の庭として社前（大前・広前）はそういう空間であった。また一方、「田（の）庭」、「海の庭」、「狩の庭」という語も存在するように、労働・生産という作業を行う「け」、あるいは私的な空間でもあった。

私的には、家屋《かおく》を取り囲む、「野」へと繋がる空間が庭であり、家屋の前や裏の庭が家畜を飼い、作物を処理する作業場であり、遊び場でもあった。やがて、家屋（建物）を中心に「屋敷」という領域の自覚が高まると、門ができ、垣根ができて、「庭」が囲繞された空間となってきて、「庭」が庭として自立した、新たな意味を持つようになった。それは、まさに「癒し」の空間への始まりであったと言えよう。

「癒し」の空間としての庭の発達は、先進の中国大陸や朝鮮半島から移入される作庭術や造園法によって、一層加速されたことであろう。『日本書紀』は推古天皇の時のこととして、蘇我馬子が庭に池を造り、中に小嶋を造ったことから、馬子が「嶋の大臣《おとど》」と呼ばれたと記録している。公的にも私的にも家屋に付随した庭が、囲い込まれた空間、他から切り離され、自立した空間となって、そこに切り離した「自然」が新たに再構築されることになったことを意味する。家屋に公私の区別はあっても、庭という空間は、いずれにしても私的に身近に「自然」を抱え込むことができる空間となった。言わば、自然を造る文化の確立であった。

癒しの空間である「庭」の文化は、平安京時代になって、花開くことになる。着倒れの京都もさりながら、庭の京都と言ってもよいほどである。京都観光の隠れた魅力は、大抵のお目当ての名所・社寺に、それぞれ特色のある「庭」が控えていることにあると言ってもいいだろう。ところで、京の都において、身近に「自然」を再構築したいという欲求は、都市化した生活空間が「野や山」との直接的な関係を断ち切られた空間であったことから、切り離された「自然」を再び身近に呼び戻したいという願いによるものと思われる。京の都は、日本列島の中で独占的に「都市空間」化がどんどん進んだ所となった。その上、「都と定まりにける」(方丈記)といわれたように、天皇が交替しても遷都が考慮されることがなくなって、都として安定したことも、庭文化を豊饒なものにする原因になったと思われる。

平安王朝文化が生み出したことばの一つに「眺め」がある。現在類義語に「景色」があって、「いい景色」「いい眺め」、「景色がいい」「眺めがいい」と、ともに使える。しかし、「景色を写真に撮る」とは言うが、「眺めを写真に撮る」とは言えない。「ながめ——ながむ」という語は、王朝時代、本来「物思いにふける」の意であったが、やがて「何かを見つめながら物思いにふける」という状況に用いられ、そして「何か思いを込めてじっとみる」の意になり、もっぱら視覚行為を表すことばになってきたのである。対象をある思いを持ってみるのが「ながめる」である。「眺め」は、客観的に外在する「景色」とは異なる。人と景色が心で結ばれているのである。

庭は主として屋内から、あるいは対岸などから「眺め」られるものであった。その「見え」が心を癒すものであることが求められたと言えよう。その造園・造庭に当たっての趣向・工夫は、歴代の庭師たちによって多様な展開を見せている。平安中期の、清少納言『枕草子』の類聚章段では、まだ「庭」は取り上げられていないが、平安中後期なると、橘俊綱の述とされる、作庭の手法を説いた、日本最古の書『作庭記』(古くは「前栽秘抄」と)が編まれて、以降の規範となったようである。『作庭記』の章立てをみると、「石を立てん事」「嶋姿の様々をいふ事」「滝を立つる次第」「遣水の事」「樹の事」「泉の事」などとなっており、大きな庭園を思い浮かべると、それを構成する素材はほぼ出そろっているようである。抽象して纏《まと》めると、庭園を構成する素材は、樹木と岩石と水流、この三種となろうか。これらによって、山や嶋や河や池や滝、それに橋などが再構築されたのである。庭を観賞するとき、これらの要素がどのように配置されているか、を眺め、考えてみるといいであろう。奥行きや配置のリズムなど、構成の美が感じ取れると面白い。

2 「山紫水明」と京都

平安京を造都した桓武天皇は、詔勅で「この国、山河襟帯、自然に城を作す《な》。…山城国となすべし。」と述べたように、それまで「やましろ」を「山代・山背」と表記してきたものを「山城」と表記するようになったのである。「城」の字は従来和語で「き」と訓じられてきたのを、初めて「城」に「しろ」の訓を与えることになった。北東西の三方が山(京の三山)で囲われ、南に池(巨椋池)、南へと流れる、幾筋かの河を有している京盆地を「山河襟帯」といったのである。京盆地自体が巨大な庭園であった。整備された都を東山あたりの高所から見て、素性法師は、「見渡せば柳桜をこき混ぜて都ぞ春の錦なりける」と詠んでいる。この眺めのいい風景に恵まれた京を、江戸時代には頼山陽によって「山紫水明」の地と称されもした。

外観において自然の立地条件が都にとって理想的であっただけでなく、特に作庭において欠かせない「水」に恵まれていたことが幸いした。京盆地は地形上、南北に幾筋もの河が流れていたし、地底には豊かな水量の巨大な水瓶を抱えていると言われる。それが湧水として湧き、井戸ができ、名水と呼ばれるものが数をなし、今も存在するものが多い(『京の歴史・文学を歩く』勉誠出版の「コラム(京の名水)」参照)。そして酒の醸造にとっても幸いしたのである。

水資源は、庭に泉や池、遣り水などを設けやすくした。平安中期、慶滋保胤《よししげやすたね》が『池亭記』を著しているが、左京六条わたりに自邸を設け、「池亭」と称したことによる。書名の通り、庭に池を抱えていた。そもそものわたりは湿地帯で、自ずと池をなしていたものを取り込んだのだと言われる。また、後に『作庭記』が作庭を構想するとき「国々の名所を思ひめぐらして」その「おほすがたをその所々になずらへて」造作するとよいと述べているが、それ以前すでに、庭に「塩竈《しおがま》」の磯辺の風景や「海の橋立《あま》」(天橋立)をなずらえて作庭した例があった。それも水の豊かさによって可能であったのであろう。

逆に、水資源の豊富さが都造りに不都合な面もあったことは否めない。都の西の京(右京)、特に南西方面はひどい湿地帯であったためか、当初から衰退して、都の住宅地として栄えることなく終わった。

3 多様な空間芸術——庭の探訪

庭と言い、庭園と言う。その使い分けは必ずしも明確ではないが、庭の語は広く用いられ、そのうちで比較的規模の大きいものが庭園と呼ぶにふさわしいものと言えようか。もっとも「園《えん》」には、菜園、公園(動、植物園、その他)などがあり、そうした「園」の一種が庭園ということになる。ともかく「庭」と一括りされるものにも、大小様々な規模のものが生み出されてきた。京の庭といっても、そのバリエーションは多様に過ぎる。しかも同規模の又同様式の庭であっても、一つ一つの庭が、個別の顔や表情を持っていて、各の魅力を湛えている。しかし、それらをここで一々取り上げるわけにはいかない。

本章では、大きな規模の庭の代表として、世界文化遺産に登録された天龍寺の曹源池《そうげん》を、小さな庭の代表として、ある町家(私邸)の坪庭をとりあげて、京の庭文化を考えてみることにする。

ところで、千年の都・京の文化を中心に日本文化は展開してきたが、その長い歴史の中で、中世という時代が、文化の様々な側面で屈折点をなしていると言えるようだ。その意味で庭の文化も例外ではないと思われる。大規模な庭の例に、一三三九年創建の天龍寺の曹源池を選んだのも、この池の様式を見ることで、それまでの平安からの流れとその後世における展開とを跡づけやすいと思われたからである。

4　天龍寺の庭・曹源池

嵯峨嵐山を流れる大堰《おおい》川の左岸に大伽藍を構えて天龍寺がある。後醍醐天皇の菩提《ぼだい》を弔《とむら》うために、天皇ゆかりの地に、足利尊氏が夢窓国師疎石を開山として建立した寺である。夢窓国師は、臨済宗(禅宗)の高僧であるばかりか、作庭にも秀でていて、曹源池はじめ多くの庭園を作庭している。その名「疎石」がいみじくも語っているように、庭の景観造りに岩石を巧みに生かした石組みなどの工夫に新境地の作庭法を生み出している。

座観式

渡月橋の通りを少し北に上ると、西側を境内とする天龍寺の門がある。奥深く西の方向へ延びる、真っ直ぐな長い参道を、右手に幾つかの塔頭《たっちゅう》を覗きながら行く。突き当たりが庫裏《くり》で、その庫裏から「大方丈」と呼ばれる方丈の間に出る。その西向きの正面に、曹源池を中核とする庭が拡がっている。庭はこの方丈の間から眺めるようにできている。これを座観式庭園という。これまでの庭園も総て基本的には、座観(定視)式であった。これに対して庭の中の池の周りを散策・移動しながら、移り変わる「眺め」が楽しめるようにできている庭を、回遊式庭園という。回遊(動視)式は当然規模が大きくなる。主として江戸以降に作庭されたもので、大名庭園などと呼ばれるのがその類である。現在、この曹源池の周りを拝観コースが設けられ、散策できるようにはなっているが、これはこの庭が回遊式だからというわけではない。実際散策路から曹源池がよく見えるわけではないのである。

なお、京の庭で忘れていけないものに、茶室に至るまでの途中の眺めを楽しむ庭がある。回遊式の変種とも言うべきか、これを露地庭と言っている。

池泉中心

方丈の間から庭を望むと、曹源池までの空間には白砂が敷かれ、池の向こう岸正面に岩石で組まれた滝・龍門瀑が見える。大沢池の「名古曽滝《なこそのたき》」同様、水は流れていないが、江戸期の名庭案内書とも言うべき『都林泉名勝図会』（一七九九年）を見ると、この滝に水の流れが描かれている。今大堰川に見立てた水流（遣水）がこの池に注いでいるが、龍門瀑の流れが元からあったのかどうかは不明。

この庭の地形構成は、平安時代の寝殿造庭園以来の伝統を受け継ぐものと言っていいだろう。先に触れた『作庭記』は、この寝殿造庭園を念頭に置いて記述されたものである。この様式を引き継ぎながら新たな展開を示したものが、浄土式庭園である。ただ、寝殿造庭園では、池は南面して眺められたものだが、浄土式では、一部例外もあるが、池の対岸が西になる、つまり西方浄土を観相できる様式になっている。頼通が自邸を寺院にした平等院（宇治）がその典型であり、最近の発掘調査によって宇治川の東岸（此岸）から鳳凰堂（彼岸）を望むようになっていたと言われる。これによって、それまでとは聖地（東岸・彼岸）と別業地（此岸）の関係が逆転したことになる。池の意味も浄土式では、浄土という理想郷を観相する方便という意味を持っていた。

池中立石・組石

従来の庭園では池に中島とそれへと繋ぐ橋が欠かせなかったが、曹源池には、それらしい島はない。半島のようなものが突きだしていたり、岩石の石組みによる、それらしいものが池中にあり、石橋も架かってはいるが、なんと言っても大きな特徴は、「池中立石」と言われる池の水面に顔を出した岩石の配置である。雲海から顔を出す山々の姿とも、海上に浮かぶ島々とも見て取れる。夢窓疎石は『夢中問答』(岩波文庫による)で「古より今にいたるまで、山水(庭の意)とて山をつき石をたて樹をうゑ、水をながして嗜愛する人多し。其の風情は同じといへ共、其の意趣は各ことなり」と言っている。また優れた景観を殊に重視した疎石は、「此の山水に対してねぶりをさまし、つれづれをなぐさめて、道行のたすけとする人あり。これはつねざまの人の山水を愛する意趣には同じからず。まことに貴しと申しぬべし。」と、仏道と庭の景観(眺め)との関係を語っている。

池の水面から顔を出す岩、石組み、この水面(池)を白砂で埋め尽くせば、いわゆる枯山水の庭になる。龍安寺や大徳寺の塔頭など、禅宗寺院で引き継いで生まれる枯山水の庭の源流をここに見ることができる。波模様とも見える白砂につけられた筋目模様、転々と配置された石組み、それらの関係をどう感じ取るか、より抽象的な「見立て」が要求され、眺めて思索にふけることになる石庭が枯山水の庭である。小野健吉(『日本庭園――空間の美の歴史』岩波新書、二〇〇〇年)によると、「枯山水」と言う言葉は、『作庭記』にみられるのが初出例で、そこでは築山などの裾あたりに据えられた立石や石組のことをいう、造園の「局部的な手法」だったのが、後に、池泉や遣り水といった水を全く用いない石組みを主体とする「庭園様式」を指す言葉になったのだと指摘する。

借景

方丈の間に坐して庭を眺める。正面の滝の背後は樹木が茂り岡をなして高くなっていて、その西にある亀山公園は見えない。しかし、左手の方向には、険しい嵐山の山並みが見える。庭と背後の嵐山などとの境目ははっきりしたものはなく遠近の差が感じられるだけ、つまり、この庭は嵐山を借景として取り込んでいるのである。

囲繞《いにょう》された空間に自立した世界を築いたものが庭であるが、その庭と庭の外との境を工夫することで、囲繞という閉塞感から逃れて、新たに外の世界と結びつく、それを計算に入れた作庭法を借景という。囲繞空間の境をなす土塀や垣を低くすることで、外の好ましい景観をわが庭の一部に抱え込むのである。龍安寺石庭、清水寺成就院の庭などの例がある。

心に大きな影響を与えるものとして景観を重視した夢窓疎石は、「天龍寺十境」なるものを選んでいる(『夢想国師語録』)。十境には、境内内だけでなく境内外のものも数えられている。境内外では、嵐山は勿論、大堰川、渡月橋、歌枕でもある戸奈瀬《となせ》の滝や亀山まで取り上げられている。周囲の自然の景観との関わりにおいて、曹源池を中心とする天龍寺の庭園は造られているのである。

5　町家の坪庭

現代の住宅事情は、庭のない「家庭」をどんどん増殖している。以前には私的住居に「自然」(庭)を取り込む空間的余裕があったが、住居が高層マンションや立て込む住居群に属するものになって、その空間的余裕は奪われてしまっている。今や庭付きの家は、あこがれの対象と化している。

「つぼにわ」というと、現在一般には「坪庭」と書くが、「壷庭」と書くこともある。「坪」は面積の単位だが、狭い、小さい庭を意識した場合「坪庭」と書き、すっかり周囲を廊下などで囲まれた、孤立した庭を意識した場合は「壷庭」と書くのであろう。

歴史的に見ると、宮中の後宮に「壷」と呼ばれる中庭があった。桐壷、藤壷、梨壷、梅壷、それに霹靂《かむなり(かむとけ)》木の壷と呼ばれたが、それぞれの壷庭にその名の樹木が植えられていたのであろう。紫宸殿の前の左近の梅(今は桜だが、当初は梅だったという)、右近の橘《たちばな》を加えると、『枕草子』(木の花は)の段で取り上げている樹木と一致する。ただ一つ、「樗《おおち》の木」(枕草子)と「霹靂木」が一致しない。ひょっとすると宮中の「霹靂木(壷)」とは、「樗の木」

のことだったのか。いずれにしろ、壷には植物が植えられていた。源氏物語絵巻「竹河(二)」は、髭黒《ひげぐろ》大臣の娘である姉妹が庭の桜の木の所有をめぐって囲碁で争っている場面であるが、中庭(壷)に桜が植えてある絵である。こうした壷庭の源流は、中国の住居・四合院の中庭にあるのかも知れない。

大徳寺の龍源院には、四つの枯山水の庭があるが、その一つは「東滴壷」と命名されていて、まさに廊下で囲まれた、孤立した空間を利用した(?)庭である。名称の「壷」とは「壷庭」の意味であろう。

現在では、料亭や大きなレストラン、また旅館やホテルなどの多くに「坪庭」がしつらえられていて、お客の心をふっと癒してくれる空間となっている。そうした一つに、京町家を改造してフレンチ&イタリアンの料理を出すレストラン「蒼(AO)」(京都市中京区)がある。今町家としての建物を保存しながら、様々な用途に再活用されている家が増えているが、レストランに活用した一つが、このお店である。カウンター席の前の大きなガラス窓の外が「坪庭」になっている。正面向かいの檜皮を葺いた塀との間に、方形の井戸と大きな灯籠があり、数本の北山杉が植えられている。それに木賊《とくさ》、苔や低木、低い蹲踞《つくばい》(石)に筧《かけい》と手水鉢などで構成されている。坪庭としては少し大きい方であろうか、予想される、庭を構成する素材がほとんど揃っている。

京都駅にそう遠くないところに「クロスロード(Crossroads)」(京都市下京区)という、外国人観光客を主とする民宿がある。二階の三部屋(畳みの間)が宿泊に提供されているが、その一階に文字通りの「坪庭」がある。

この家は、現代の建築物であるが、工面ないし工夫をこらして、あえてこうした空間を設けた人の心が感じ取れる。外国人の客も庭をしばし眺めて、日常の中の日本文化を感じ、心が癒されることがあるのでないかと想像される。

(参考文献)文中で取り上げたものを除く。
進士五十八「日本庭園の空間」(『日本の美学——特集空間』16号、ぺりかん社、一九九一年)

清水泰博『京都の空間意匠』（光文社新書405、二〇〇九年）
水野克比古『京都坪庭拝見』（写真集・光村推古書院、二〇〇七年）

（『京都学を楽しむ』勉誠出版、二〇一〇・七）

古都の紅葉

「錦秋」という。なんと言っても秋は紅葉、一面紅葉した風景は彩り鮮やかに織りなされた錦のようだという美意識が、この一語に込められている。紅葉を錦（織物）に見立てることは、古く大津皇子《おおつのみこ》の漢詩（「山機霜杼織葉錦」懐風藻）に遡る。皇子は「経《たて》もなく緯《ぬき》も定めず処女らが織る黄葉《もみじ》に霜な降りそね」（万葉集・一五一二）と和歌も詠んでいる。この見立てがもてはやされて伝統化し、平安時代になると、菅原道真などによって「紅葉の錦」という歌語が誕生した。

「もみじ（ぢ）」は、もとは「もみち」と清音で、「もみつ」という動詞の連用形の名詞化した語であるが、平安以降は「もみじ（ぢ）」と濁音化した。言うまでもないが、「紅葉」という種目の樹木は存在しない。秋に草木の葉が色づくこと、また色づいた葉のことを言う語であり、決まった草木があるわけではない。しかし、紅葉した樹木の中でも、朱（赤）に染まる「楓（かえで）」の色が最も目に美しく、紅葉の中の紅葉である。紅葉というと、この楓がまず浮かぶが、蛙の手に見立てて、元「かえるで（蛙手）」と言った。

今「もみじ」は、紅葉と書くが、万葉集の歌では、「もみち、もみつ」を「黄葉」「黄変」などと表記し、「紅葉」の例はごくわずかしか見られない。平安以降もっぱら「紅葉」と表記するようになったのである。「黄葉」から

「紅葉」へ、これには漢詩における六朝詩などの「黄葉」から白楽天など盛唐の詩の「紅葉」への変遷の影響とも考えられるが、我が国における、秋の木の葉の彩りに対する関心が、平安以降特に楓の紅葉中心に移ったことを意味しているとも考えられる。

万葉時代、大和国の紅葉の代表格は、奈良盆地の西方(秋の方位)にある竜田山の紅葉であった。竜田山の紅葉は散ると、竜田川に流れる。平安時代になると、大和国平城京は「ふるさと(古都)」となったが、平安貴族にとっても竜田の山・川は、忘れられない歌枕であった。平安京に都が遷ると、やはり西の方なる小倉山、嵐(の)山が紅葉の名所となる。散った紅葉は大堰(井)川・桂川に流れた。

夕されば小倉の山に鳴く鹿は今夜は鳴かず寝ねにけらしも　(万葉集・一五一一)

夕月夜小倉の山に鳴く鹿の声の内にや秋は暮るらむ　(古今集・三一二・紀貫之)

同じ「小倉山」の名を持つが、前者は大和国の山、後者は山城国嵯峨の山。貫之は万葉歌を踏まえて詠んだものと思われる。まだ紅葉は登場していない。しかし次の歌が、小倉山・嵐(の)山が紅葉の名所(歌枕)となるきっかけになったようだ。宇多法皇が大堰川に遊覧の御幸をされた時、お供の貞信公(藤原忠平)が詠んだ歌である。

小倉山峰の紅葉葉心あらば今ひとたびのみゆきまたなむ　(拾遺集・一一二八)

そして、さらに小倉山、嵐(の)山を紅葉の名所として確固たるものにしたのが、大堰川での「三船の才」のエピソードで有名な、藤原公任の次の歌である。

朝まだぎ嵐の山の寒ければ紅葉の錦着ぬ人ぞなき　(拾遺集・二一〇)

源氏物語が書かれた頃の歌で、「紅葉の錦」の歌語もすっかり定着していた。

小倉山、嵐山は今こそ大堰川を挟んで右岸と左岸に位置しているが、平安末期までは、二つは同じ山(今の嵐山)を指したとする説があり、注目される(増田繁夫「小倉山・嵐山異聞」『文学史研究』24・一九八三)。現在嵯峨には小倉百人一首の歌すべての歌碑が存在する。その歌碑を観賞してまわりながら、小倉山、嵐山を中心とする周辺の紅葉の魅力に平安王朝の昔を偲んでみるのもいい趣向だろう。

(京都民報、二〇一〇・一一・二一)

下京や今は昔の物語――京都・七条大宮

東寺の塔を左にて
　とまれば七条《しちじょう》ステーション
京都々々と呼びたつる
　駅夫のこゑも勇ましや

右は、鉄道唱歌(東海道編)四十六番の歌詞。一昨年秋、四代目の京都駅の駅舎が竣工したが、初代の駅舎は、一八七六(明治九)年に建てられ、七条ステーション(または、七条停車場)と呼ばれていた。京都駅は、五年前建都千二百年目を迎え、昨年は市制自治百年目にあたった「京都」の表玄関である。平安の都が築かれて、いつか、上京、下京と呼ばれる区別が意識され始めた(応仁の乱以後)が、京都駅は「下京」に属する。ここでは、下京にスポットを当ててみたい。

東寺は、旧都の南の果て九条通りに面している。そこを過ぎて少し西にたどると、羅城門跡に着く。ここが、昔の京の表玄関であった。門は早く平安中後期には荒廃したらしいが、芥川龍之介の『羅生門』（黒澤監督の映画も「羅生門」）が描くように、二重の楼門で、その二階の高さが、現在すぐそばにある歩道橋の高さとほぼ同じだったとか。その昔、階上の楼は、京の都が一望できる観光スポットでもあったに違いない。いまは、京都タワーの展望台や新京都駅の「空中径路」がその役目を果たしている。

羅城門は、都のど真中を約八十五メートルの幅で南北に貫通する朱雀《すじゃく》大路（いまの千本通り）の南の果てにあった。この大路が京都を東と西とに分けていて、東側の大寺《おおでら》が東寺（教王護国寺）で、当然、対して西寺もあった。いわば公設市場と言うべき市も、東の市と西の市とが置かれ、外国の使節を迎える鴻臚館《こうろかん》も東西に、朱雀大路を挟んで七条・八条辺りに相対していたのである。

紛らわしいが、以上の東西と、いまの通り名に見る東洞院・西洞院や東本願寺・西本願寺などの東西とは異なる。実は、平安中期、市聖と呼ばれる空也上人が、浄土教を熱心に広めて回った「東の市」があったのは、いまの西本願寺や興正寺、龍谷大学（大宮学舎）、野球の名門平安高校のある辺りだったのである。

龍谷大学は、一六三九（寛永十六）年に創設された、本願寺の学寮に始まるから、ちょうど三百六十年の歴史を刻んできたことになる。大宮学舎は、本館（重要文化財）はじめ、南と北の校舎などが京都で最初の洋風建築物である。少し南に下った東寺の境内の北側には、空海が設立した、わが国最初の私学である綜藝種智院《しゅげいしゅちいん》にちなんだ種智院大学がある。下京の洛中にはなお、その北辺の四条通り南に池坊短期大学、四条通りの西外れには京都外国語大学がある。さらに下京も洛中を外れると、東の洛外に京都女子大学（同短期大学）、西の洛外に光華女子大学（同短期大学）がある。

いま、新京都駅の西側には、「京都市大学のまち交流センター」（仮称）の建設が始まっている。これは、京都にある大学の連合体と京都市とが協力して組織する「大学コンソーシアム京都（財団法人）」が二〇〇〇（平成十二）年度完成を目指して建設を進めている建物で、京都の大学の研究や情報の公開と交流の一大拠点となることを目指している。いまや京都駅界隈は、あらゆる学問・文化活動の入り口であるとともに出口ともなりつつあると言える。

京の五条の橋の上
大のおとこの弁慶は
長い薙刀《なぎなた》ふりあげて
牛若めがけて切りかかる

右は、一九一一(明治四十四)年発表の文部省唱歌「牛若丸」の歌詞。実はいまの五条通りは、もとの京《みやこ》の五条大路ではない。だから、牛若丸と弁慶が橋合戦をした伝説上の橋も、いまの五条大橋ではないのである。いまの松原通りこそ、昔の都の五条通りであった。ところが、方広寺大仏殿が落慶した一五八九(天正十七)年に、豊臣秀吉が命じて橋をつけ替えさせたために、通りの名まで変わってしまったのである。いまも松原通りには、古式ゆかしき五条天神社や道祖神社、「五条の三位《さんみ》」と称された歌人藤原俊成のいろいろな遺跡などが種々点在する。昔の五条通りこそ、旧五条大橋を渡って真っすぐ東へ向かえば清水寺へとたどり着く道であった。私は、この「松原通り」を歩くのが好きで、仲間や学生たちを案内して何度も歩いている。京の年輪を目で確かめるには最も手っとり早い散策コースだからである。

(『大學時報』264、一九九九・一)

脇役の渋い味——京都学を楽しむ

地域学と京都

もう四十年も前になろうか、一定の歴史と文化を持つ地域を学問の対象にする地域学というものの可能性を知った最初は、「奈良学」だったと思う。その後京都では、「伏見学」が名乗りを挙げたが、遅ればせながら、十年ほど前やっと京都学を名乗る「国際京都学協会」が設立されて、今も盛んな活動が続いている。京都本ブームも背景にあり、その頃から「京都学」と銘打つ書物も次々と刊行されてきた。私が代表となっている、日本文化を語る会の「知恵の会」も京都学の本を三冊、勉誠出版から出していただいた。

主役と脇役

皇居が東京に遷るまで、京都は千年の間都でありつづけた。その間維持され熟成されてきた風俗・習慣や文化は汲めども尽きぬ豊かさを誇っている。京都の魅力に触れようと観光する目玉スポットも目白押しで、そのためその主役だけをなぞっていくことになりがちで、脇役に目を向ける余裕もないことであろう。しかし、脇役こそ京都という舞台を引き立てているのである。日常の生活の場である路地に脇役たちは潜んでいる。路地から京都を観察して京都を感じて欲しいものである。

路上観察の醍醐味

平安京は縦(南北)と横(東西)の通りが碁盤の目のように敷き詰められて造られた。平安京以前の都もそうであったが、京都ではそれが千年続いて、通り（大路小路）の位置も昔のままであるものが多い。すとーんと遠くまで細々と続く路地、その先に山が見えたりする。京都ならではの景観である。

①縦横の通りが交差する辻が至るところにある。その角の柱や壁、時には二階の柱などに、例えば「中京区・柳馬場通六角上る槌屋町」とか「御幸町通姉小路下る丸壁町」などと書いた、地所表示の鉄板の札が掛けてある。縦横の通り名と町名が「上る・下る」などで結ばれている。古いものには「仁丹」のマークの付いたもの、新しいものにはライオンズクラブなどの提供したものがある。最近京都ならではの、この「上る・下る」「西入る・東入る」という地所表示の用語が消えるのではという危機感が物議を醸している。

②路地を歩くと出くわすものに、お地蔵さんを祀った小さな祠がある。町内ごとにあると言っていいほど多い。八月二十四日前後には、地蔵盆と言って、お地蔵さんを飾り付けて、子供が主役のお盆行事が町内会開催で行われる。

また、「角石」とか列石などと言われる、小振りの岩石が家の角や塀沿いに並べてあったりする。様々な有り様をしているので、それを見つけて一体何のためなのか想像してみる楽しさがある。鬼門避けだとか、沖縄の「石敢當」に相当する呪術的な意味があるとか、家の敷地の境界線を示すものだとか、いろいろ説がなされているが、未だに謎の小岩石なのである。

③家の軒下には、「犬矢来」という竹で編んだ籬のようなものを見かける。雨だれが家の側面の壁を腐食しないようにしたものらしいが、犬が糞尿を引っかけないように設けたものとも。絵になる、風情のあるしつらえである。また、「駒寄せ」という柵が、家の玄関の左右にめぐらせてあったりする。折りたたみ式の「ばったり床几」が軒下にあることもある。店の場合商品を並べたり、夕方などに一服休憩のため腰掛けにしたりできるもの。

町屋のデザインとして注目されるのは、家の通りに面した側の「格子」である。中が外からは見にくいが、内側からは外がよく見えるという工夫なのである。いわゆる「べんがら格子」が特色あるが、店の商売によって格子のデザインが異なることも観察して欲しいことだ。

④家の二階の方に目を向けると、古い家だと屋根が緩やかな曲線を描いたものがある。「むくり屋根」という。中二階の家では、二階の窓のほとんどが「虫籠窓」という、特有の窓になっている。一階の屋根には、魔除けのための「鍾馗さん」の像が置かれている家が多い。さらに大きな商家の屋根には、屋号などを書き込んだ「ガス灯」が突っ立っている。そのデザインは様々で、スケッチして歩くのも楽しい。

商家などの屋号を示すものでは、「暖簾」も見所だが、一階の屋根などに据えられた、古い看板に注目したい。新しい看板は西洋流の横書き一行、つまり左から右へ書いてあるが、古いものは一字一行の縦書き、つまり右から左への横書き一行である。古い字体を読みながら何屋さんか推測するのも面白い。

⑤京の街中には、やたらと石碑が立ててある。それらをめざとく見つけて、その地の歴史に思いを馳せる。特に角倉了以が開削した高瀬川の流域界隈には、諸処の藩の邸跡や志士の遭難の地であることを語る石碑が多く存在する。

その他、観光ガイドブックには書いてない、京都を語ってくれる脇役たちは多い。

（「勉誠通信」25号、二〇一〇・九）

紫式部と小野篁——研究ノート——

今年は源氏物語千年紀、さながら京都では、源氏物語及び、その作者紫式部の追善供養の様相を呈している。肝心の紫式部の墓について伝える、最も古い文献の一つは『河海抄』（四辻善成述）であろう。巻一〔料簡〕に次のようにある。

式部墓所、在雲林院白毫院南、小野篁墓の西なり。宇治寶蔵日記にも紫野に雲林院（に）有よし見えたり。

『河海抄』が記す、二人の墓は、今、堀川北大路の南にある島津製作所の一角を占めている、二人の墓と言われるものと同じものと見ていいようである（二扉裏の写真「小野篁の墓」）。

それにしても、なぜ小野篁と紫式部なのか、従来このことが謎ないし疑問視されてきたが、最近、明川忠夫氏が一つの解釈を示した[1]。地獄に堕ちた紫式部を、地獄の冥官となって、閻魔大王と話のできる小野篁が庇う、弁護するという仕掛けだ、というわけである。二人が結びつけられている伝承には、もう一つある（二扉裏の写真）。

今、千本閻魔堂とも言われる引接《いんじょう》寺の境内に石塔があり、紫式部の供養塔と言い伝えられている。刻銘によって、至徳三年（一三八六）に円阿上人が造立したものと分かる。その閻魔堂という名から想像されるように、本尊は閻魔大王、この寺にも篁に纏わる伝承がある。この寺の盂蘭盆会の精霊迎えは篁の指図によって始まったという。篁は、現松原（旧五条）通りの東端にある六道珍皇寺の井戸を通路として、生前地獄とこの世を行き来していたという伝承でよく知られている。引接寺で二人が繋がるのも、地獄に墜ちた紫式部を篁が救済するという関係を背景にしているのだと、明川氏は説明している。

こうした関係が生まれるには、当然紫式部堕地獄説が存在していなければならない。文献的には、院政期末に突然のように紫式部堕地獄説が現れる。『今鏡』（一一七〇年ごろ）であり『宝物集』（一一七八年ごろ）であり『無名草子』（一二〇〇年ごろ）であり『今物語』（一二三九年ごろ）であり、そして唱導としての安居院流の祖澄憲の「源氏一品経表白」（一一七六年ごろか）やその子聖覚の「源氏表白」「源氏物語願文」などである。この間のことについては、すでに先学によって次のようなことが指摘されている[2]。

（1）『宝物集』「源氏一品経表白」などの堕地獄説とほぼ平行して、『今鏡』『無名草子』などの紫式部観音（菩薩）化身説があること。

（2）これらが語られた院政期末期は、源氏物語が古典として益々もてはやされ、隆盛を極めた時期であること。絵巻の作成、注釈の開始、俊成の「源氏見ざる歌詠みは遺恨のことなり」（「六百番歌合」）という発言等々、そして享受層の広がり。

（3）地獄説も化身説も、源氏物語を賛美する側から出たもので、しかも俊成の身内や周辺の人々によって生み出されている。澄憲が「源氏一品経表白」を記した「源氏供養」の発願者美福門院加賀は俊成の妻であった。また、澄憲の子聖覚導師と俊成の子定家とは親しい間柄にあったという。

ところで、紫式部が地獄に墜ちたということは、人の夢に現れて紫式部自身が告白したことになっている。しかしその理由は、虚言を書いたから（宝物集）とも、一歩踏み込んで、妄りに男女の性愛を書いて人の心を乱したから（源氏一品経表白）ともされている。しかし、それらより早くに、『今鏡』は、紫式部が「後の世の煙とのみきこえ給ふ」（地獄堕ちのこと）という噂が「誠に世の中にはかくのみ申し侍（る）」と広まっている事実を踏まえて述べている。「後の世の煙」とは、恵心僧都『往生要集』で「妄語の人を焼くこと、草木の薪を焼くが如し」と「大叫喚地獄」の箇所で語っているのを踏まえているのであろう。そして、同書では、妄語の者は、他の悪者とともに、「叫喚地獄」以下の地獄にも「堕つ」と語る。

しかし、白居易（楽天）の有名な、「私は詩文（文学）を作るという狂言綺語の誤りを犯したが、それをそのまま『讃仏乗の因、転法輪の縁』としたい」という趣旨の詩句が『和漢朗詠集』に取り上げられて一般に広まったが、この見解を根拠にしているのか、末法の世の到来を控え、『往生要集』の浄土観に共感し、往生へのあこがれが異様に高まったにも関わらず、以後ずっと和歌も作り物語も盛んに生み出されてきていた。それが院政期後半になって、文学は妄語の世界、妄語をなす者は地獄に堕ちるという見解が今更のように世情に浮上してきたのは、なぜだろうか。この社会思想的課題を見極めなければならないところである。

そもそも『往生要集』のいう「妄語」には文学言語も含まれていたのだろうか。「口業」の「四悪」といえば「両舌・悪口・妄語・綺語」で、妄語と綺語は区別される。これは、「大無量寿経」や「長阿含経」などで、仏教の「十悪」に属するとするものである。つまり確かにどちらも「悪」であることに変わりがない。ただ、『今鏡』では、妄語、虚言、綺語、さらに雑穢語などを区別している。うち虚言こそは悪だが、他はそうでもないと言わんばかりで、「仏も譬喩経などといひて、無きことを作り出し給ひて、説き置き給へる」と「方便」を認めている。それこそ、讃仏乗の因縁の考え方である。

先に列挙した文献からすると、それらにすこし先立つ『袋草紙（上）』（一一五六年ごろか）に、次のような、恵心僧都のエピソードが載せられている。和歌は狂言綺語だとして詠まなかった恵心僧都が、ある人が満誓の歌を基にする「漕ぎ行く舟の跡の白波」を口ずさむのを聞いて、「和歌は観念の助縁」だと言って、その後和歌を詠むようになったというのである。これ以降、『梁塵秘抄』など幾つかの文献で、和歌を讃仏乗の因縁だという見方が再確認されるかのように取り上げられているのである。にもかかわらず、永万二年（一一六六）、導師澄憲によって「和歌政所一品経表白」が作られている。その表白中で、和歌のことを言う「麁言軟語」は、本来「仏の方便説法の言葉を指していた（語）」と指摘されている。(3)

紫式部堕地獄説を取り上げている『宝物集』は、その根拠を、人が夢に見たのだという。地獄での苦患に耐えられなくなった紫式部が、源氏物語を破り捨てて「一日経」を書いて唱えて欲しいと夢で語ったというのである。そこで『宝物集』は次のように結ぶ。「歌詠共寄合テ、一日経ヲ供養シケルハ、覚へ給ラン物ヲ」と。「覚へ給ラン」とあることは、この「供養」が現在時的なことであることを意味する。もし「一日経」が「一品経」の誤りであるなら、また「歌詠共」とあることから、この経が澄憲「源氏一品経表白」であることを意味していると思われる。もしそうなら、この「表白」に依る源氏供養は、「和歌政所一品経表白」と『宝物集』成立の間のことと見られ、先の推定成立年号に矛盾しない。とすれば、『宝物集』が言う、紫式部の夢を見た人というのは、「源氏一品経表白」で「故紫式部亡霊、昔託人夢告罪根重」という、この「人」を踏まえているのかも知れない。

『今鏡』が言うように、巷では紫式部地獄堕ちの噂が広まっていたのに違いない。しかもそれは、人の夢に現れて、紫式部自身が知らせてきたという話によってであったのかも知れない。平安中期以降、恵心僧都『往生要集』が人々に与えた影響は無視できない。西方浄土への往生は、人々の精神的支柱をなしていたと思われる。『往生要集』の描き出した地獄は人々の恐懼を誘い、一層浄土への救われが熱望されたに違いない。それは、往生を理想とする風潮で、人々は、如何にすれば救われるか、如何にすれば浄土に往生できるか、それを常に追及したことだろう。そうした理想の実現が、あの六種の「往生伝」にまとめ上げられている。しかし、それは、多くは高僧伝であった。

時代はこうした、ひたすら「往生」を願う状況から、平安末期・院政後期になって、往生への願いから、せめて地獄へ堕ちることだけは避けたいという願いの方が現実的になってきたのではないか。恵心僧都が描いて以来、地獄への関心は消えなかったのであろう。枕草子に地獄絵の屏風が取り上げられ、和泉式部の歌に地獄絵を見ての歌(金葉集)があったりする。しかし、平安末期以降の、地獄への関心の新たな高まりも指摘できる。絵巻「地獄草紙」「餓鬼草子」が制作されたのも、その一つの現れである。

さて、先に小野篁が閻魔庁の冥官となって地獄とこの世を行き来していたという伝承に触れたが、この篁と地獄を結びつける話も、どうやら平安後期ごろに生まれたのではないかと考えられるのである。『江談抄』『伊呂波字類抄』『今昔物語集』さらには『三国伝記』などを明川氏は指摘し、さらに澄憲ら安居院流の里坊のあった大宮通り寺之内が、引接寺や篁・紫式部の墓のある、昔の葬送地蓮台野に近いことから、安居院の唱道と紫式部の墓や供養塔との関係に注目している。(4) なるほどと思う推定である。

【注】

(1) 明川忠夫「小野篁の説話」(知恵の会・代表糸井通浩編『京の歴史・文学をあるく』勉誠出版、二〇〇八年)

(2) 三角洋一『源氏物語と天台浄土教』(若草書房、一九九六年)、久保田淳外校注『今物語外』(中世の文学・三弥井書店、一九七九年)

(3) 注2三角著書に同じ。
他に、古註釈大成の『河海抄』、海野泰男『今鏡全釈』(福武書店・一九八三年)などを参照。

(4) 注1に同じ。

(紫式部学会『むらさき』45、二〇〇八・一二)

夕顔の宿

はじめに

『源氏物語』夕顔巻は、光源氏が下の品の女と見る夕顔に巡り会い、連れ出した「なにがしの院」での一夜の逢瀬で、夕顔がものの怪に取り殺され、密かに埋葬されることに到るという「夕顔物語」であるが、舞台となった「五条わたり」とは当時どういう土地柄の空間であったのかについて、考えてみたい。

1　五条なる家

女（夕顔）に仕えていた右近が「夕顔の宿り」と呼ぶ家は、夕顔巻冒頭で次のように語られている。[1]

六条わたりの御忍びありきのころ、内裏よりまかでたまふ中宿りに、大弐の乳母のいたくわづらひて尼になりにけるとぶらはむとて、五条なる家たづねておはしたり。

と、惟光の母（光源氏の乳母）の家が「五条なる家」と紹介され、「この西なる家」が「夕顔の宿り」であった。「六条（わたり）」「五条（なる）」とあるが、条坊制で造都された平安京では、「六条」と言えば、六条大路から五条大路までの区画域を指した。「五条なる」は、「五条大路から四条大路のうちにある」の意味になる。しかし、地所を表示するのに、横の東西の通り名と縦の南北の通り名を組み合わせて示す方式（例：「五条東洞院あたり」）が便利とされ、通用するようになると、「六条大路」「五条大路」それぞれを単に「六条」「五条」と呼んで済ますようになった。

通りに面して建てられた邸宅（殿舎）に通り名をつけて呼ぶことが多かったが、例えば、その一つ「二条院」（光源氏の元の本邸）、その所在地は次のように描かれている。

暗う出でたまひて、二条より洞院の大路を折れたまふほど、二条院の前なれば、大将の君いとあはれに思されて、（賢木巻）

六条御息所一行が伊勢に向かって出発した場面である。「二条」は「二条大路」である。この描写から、加納重文[2]は、二条院の位置を、これまでの諸説を整理された上で、「二条南東洞院東」と推定されている。[3]とすると「三条なる（院）」となるが、院の名は「二条院」である。しかし、このケースは他にも例の見られることである。例えば五条天神社は、六条のうちにあるが、五条大路に北面していたことから「五条」と称されたのであろう。大路に面した殿舎であれば、その大路の名を殿舎につけて呼ぶのが通常であったようだ。但し、この「二条院」の場合、「三条院」と呼んでも問題はなかったと思われる。

さて、「五条なる家」は、条坊制の「五条」の内にある家である。現在の松原通(旧五条大路)の北で堺町通西側に「夕顔の塚」と称するものがあり、「夕顔の宿」の古跡と伝えられているが、早くに角田文衛[4]は、「五条」のうちの高辻通北西洞院西側の一角であったという説を示したが、加納[5]は、源氏物語本文に、光源氏が乳母の家の門があくまで、

　むつかしげなる大路のさまを見わたしたまへるに、この家のかたはらに

と、目の前が「大路」であると語られていることから、「五条北・東洞院西の一角の内」と推定している。その東隣が乳母の家になる。また「大路」は四条大路であって、家は「四条南」(「五条なる」に即する)であった可能性もあるが、以下に見るような状況・環境から、「五条大路」であったと見るのが妥当と考える。加納説に従いたい。

2　平安前中期ころの五条大路わたり

五条大路に比較的近い所に、慶滋保胤の私邸「池亭」があった。「六条坊門南、町尻東隅」(『拾芥抄』)にあったという。「町尻」は、平安京の小路の一つで本来「町小路」(現在の新町通りに当たる)と呼ばれたが、その「修理識町」以南は「町尻(小路)」と呼ばれていた。保胤の『池亭記』[6]が当時の五条大路界隈の状況をよく伝えている。「西京は人家漸くに稀らにして、殆に幽墟に幾(ちか)し」「東京四条より北、乾(いぬゐ)・艮(うしとら)の二方は、人々貴賤となく、多く群衆する所なり」と京中に繁閑の偏りのあることを述べ、自邸を「六条より北」の池水があちこちにあるような「荒れ地」に「開」いたとする。そして、四条より南については、「彼の坊城の南の面は、荒蕪渺々、秀麦離々たり」とある。「坊城」とは、左京の各条の第一坊に築かれた垣のことを言うが、先に「東京四条より北、

…」とあったことを受けて、ここでは「四条坊門」と解されている。(7) また、現在「坊城町」(中京区壬生)という町名も残っている。「壬生」(壬生大路)は「水生」とも書いたように湿地帯であることを意味したようだ。直接「五条」について触れているわけではないが、五条大路周辺から六条あたりは、池などの多い湿地帯や荒れ地の広がるところであったと想像させる。

十二世紀初めの公家の日記(『殿暦』『中右記』など)や『今昔物語集』などによると、平安後期、京域を「上辺(かみわたり)」「下辺(しもわたり)」と二分するとらえ方が定着していたようだが、その境は二条大路だったと見られている。「上辺」には、朝廷の官衙町(諸司厨町)や貴族の邸宅が集中し、「下辺」は、東西の「市」を中心に商工業に携わる庶民の居住地であった。なお、「三条」あたりまでは、官衙の厨町もいくつか点在していたようだ。「上京・下京」の認識は、応仁の乱以降、十五世紀末あたりに確立してきたものである。

平安後期になると、商工業が盛んになる。それまで「諸司厨町」に集っていた職人たちなど、商いをする人々で賑わう繁華街が生まれてくるようになり、「町(ちょう)」を形成した。三条町、四条町、六角町、そして七条町が生まれた。いずれも先に見た「町(尻)小路」のそれぞれの「条」の周辺にできた繁華街である。七条町は、平安京とともに生まれた「東の市」とは別に新たに誕生した商工業区域であった。こうした繁華街についても「五条」に関してはそれらしい形跡は残っていないのである。

ここで「五条」について注目しておきたいのが、光源氏が夕顔を「夕顔の宿」から連れ出したのが、「このわたり近き所」の「なにがしの院」であることである。従来『河海抄』が「河原院歟」と準拠説を示したのを受けて、河原院をモデルにしているとみるのが通説となっている。しかし、加納重文はこれに疑問を呈した。(8)『河海抄』が、光源氏の本邸となる「六条院」についても「河原院を模する歟」としていることについて、「(河原院を)再度準拠論に述べたのは迂闊であった」とする。(9) そして、「両者(注:物語の「六条院」「なにがしの院」)が別のものなら、夕顔の「なにがしの院」は、五条辺に所在する別の邸宅でなければならない」と述べ、五条南・京極西に所在した「崇親院」を想定してみている。もっとも加納は、結論的には『源氏物語』における、「なにがし」を用いた語りの方法を検討してみて、「河原院」説は捨てがたいという。しかし、「崇親院」のことは、『池亭記』も取り上げていて(「鴨河の西は、唯崇親院の田を耕すことのみを免(ゆる)し」)、同時代の読者には想定しやすい「院」の一つであったとも考えられる。筆者は、「崇親院」にこだわってみたく思う。

『西宮記』[10]に「崇親院養藤氏窮女所、在東五条京極」とし、「建崇親院、置藤氏女無居宅者云々」とあり、むしろ「夕顔の宿」を思わせるところもあるが、五条大路東の河原に近い所で、「なにがしの院」を「このわたり近き所」と述べていることに叶う位置にある。主人の右大臣藤原良相は京極大路東に南北五町にわたる領地を持ち、唯一耕作が朝廷から認められていた(『類聚三代格』巻八)。

3 夕顔の宿の実態と夕顔の素性

光源氏などの眼を通してどのように観察されているのか、まず「(五条)大路」の様子から描写を抜き出してみよう。「むつかしげなる大路(のさま)」「らうがはしき大路」であり、「むつかしげなるわたり」と語る。寂れていて、ごみごみした、むさ苦しい大路と捉えている。都市的な洗練された華やかさはないようだ。

光源氏が「いかなる者の集へるならむと様変はりて」思い、好奇心に駆られる「夕顔の宿」、その佇まいは「ものはかなき住まひ」とあり、後に夕顔の侍女・右近は、「あやしき所」とふりかえり、光源氏の二条院の前栽を眺めながら「かの夕顔の宿りを思ひ出づるも恥づかし」と思うほどである。板塀に這いかかる蔓草に咲いた「白き花」の名を光源氏は知らず、御随身は知っていて「夕顔の花」と答え、「かうあやしき垣根に咲く」と説明する。朝顔は知っていたが、ここに光源氏の日常にはなかった世界が眼前に展開している。光源氏自身「御心ざしの所」

（六条わたり）の佇まいに接して、「夕顔の宿」の垣根を思い起こし、一層「いかなる人の住み処ならむ」と関心を高めている。

夕顔の世界を際だたせるように、一方で朝顔の世界も描かれている。秋になって訪れた「六条わたり」では朝顔のことを語り、二つの世界―上の品の暮らしと下の品の暮らしと―を対照させているといえよう。朝顔も夕顔も蔓草であるが、前者はヒルガオ科に、後者はウリ科に属する。朝顔は前栽などに植えられ観賞用の植物であるが、夕顔は、板塀に這わせていても、その花が観賞用に栽培されているのではなく、実（ふくべ・ひさご）が目的で未熟のうちは食用にもなったが、完熟したものは容器（民具）の材料にされた。「ひしゃく」（のち「しゃくし」とも）は「ひさご（瓠）」の音変化した語。生活に必要なものを作る実用目的で栽培されていた。

『枕草子』「草の花は」の段に、「夕顔は、花のかたちも朝顔に似て、いひ続けたるに、いとをかしかりぬべき花の姿に、実の有様こそいとくち惜しけれ。などさはた生ひ出でけん。…されど、なほ夕顔といふ名ばかりはをかし。」と清少納言らしい評を下している。『人丸集』には「朝顔の朝露おきて咲くと言へど夕顔にこそにほひましけれ」とあり、いずれも実より花に注目している。『源氏物語』夕顔巻での、光源氏と夕顔の、夕顔の花を詠み込んだ、和歌のやりとりは、当時の読者に新鮮な驚きを与えたことであろう。特に平安後期になって、和歌の世界に与えた影響は大きい。

宿に集う人々のことは、「をかしき額つきの透き影あまた見えてのぞく」とあり、惟光の報告「若き女どもの透き影見えはべり」から、若い女性が多くいることが分かる。しかも「口惜しうはあらぬ若人どもなむはべるめる」と惟光も好奇心を寄せている。「揚名介なる人の家」であった。受領崩れなのか、今は田舎わたらいの商いをしているのだろう。主人の揚名介の妻は「若く事好」む人で、その「はらからなど宮仕人にて来通ふ」と言う。さて、事好む人、風流好みの人という、その内容は何か？　宮仕えの身で来通うとは、その風流の故なのか。

夕顔の死後、二条院に連れてこられた右近が光源氏に語ることから、「夕顔の宿」の、夕顔を始め若い女達の素性が分かってくる。夕顔は、頭中将の愛人であったが、中将の正妻方の「右の大殿」の怒りをかい、それを逃れて、西の京に住む我が乳母のもとに身を寄せた。しかし西の京の息苦しい生活環境を嫌って、山里に住むべく一時的仮住まい(方違え)のつもりで、乳母の娘三人(女はらから)の住む五条なる宿(「夕顔の宿り」)に居候していたのであった。娘たちも元は母の住む西の京に育ったのであろう。また、光源氏は夕顔が三位中将の娘であったことを知り、夕顔の宿の「住まひのほど」から「下の品」の女と思っていたが、「中の品」であったことが判明するのであった。

その前「なにがしの院」で、夕顔の素性を知ろうと光源氏が「今だに名乗りしたまへ」と水を向けたのに対して、夕顔は「海人の子なれば」と回答をそらしている。これは、『和漢朗詠集下』の「遊女」の歌「白波の寄する渚に世を過ぐす海人の子なれば宿も定めず」の引き歌で、「宿も定めず」(一時的な居候の身)と答えているのであった。おそらく当時この歌が遊女の歌を本歌としていることは、よく知られていたことであろう。そこに何か意味するものがあったのではないか。後に右近から夕顔の素性を聞いた光源氏は、この「海人の子なれば」の返答が気に掛かっていたことを明かす。そして、はぐらかされた不満を込めて、「まことに海人の子なりとも」と言う。遊女(あそびめ・芸能者)である可能性を踏まえて言っているともとれないことはない。

後に「玉鬘」と呼ばれる夕顔の娘は、西の京の乳母の所にいるという。しかし、右近は、光源氏の私が育てるという意向にすがりたい思いで、「かの西の京にて生ひ出でたまはむは心苦しくなむ」と気がかりだった胸中を語る。西の京は、造都としての開発が進まず、荒廃ぶりを『池亭記』が描くようにどんどん寂れていった。京中というより「新たな京都の周辺部」と見られるようになり「周縁、境界的な場」であったとされる。(11)「西の京とその周辺には、……神々の物語や宗教的な教え、おまじないなどを、舞や音楽をまじえて聞かせる芸能民たち、遊女たち、……などが住んだ」[12]という。『梁塵秘抄』三八八番歌に「西の京行けば、雀燕(つばくらめ)筒鳥やさこそ聞け色好みの多かる世なれば人は響むとも麿だに響まずは」とある。「雀燕(つばくらめ)筒鳥」とは遊女達を意味している。遊女通いする男が言い訳している歌だという。「遊女」といっても後に「ユウジョ」と呼ばれる者たちとは身の上が異なり、当時は「あそび」「あそびめ」と言われ、歌舞管弦に関わる芸を身につけた芸能者の一部であった。

4　五条大路あたりの実態

『大和物語』一七三段は、「物へ行くみちに五条わたりにて」雨宿りした家の女と歌を交わし親しくなるという話であるが、荒れすさんだ屋敷であった。このように五条わたりは寂れていたが[13]、五条大路自体は比較的人々の往来があった通りではなかったか。光源氏も「今日もこの蔀の前渡り」「来し方も過ぎたまひけむわたり」と五条大路を通っているのである。

五条大路は、観音信仰の聖地として信仰の厚かった清水寺への参詣道に当たっていたと思われる。五条大路から東へ鴨川を渡って真っ直ぐ清水坂を上れば、清水寺であった。中世末期の「清水寺参詣曼荼羅」絵には、五条大橋がまさに境内の入り口かのように描かれている。もっとも『梁塵秘抄』には次のような歌がある。

いづれか清水へ参る道、京極下りに五条まで、石橋よ、東の橋詰め…(三一四)

京の北から東京極大路を下ってきて、五条大路で東に折れ大橋を渡って行くという行程を案内したものである。しかしこれは大内裏や上辺(かみわたり)の貴族等の場合であって、少なくとも五条大路以南から参詣する人々までがこれに従ったとは考えられない。また、西、東の洞院大路を下ってきて五条大路で東に折れて清水寺へ向かう人もあったであろう。

ここで注目されるのが松原道祖神社の存在である。平安京の通り名では五条大路南町尻小路西に位置する。藤原明衡著『新猿楽記』に「五条の道祖にしとぎ餅を奉」り男の愛を祈願する老女のことを記しているように古社で、祭神は猿田彦命・天鈿女命であることから頷ける。『梁塵秘抄』三八〇番歌に「遊女(あそび)の好むもの」として「男の愛祈る百大夫」が詠まれている。「百大夫」は「男女のことを司る神」[14]で『遊女記』に「道祖神一名」としている。由来記では、平安京以前から祀られていたとする。道祖社は本来は、「塞神」「齋(さへ)の神」を祀る社で、ここも「首途の社」と言われている(〔二〕扉裏の写真)。一般に土地の境界に祀られていて、旅の無事を祈願したり、異郷、異界やよその土地から災厄や悪霊の侵入するのを塞ぐ神として信仰されていた。そういう道祖神がなぜ京のど真ん中に祀られることになったのか。他の京中の道祖神社や平安京の大路にも西の京に「道祖大路」(元は西洞院大路と呼ばれたか)[15]の存在も合わせ考えねばならないが、五条大路が旅の街道の出入り口であり、境界をなす場所とみられていたことによるのではないか。五条大路から清水寺へと進む道には、六道の辻があり、小野篁がこの世と地獄を行き来したと伝える珍皇寺や鳥部辺の墓域に続くという境界の地であった。

五条大路南・西洞院大路の西側には、伝承で平安遷都にともなって創建されたという、やはり古社と認められる五条天神社が今もある。主祭神は少彦名命(小さ子神)、医薬・厄除けの神と言われ、御霊神または疫神とも言われる。境界にあって災厄を塞ぐ神の性格を持っていたのであろう。『今昔物語集』などに登場する。

平安末期、後白河院は六条西洞院の六条殿(今、長講堂が残る)に住み、当時はやりの歌謡、今様に明け暮れていた。今様を集めた、院撰述の『梁塵秘抄』が残っている。同書によると、今様の師匠は「乙前」という傀儡子であった。乙前は「五条殿」「五条尼」と呼ばれたように、五条に住まいしていた。次の歌は、『梁塵秘抄』三九八番歌である。

　男をしせぬ人　賀茂姫伊予姫上総姫……室町わたりのあこほと

「男をしせぬ人」[16]とは、特定の男と結婚しない女性を指すと考えられる。遊女などもその類い。「あこほと」は遊女の名であろう。『梁塵秘抄』にも「鏡の山のあこ丸」「さはのあこ丸」（青墓）などの遊女の名が見える。「室町わたり」に住んでいたと言うが、遊女なら自ずと「五条わたり」、つまり五条室町を意味すると受け取られたのに違いない。『梁塵秘抄』口伝集巻十に「乙前が許に室町とてありし者に習ひき」とあり、白拍子に「室町」と名乗る者もいたことが分かるが、五条室町に住んでいたことによる呼称であろう。

後の資料でしかも虚構ではあるが、お伽草子の「猿源氏草子」は、鰯売りが五条の橋で行き会った遊君に恋をするという話である。その遊君は、五条の東洞院に住む「蛍火」という遊女であった。また、「七十一番職人歌合」に「宵のまはえりあまさるる立君の五条わたりの月ひとり見る」（三十番左）とあるが、「立君」とは遊女の類いで、「五条わたり」がそれにまつわる場所であったのであろう。

近藤喜博[17]は、『伊勢物語』二六段の「五条わたりなりける女」や先に見た『大和物語』一七三段の「五条わたり」に住む女のことに触れた後で「後々になっても五条には遊女があり、幸若舞曲にもそうした女のことが知られ」と述べている。また、高取正男[18]は「五条西洞院の一郭に出現した高級遊女屋街」と書いているが、戦国期までの京では、五条東洞院界隈が遊里として知られていた。その遊里を、豊臣秀吉が天正十七年（一五八九）に移し、「二条柳町」という遊里を開設している。

先に1で加納重文が「夕顔の宿」を「五条東洞院あたり」と推定している説を紹介したが、後々には遊里であったことが明らかな場所で、平安期にすでに境界地であった五条大路は、あそびめ（遊女）と呼ばれた芸能者の集う場所であった可能性があるのである。五条大路の、東から東洞院、烏丸、室町、町尻、西洞院、油小路の界隈には、往来の人々を慰める場所があったと想像される。「夕顔の宿」の若い女たちが、「つれづれなるままに……車の音すれば、若き者どものぞきなどすべかめる」と惟光の報告するのも、単に頭中将一行の往来を待ち望んで、注視していただけではないのではと考えられる。

【注】

（1）以下『源氏物語』の本文は、「新編日本古典文学全集」（小学館）による。
（2）加納重文『源氏物語の舞台を訪ねて』（宮帯出版社、二〇一一年）
（3）本文「洞院」を「東洞院大路」とするが、東洞院大路は、洞院東大路とも言ったという。洞院大路と言えば、東の洞院のことで、それに対して西のを「西洞院大路」と言っていたか。左京の堀川小路に対して右京のは西堀川小路というように。もっとも洞院大路の東・西は、左京・右京の区別に対応する東・西ではないが。
（4）角田文衛「夕顔の宿」（『古代文化』一八巻五号・一九六七年）
（5）加納重文「物語の地理」（角田文衛共編『源氏物語の地理』所収、思文閣出版、一九九九年）及び注2。
（6）岩波の『本朝文粋他』（「日本古典文学大系」）所収の「池亭記」の訓読文による。
（7）『京都の歴史1　平安の新京』（学芸書林、一九七二年）
（8）注2に同じ。
（9）注2に同じ。
（10）注6の頭注による。
（11）網野善彦「西の京」（網野善彦他共著『瓜と龍蛇―いまは昔むかしは今1』所収、福音館書店、一九九三年）
（12）網野善彦他共著『瓜と龍蛇―いまは昔むかしは今1』（福音館書店、一九九三年）
（13）『伊勢集』冒頭に「五条わたり」に住んでいた女の家を訪ねて来て、「人住まず荒れたる宿を来てみれば…」と詠んでいる。また、『今昔物語集』（二四巻四八話）には、五条油小路辺に住む、貧しくなって鏡を売る女の話がある。
（14）植木朝子『梁塵秘抄の世界』（角川選書、二〇〇九年）
（15）『京都大事典』（淡交社、一九八四年）による。
（16）拙稿「梁塵秘抄三九八番歌研究ノート」（『京都教育大学国文学会誌』一八号、一九八三年）
（17）近藤喜博『日本の鬼』（桜楓社、一九六六年）
（18）高取正男『京女』（中公新書、一九八二年）

（朴光華『源氏物語——韓国語訳注（夕顔巻）』所収、二〇一六・七）

地所表記のカタカナ——「上ル」か「上る」か問題めぐって

市町村の、平成の大合併によって、ますます「ひらがな」地名が増え、あれこれ議論の的になっている（テレビ東京など）。この賛否はともかく、一方地名表記に「カタカナ」の用いられていることについては、それほど話題にならない。「ひらがな」の場合とは本質的に異なる問題が背景にあるからであろう。

古くから、マキノ町（滋賀県）、ウトロ（宇治市伊勢田）などの地名があり、特に小字地名よりもっと細分化されて名づけられている、小さい土地の名に「カタカナ」表記で記録されている場合がある。

「ひらがな」に対する「カタカナ」の基本的機能は、発生時から本質的に「音」（どう読むか、どう発音するか）を表示する「符号」的機能にあった。その点は、一部かつて「カタカナ本」（『今昔物語集』『方丈記』など）もあったが、現代語における文字の使い分けの「カタカナ」使用にも受け継がれていると言える。外来語が「カタカナ」で表記されるのも、オノマトペで擬音語は擬態語に比してカタカナで表記されるのが一般であるのも「カタカナ」の基本的機能に基礎づけられているのである。

「ル」も「る」もつけない「東入」の例

さて、「京都新聞」(二〇一一年十二月十日夕刊)が京の住所表記の「上ル下ル」の送り仮名について、〃「上ル」?「下る」?〃という記事を載せ、今「平仮名派」「片仮名派」が併存しているが、どちらが良いのか、という課題を投げかけた。私は「片仮名派」の一人として紹介されている。

私が「カタカナ」が良いとする根拠には六点ほどがあるが、それをここに整理しておきたい。

①通り名と町名(所)を結ぶ「上・下ル」「西・東入ル」の使用は室町末期からその痕跡があり、江戸の地誌類を通して送り仮名はカタカナであった。また、明治二十二年京都市の成立に当たって条令でカタカナと定められている。

②地所表示にみるカタカナは、「ル」だけではない。「梅ノ木町」「老ノ坂」などや他所では「吉野ヶ里」などもある(「ヶ」は厳密にはカタカナとは言えないが)。「ノ」については、「之」という漢字を使うこともある。「カタカナ」を「ひらがな」にするのなら、これらの場合も例外ではないはずである。

③江戸時代を通して「上下」の場合は、「上ル」「下ル」と「ル」をつけるのが普通であるが、「東西」の場合は、「東(へ)入」「西(へ)入」と送り仮名の「ル」はつけないのが普通である。この違いは何を意味するか。「上下」の場合は、地所表示において町名につけて使われる「上下《かみしも》」(例:上長者町など)と見分けがつかなくなることを配慮して移動の方向を示す場合に「ル」をつけたのであろう。「東西」の場合にはその気遣いが不要であった。つまり「ル」は、区別のための「記号」的なものであった。

④一種の「記号」的なものであったことは、「上下」の「ル」や「通り」の「リ」を小さく右隅に寄せて書くことのあることが、それを証明しているし、何よりも平仮名表記体の文章においても、この地所表示の「上下」の送り仮名だけは、カタカナの「ル」であった(特に地誌類において)。

⑤現在、地所表示するとき「上ル」「下ル」「東入ル」「西入ル」で切ってしまって、町名をつけないことがあるが、

「上ル」「下ル」「東入ル」「西入ル」は、もともと発生当初から終止形でなく連体形で用いられてきた。つまり、縦横の通り名と行く方向先の場所（後もっぱら町名、後世になるとそれにさらに番地がつづく）とをつなぐ言葉であった（通り名＋移動方向（上下東西）＋町名）。つまり「上ル」「下ル」「東入ル」「西入ル」が連体形だとすると、その後の地所（町名）は移動の結果辿り着く所・場所と言うことになる。この場合現代語では完了の「た」形に表現する。つまり「上がった（どこどこ）」「西に入った（どこどこ）」となるのである。「上ル」「下ル」「東入ル」「西入ル」は古語的用法で、その点からもカタカナで符合的に用いるのがいいであろう。

⑥なお、「上ル」を現代感覚に合わせて「上る」に、つまり単に「カタカナ」を「ひらがな」にしたということでは済ませられない問題があるのである。現在通用の「送り仮名」の付け方の原則では、「上る」は「のぼる」とよまれ、「あがる」と読ませるなら「上がる」と送らなければならない。自動詞の「上がる」に対する他動詞の「上げる」と読み間違いが起こらないようにする配慮からである。平仮名にするなら「上がる」であり語法的には「上がった」とすべきということになる。

以上のことを考えると、記号的に「上ル」など、カタカナでよいように思う。

（京都地名研究会会報「都藝泥布」40・41号、二〇一二・三、七）

六割読めれば京都通——難読地名

嵯峨《さが》嵐山《あらしやま》から四条大宮までの嵐電《らんでん》を「なんかい電車」と呼ぶそうだ。駅名に読み方の難しいものが多いからである。「帷子《カタビラ》の辻」「車折《クルマザキ》」「太秦《ウズマサ》」などがある。

旧市内の通り名では、「正親町《オオギマチ》」「万里小路《マデ》」「先斗町《ポントチョウ》」などがある。

京都府下では、向日市の「鶏冠井《カイデ》」(鶏のとさかが蛙の手に似ていることから。「かえるで—かえで(楓にあてる)—かいで」と変化)、久御山町の「一口《イモアライ》」(「芋洗い」か「いも(疱瘡)払い」か。入り口一つか一口芋(小芋)か)、京丹後市の「間人《タイザ》」(「はじひと(土師氏)」が住んでいたことを示す木簡が出土)などが代表的な難読地名。

「芹生」は「セリョウ」とよみ、「芦生」は「アシュウ」とよむ。これは「丹生」を「ニュウ」と読むのと同じで、それぞれ「せりふ」「あしふ」「にふ」が音変化したもの。京丹後市峰山町の古代遺跡「途中が丘」も「栃生(とちふ)」の音変化形「トチュウ」に新たに漢字をあてたもの。「—生」地名が、「栗尾(峠)」「松尾(神社)」「栂尾」(舞鶴市)「栂尾」(右京区)と「—尾」地名となることもある。

他に、「①化野」「②佐女牛井」「③鹿ヶ谷」(平家物語では「鹿ノ谷」)「④烏丸」や「⑤直違橋」「⑥御陵」「⑦祝園」「⑧物集」「⑨羽束師」「⑩神足」などが話題の難読地名である。

さて、以上のうち、いくつ読み方をご存じでしたか。

①アダシノ　②サメガイ　③シシガタニ　④カラスマ　⑤スジカイバシ　⑥ミササギ　⑦ホウソノ
⑧モズメ　⑨ハツカシ　⑩コウタリ

幽霊子育て飴——昔話の考古学

今の松原通が、昔の五条通、昔の五条大橋は清水寺《きよみず》参詣の入り口に当たり、その先こそ五条坂、清水寺へ直進する坂であった。坂の途中に「六道の辻《ろくどう》」があり、それをもう少し登ったところに、「幽霊飴」を売る店がある。昔ながらの包み紙に入れた素朴な飴である。

この飴には、由来の話しがある。全国的に語られる、いわゆる「子育て幽霊」という民話(昔話)の一つ。毎夜、夜半になると飴を買いに来る女がいる。不思議に思った飴屋が跡を付けていくと、女は墓に消えた。翌朝、寺の坊さんと墓を掘ってみると、生きている赤ちゃんを抱いた母親の死体があった。子を育てるために飴を買いに来ていたのである。

この話型をもった民話の多くは、墓地やお寺の近くの話しになっていて、その子がやがて偉い坊さんになるという高僧伝になっているものが多い。異常誕生譚の変形でもある。小野篁《おののたかむら》がこの世と地獄を行き来したと伝えられる場所(六道の辻)にふさわしい話しなのである。

墓地とは、この世とあの世の境に位置するものと言える。そして、墓は密封された空間、それは補陀落渡海《ふだらくとかい》や即身成仏《そくしんじょうぶつ》の折りの密封された箱(船)に通うものなのである。しかし、子育て幽霊の原型は、むしろ「空(うつろ)船」の話にある。この船は密封された箱のような船と語られ、不倫を犯した姫が身ごもったまま「空船」に乗せられて流される。この世にたどり着き、助けられ、育てられた子が祖先神、または始祖になる。子はあの世から依り来る神の子つまり、神からの授かり子であったということになる。

京の「そば」文化

人から勧められて、東京へのお土産に尾張屋の「蕎麦《そ》板《ば》」を持っていったことがある。この素朴な味が予想外に喜ばれたことに気をよくして、時折これをよそへのお土産にすることにしている。

そば粉を材料にする菓子といえば、かわみち屋などの蕎麦ぼうろが京の代表的なお土産としてよく知られている。「ぼうろ（ボーロ）」は、ポルトガル語から入った外来語で、小麦粉に卵を入れて焼いた小さい丸い菓子、南蛮菓子の一種であった。当初は「ボール」といい、日本でも江戸などで早くに商品化されたようだ。小麦粉にそば粉をたっぷり加えて商品化したのが、蕎麦ぼうろである。それを尾張屋では「蕎麦ほうる」と書き、「そばぼうる」と読ませている。ここに「ボーロ」の古い語形「ボール」が残されていて、面白い。河道屋も「蕎麦ほうる」書き、しかしこちらは「ぼうる」と濁らない。

蕎麦板も、つなぎに小麦粉と卵を入れる「ボーロ」と同じであるが、それを球状にしないで、長方形の板状にして焼いたもので、味はこれも京の代表的な「八つ橋」のニッキの香を、そば粉の香に託して、もっとおしとやかにしたような味である。

そば粉を用いた菓子には、蕎麦饅頭や蕎麦餅もある。さらに意外にも京には、江戸に負けず老舗を誇るそば屋が多く、なかでも「にしん（鰊）蕎麦」は京の生み出した特有のメニューで、京を尋ねる人の舌を楽しませてくれる。

「そば」というと、貧しいところの食べ物として広まったように思われ、また江戸の「そばや」に対して上方の「うどんや」と言われもするが、日本の文化の中心地であった京に、意外や「そば」文化が根付いているのである。

田楽《でんがく》とおでん

田楽は、今や京料理の一つのように見られている。「田楽豆腐」の略とも言われるように、長方形の餅のように豆腐を切って味噌を付け火に焙《あぶ》ったものをいうが、「田楽焼き」の略ともされるように、味噌をつけて焼くのは豆腐とは限らず、茄子《なすび》、里芋や魚も扱われたらしい。共通しているのは、串に刺して焼いたことである。とは言っても、やはり豆腐がその代表で、『醒酔笑《せいすいしょう》』には「豆腐を串に刺して焙《あぶ》る」を田楽というと言い、味噌を付けた、その姿が田楽法師に似ているところから名付けられたとしている。

「ぼた餅」を言う「萩の花」から「おはぎ」という女房詞を造ったように、「田楽」の女房詞が「おでん」である。しかし、今では料理名として、田楽とおでんとではまったく違うものである。よく似た例に、「おじや」は「雑炊《ぞうすい》」の女房詞であるが、今ではおじやと雑炊は異なるものと受け取られているといった例もある。じやじやとご飯が焦げつく音から「おじや」と言うことばが生まれたとされる。

田楽がおでんと言うことばとともに江戸・東京に至ると、関東煮と呼ばれるものになったが、それが普通今言う、屋台でおなじみの「おでん」なのである。ほとんど串に刺すことはない。ところが名古屋の「おでん」は、みな素材に串が刺してあるそうだ。まさに串に刺す本来の田楽と関東煮の「おでん」の中間的な姿をしていることになる。

田楽焼きという場合は、ネタは豆腐と限っていなかった。今の「おでん」はそれを受け継いでいるのだろうか。

（以上四編、『京都学の企て』勉誠出版、二〇〇六・五）

納豆は京生まれ？

健康食品として人気の高まってきた納豆、もっとも筆者は、常用している血圧の薬と相性悪く、数年前から食してはいないが、関西人は好まないといわれてきたように、関西で食卓に普通に見られるようになったのは、そんなに昔でもない。ところが、京都と納豆とは、意外に深いつながりがあったのである。

納豆といっても、蒸した大豆を発酵させることには変わりないが、塩辛納豆と糸引き納豆の二種類がある。今普通に納豆といって健康に良いというのは、糸引き納豆のこと。しかし、歴史的には塩辛納豆の方が断然古く、文献では平安中期の『新猿楽記』あたりから確認できるが、奈良時代に中国から伝わったとされている。最後の工程で乾燥させて色も黒っぽい食品になるが、もっぱら寺院の食べ物として知られ、唐納豆とか寺納豆とか言われたりする。京都では、京都市の大徳寺納豆や京田辺市の通称一休寺の一休(寺)納豆が有名である。酒の肴《さかな》や茶人の茶菓子として好まれるようだが、余り市井に出回ることはない。

糸引き納豆は、藁苞納豆ともいわれるように、藁に包んで発酵させた食品で、豆に糸引く粘りがあり、副食としていろいろな食べ方がある。女房詞では「いと」とか「いとひき」とか言うが、室町後期の文献『大上臈御名之事』(「まめなっとう」を「いと」と言うとする)や『御湯殿上日記』などに見られることから、京の都で食されていたことが分かる。生産地は近江(湖西?)であったとする解説書もあるが、今は京都市右京区に編入された京北周山町では、京北の里・山国こそ納豆発祥の地としている。当地の古刹・常照皇寺に伝わる、光厳天皇の生涯を描いた絵巻に、藁苞に包まれた納豆が描かれている。この地では、正月三が日には「納豆もち」を食べるという。

鴨川東岸の柳と桜

年月を重ねるに従って、かつては京阪電車が東福寺から京阪三条までも地上を走っていたことが知られなくなり、年配の人からも昔の風景が消えていく。今は東福寺を出た電車はやがて地下に潜り、今では出町柳まで伸びている。

しかし、かつて電車は地上を鴨川沿いに走っていた。地下にもぐった後は川端通りという広い車道となっているが、鴨川縁の土手には、まだ若い木だが、柳と桜が交互に植えられていて、春先には柳が芽吹き始め、やがて桜が春を彩る。この並木が柳と桜であることには意味があるのである。最初の勅撰和歌集である『古今和歌集』(九〇五年)に、「花盛りに京を見やりてよめる」という詞書きで、素性《そぜい》法師の歌がある。

　見渡せば柳桜をこきまぜて　都ぞ春の錦なりける(春上・五六)

「秋の錦」と言えば、紅葉の彩りが織りなす「紅葉の錦」だが、では「春の錦」はと言うと、柳の緑と桜の淡い紅色が織りなす「都」そのものではないか、という発見が詠まれている。素性は、東山に登り、そこから都を一望(見渡)して、詠んだのではないだろうか。ほぼ都全体が見える高所に立ち、春の都の様子を柳と桜に代表させたのだ。

都は二条から九条まで南北のど真中を朱雀大路が貫き、幅が約八十五メートルあったと言われている。九条の、都の果てるところに「羅城門」があった。朱雀大路の両端には、柳が植えられていたことは「催馬楽《さいばら》」の歌などから分かる。市中にはあちこちに桜も植えられていたに違いない。それが素性の歌の根拠となっているのだと思われる。

鴨川沿いの柳と桜は、かつての都の象徴の復元なのである。

大文字の送り火

京の夏の風物詩として、大文字の送り火は欠かせない。メインの東山の大文字だけでなく、他に四つの山でもそれぞれの形の送り火が点される。合わせて「五山の送り火」と言う。現在は新暦の八月十六日と日が決まっている。お盆に「迎え火」で迎えた先祖の霊を再びあの世へと送る日の行事である。先祖の霊をあの世へと送る行事の内容は土地によって異なる。精霊流しや灯籠流しなどもその一つである。

最近夢中で読んだ京都案内の本がある。哲学者の鷲田清一氏が書いた『京都の平熱』(講談社)である。京都生まれの京都育ちが書いた、内なる京都学であり、単なる観光案内の書ではない。本の仕立てや表紙は実に地味そのものだが、中身は濃い彩りの世界である。中途半端な京都人の筆者などは、京都からはじき飛ばされてしまいそうになるが、豊かな感性が切り刻む京都にかえって魅せられてしまった。

鷲田氏がこう書いている。「送り火とは盆に還ってきた祖先の霊を送る行事である。だから「大文字焼き」など と他国のひとが言うと京都人はひどく気分をがいする」と。

本書の前者『京都学の企て』(勉誠出版)の表紙を、大文字を描いた墨絵が飾っている。そして筆で「大文字焼き」とある。これが出版当初、物議(?)を醸《かも》した。京都では「大文字焼き」とは言わないぞ、と。しかし大阪の人は大抵「大文字焼き」と答える。筆者も、七歳までは京・嵐山で育ったが、それからは同じ京都といっても丹後に育ったせいか、「大文字の送り火」であることは知っていても、「大文字焼き」というのが口癖であった。他国では、この「送り火」を「大文字焼き」というのである。

源氏絵巻の成立まで

日本の古典の世界は、古くから文学と絵画は切り離せない関係にあった。いわゆる絵巻物として現存する最古のもの(「絵因果経」を除く)は、平安末期の制作と言われる四大絵巻(いずれも国宝)で、「源氏物語絵巻」(徳川美術館蔵)はその一つである。しかし、現存しないが、それ以前にも多くの絵巻が制作されていたにちがいない。

中国から伝わった、中国の山水を題材とする「唐絵」に対して、平安時代になると、国風文化隆盛の波に乗って、絵画も日本の風景・風物を描く「倭絵《やまとえ》」が完成してくる。

まずは、屏風歌と言って、月次絵《つきなみえ》(月々の行事などを描く)や四季絵、名所絵(各地の景勝地を描いた絵)などの絵に添える歌が詠まれた。またこれらの屏風絵などに描かれた人物の身になって歌を詠むという屏風絵歌もあった。家集『伊勢集』には、宮廷サロンで歌人の伊勢たちが物語絵の「長恨歌絵」に描かれている、玄宗皇帝や楊貴妃の身になって詠んだ歌が数首並んでいる。

『源氏物語』「絵合」の巻には、「絵合わせ」の場に『竹取物語』や『宇津保物語』などの「物語絵」が、その詞書きとともに持ち出されている。注目されることは、「源氏物語絵巻」東屋(一)の図柄である。宇治の姫「中君」が、自分を尋ねてきた「浮舟」に絵らしいものを見せている場面で、浮舟のそばでは、女房(右近)が冊子を音読している。浮舟は、右近が物語を音読しているのを、その物語絵を見ながら聞いているのだと解釈されている。このように、当時、物語は音読され、絵をみながら耳で語りを聞くものであったという「物語音読論」(玉上琢弥説)の根拠になっている絵である。

(以上四編、『京の歴史・文学を歩く』勉誠出版、二〇〇八・八)

〔三〕

鄙《ひな》（丹後）のならい

地名研究の恍惚と不安――「大江山」の場合

京都地名研究会（会長・吉田金彦）は、来年創設十周年を迎える。勉誠出版が引き受けてくださり、この間『京都の地名検証』1・2・3を世に問うた。会の年報『地名探究』も毎年順調に刊行している。しかし、地名研究は楽しいが難しい。そのほんの一例を披露してみたい。

1　二つの大江山

地名といっても山名の場合、一つの山岳（嶺）名である場合と周辺の山々を総称して、その土地の名をつけて言う場合とがある。京都府には大江山が二つある。山城と丹波の境をなす大江山（大枝山）と丹波と丹後の境をなす大江山とであるが、ここでは、前者を「山城の大江山」と呼び、後者を「丹後の大江山」と言うことにする。どちらも特定の山岳をさすものではなく、総称（連峰）名である。後者の場合、大江山連峰とも言う。問題は、「丹後の大江山」にある。著名な小式部内侍の歌「大江山生野の道の遠ければまだふみも見ず天橋立」の「大江山」をめぐって、一昔前までは丹後のと見る説と山城のと見る説とが拮抗していたが、今では、この歌を含め古典和歌における歌枕「大江山」は、「山城の大江山」と見る考えが定着してきた。『京都府の地名』（平凡社）が「生野と詠み合わせているものは千丈ヶ岳であろう」とするが、そうは言いきれないのである。そして今言う「（丹後の）大江山」のことは、『和泉式部集』の歌にもあるようにかつて「与佐の大山」（または単に「大山」）と呼ばれていたと見ていいだろう。

山の名が総称名の時は、その周辺の地名を冠している。その点では、「山城の大江山」の場合「大枝（京都市）」

という地域があり、その背後の山々を指していることになるが、「丹後の大江山」の場合、「おおえ」と言う地域はなかった(「大江町」は昭和二十六年以降の地名)、そこでいつからどのようにして、「(丹後の)大江山」と言われるようになったかが問題となるが、まだすっきりと分かっているとは言えない。しかし、ことは「鬼退治」伝承と深く関わっていると思われるのである。

2　三つの鬼退治譚

「(丹後の)大江山」は、直接には一つの山岳「千丈ヶ岳」を指すのが一般であるが、この山にまつわる鬼退治の伝承には三つある。(A)源頼光とその四天王による鬼(酒呑童子)を退治する話。(B)聖徳太子の異母兄弟に当たる麻呂子親王による三悪鬼退治の話(七仏薬師信仰が背景にある)。(C)四道将軍の一人日子坐王による土着勢力の土蜘蛛「クガミミノミカサ」を誅する話。(C)は古く『古事記(崇神記)』が伝えるものであるが、『丹後国風土記残欠——加佐郡』『但馬国司文書』(ともに偽書とされる)もこの話を掲げている。これらでは「与佐の大山」と言い、「大江山」の名は見えない。

(A)の話は、謡曲「大江山」「羅城門」や、『大江山絵詞』『酒呑童子絵巻』など、絵巻ないしはお伽草子類が伝えている。山の名を「丹州(あるいは丹波国)大江山」とする。この名にどちらの大江山なのか、迷わされるのである。「丹波道の大江の山の」(万葉集)であれば、山城・丹波の境の大江山。それが「丹州大江山」では区別がはっきりしない。しかし、問題の山が「都のあたりほど近き」とされたり、「生野の道はなほ通し」や「西川(桂川)」とのつながりで語られたり、盗賊出没の話題(『今昔物語集』『中右記』など)と結びついたりする場合の「大江山」は、「山城の大江山」であったと考えられる。一方、山の名を具体的に「千丈ヶ岳」とする場合は、「丹後の大江山」を指し、それと同時に酒呑童子の話が有名になればなるほど、丹波・丹後の境の大江山を指すようになったと観察される。

3　麻呂子親王の鬼退治譚

ところが、(A)とほぼ同時期に成立して江戸期になっても盛んに伝承された(B)では、「大江山」という山名は語られない(後世のごく一部の文献除き)。山の名は、もっとも古い文献では「与佐の大山」(「与佐山」とも)とあり、後にはもっぱら「みうへがたけ」(三上が嶽)系の名(三上山、見上山とも)なのである。この名は「千丈ヶ岳」を「三上(サンジョウ)ヶ岳」と書き、それを訓読みしたものと思われる。同じ謡曲でも「丸子」(十六世紀前期・長俊作)の古名が「みうへが岳」とされるように、この系列に同調して「大江山」としていない。注目すべきは「大江山」と「みうへが岳」とは異なると見ているらしいこと。さらに、一部の資料には絵に「大枝山」と書き込んだもの(絵詞)があるが、これらは「みうへがたけ」という山と区別した注記で、「大枝山」は「山城の大江山」のことと見られる。

4　課題――「地誌」類への登場

(A)(B)ともに「丹後の大江山」の場合、「千丈ヶ岳」を舞台とする点では共通するが、その山を(A)では「大江山」とし、(B)では「与佐の大山・みうへが岳」とするというはっきりした違いが見える。これは、(A)が中央(都)の「語り」であるのに対して、(B)が地方(地元)における「語り」(寺院の縁起譚・絵)であることに深く関わっていると考える。中央では、「丹波の大江山」が山城のそれからいつか丹後のそれへと「語り」の舞台が動いたのではないか。

では、地元で「大江山」とは丹後の山と認知されたのはいつ頃からか、地元の資料「宮津領主京極時代宮津領峰山領絵図」(一六六二年―一六六九年の成立)に「大江山(千丈ヶ岳)」とあり、その傍注に「みうへヶ嶽」と付す。また「丹後与謝海図志」(元禄二年)では「千丈ヶ岳」の外に「普甲山」を取り上げて「大山といふ名所也」とし、さらに「左の方に千丈ヶ嶽鬼ヶ窟あり、是をも大江山と言ふに」とし、小式部内侍歌の「大江山」は「老いの坂の事也」とする。どうやら江戸期に入って十七世紀半ばには、千丈ヶ岳を「大江山」とも言うという認識が成立していたようだ。

まだ道遠し、推理を働かせながらの、恍惚と不安を伴う探究である。

(「勉誠通信」24号、二〇一〇・八)

「大江山」の歌――百人一首を味わう

丹後に育った私には、「天橋立」は自慢の景勝地で、丹後を思い浮かべてもらう上で格好のランドマークである。カラオケ愛好家として、ご多分に洩れず水森かおりの名曲(?)「天橋立」は当然知っている、どころか十八番の一曲である。どちらかというと女性歌手の曲に多いが、今なおワンサとご当地ソングが生み出されている。その人気は根強い。

ご当地ソングで取り上げられる地名は、さながら現代版「歌枕」である。当歌「大江山」の作者小式部内侍の生きた頃、和歌に詠まれて歌語化した地名を、藤原公任や能因法師を通して「歌枕」と観念する認識(これを「地名のトポス化」とも)が確立している。ギリシャ語で場所のことを「トポス」というが、トピック(話題・課題)はこの語に由来するという。和歌の「歌枕」は、後世の俳句における「季語」に相当する。共同幻想を形成する核として、和歌は歌枕で空間(ところ、名所旧跡)に重きをおき、俳句は季語で時間(とき、四季折々)のイメージを重視するが、この対照は、日本の二大短詩型文学のそれぞれを象徴している。

郷土愛に燃える私には残念なことがある。歌枕「大江山」のことである。現在、平安京から丹後の国府や天橋立までの旅程で「大江山」に比定される山が二つある。一つは山城国と丹波国の境の大江山(大枝山・老いの坂、「山城の大江山」とする)と丹波国と丹後国の境の大江山(「丹後の大江山」とする)とである。当「大江山」の歌の「大江山」について、近現代の注釈ではほぼ両説が併存していたが、私はかつて注釈を試みたとき、文部省検定の唱歌にもなって有名な「おおえやま」(酒呑童子譚)の「丹後の大江山」でこそなければ、と誇らしく決めつけたことがあった。

ところがその後「大江山」を詠んだ室町中期頃までで確認できる和歌五十首余りを調べ、散文文献の地名「大江山」の例を検証し、また大江山の鬼退治伝承(三種の話が存在)の文献を整理して、「大江山」という山名がどのように丹後の地名として定着するに至ったかを調べ上げ、二つの論考に纏めた。ここでは結論だけ述べるが、「大江山」を詠んだ歌で、「丹後の大江山」と見なければならない歌は一首もなく、逆に「山城の大江山(大枝山)」と見ざるをえない歌がいくつか確認できた。また、両「大江山」の所住地については、室町中期頃から混同が生じ、江戸期にかけて混乱が見られ、江戸前期頃「丹後の大江山」が定着したようだ。残念なことに当歌の「大江山」は「山城の大江山」のことと考えざるをえないことが分かった。しかし、これで当歌の三つの歌枕は、旅程の順に詠み込まれていたことが分かる。後に「大江山越えていく野の末遠み」(新古今集、範兼)と詠まれもした。

では小式部内侍の頃、「丹後の大江山」を何と言っていたか。母和泉式部が丹後の国府で留守居し都へ出かけた夫保昌の帰りを待って詠んだ歌に「待つ人はゆきとまりつつあぢきなく年のみ越ゆる与佐の大山」(和泉式部集)とあり、「与佐の大山」と分かる。「与佐」は天橋立のある丹後国与謝郡のこと、都人から見た命名で、地元では単に

「大山」と言っていた形跡もある。「大江山」の初出例は『万葉集』の「丹波道の大江の山のさねかづら絶えむの心我が思はなくに」(巻十二・三〇七二)で「山城の大江山」を指していることは明らか。「大江山(大枝山)」の名は、山城国乙訓郡大江郷を通り丹波へと越えて行く山々であることから名付けられたもので、当時奈良や平安の造都に欠かせない木材の供給地であった。『躬恒集』に「なげきのみ大江の山」とあり、「なげき」の「き」に「樹」を、「大江山」の「大」に「多」をかけていることにも伺える。

「大江山」の歌の眼目は「まだふみも見ず」にある。この歌の出典ともなった勅撰『金葉集』の詞書が、この歌の生まれたエピソードを伝えている。母和泉式部が夫の保昌に付き添って丹後国の国府に行った後、都に残った小式部内侍は歌合の詠者に選ばれた。その彼女が藤原定頼に「丹後の母上に代作を乞う使いをやったのでは？母上からの「ふみ」を今か今かと待っているのでしょう？」とからかわれて、当意即妙に答えたのが、この歌である。和歌は王朝貴族にとっては日常のコミュニケーションのツールでもあった。「まだ」と「見ず」に注意を向けたい。つまり、小式部は否定するどころか、逆手にとって「そうよ、行ってもみたいが行くに行けず、母の文を今か今かと待ちわびている。母が恋しくてならないから」とやり返したのである。「―(て)見る」は文法化して現代語の「て」フォームの一つとなった「―てみる」の古語の例と言える。

(月刊『日本語学』明治書院、二〇一七・八)

但馬から丹後へ――天日槍・羽衣天女・浦嶋子探訪記

平成六年晩秋。小島憲之先生ご夫妻をご案内しての、但馬・丹後路の旅であった。一行は、私の外に、万葉学者のU氏、A氏、A氏の奥様Mさん(芥川賞作家)、それにこの旅の仕掛人、平安文学の研究者Y氏であった。丹後は私の郷里である。Y氏から、この旅のお誘いを請けたとき、学生時代からの小島先生の御学恩に、ほんのわずかながら、報いるチャンスがやってきたと喜んだ。

車二台の旅である。ただ私だけは、勤務校の都合で、京都から山陰本線特急で但馬豊岡まで行き、出石《いずし》で合流した。そのため、昼、一行と、名代の〝出石そば〟を一緒することはできなかった。街中の古い時計台(辰鼓櫓)や町立資料館を見学した後、山ふところにある、沢庵《たくあん》和尚が再興して、沢庵寺とも親しまれている宝鏡寺を訪ねた。和尚自らの手になるという庭は、質素で落ち着きのある、いい庭である。まさにそれは、たくあんづけに通うものであった。

兵庫県出石 宗鏡寺(沢庵寺)への参道で。小島憲之先生たちと

ご案内したい一つは出石神社[注]、但馬一宮である。出石の街中から少し離れている。こういうとき、車だと便利だ。祭神は、「記紀」で知られる天日槍《あめのひぼこ》と、その朝鮮半島から招来した八種の神宝である。

日本海側地方の古代史では、朝鮮半島との関係を語らずにはすまされない。糸井という氏族は、平安初期の『新撰姓氏録』によると、新羅《しらぎ》王子の天日槍に随伴して渡来したことになっている。『和名類聚抄』には、出石の南方に位置する養父郡に糸井(郷)の名があり、糸井川という河川名が今に存在する。

少なくとも、伝承上、但馬も丹後も垂仁帝と深いかかわりがある。垂仁帝の命により、常世国へ「非時香菓《ときじくのかぐのこのみ》」をとりに行ったのは、田道間守《たじまもり》。彼は、天日槍が当地の豪族前津耳《まえつみみ》の女と結婚、その子孫にあたり、三宅連の始祖だと語られている。『新撰姓氏録』には、「新羅国王子天日桙命之後也」とある。

出石には、下流で円山川に合流する出石川が流れている。この川をめぐって「記紀」の伝える話に、春山之霞壮夫と秋山之下氷壮夫という兄弟の、一人の乙女をめぐる求婚譚がある。それを話題にしながら、出石川を渡って、山裾に新しく建ったホテルがその夜の宿となった。翌朝、一行は、但馬から丹後へと越えた。まず目指したのは、「丹後国風土記逸文」でおなじみの羽衣《はごろも》伝説の山、比治山の麓であった。

途中、久美浜町を通過したが、そのあたりは熊野郡、河上之摩須郎女の居処地にあたる。この郎女と四道将軍丹波道主王との間に生まれたのが、「丹波の五女」とも称されて、やはり垂仁帝と結びつく。狭穂姫の死後、垂仁帝の后となった日葉酢媛《ひばすひめ》は、その五女の第一で、丹後(その頃は丹波)から大和へと嫁いだのである。今、その伝承の陵が、佐紀路、盾列《たたなみ》古墳群の中にある。

さて、比治山(今、普通、磯砂山《いさなご》という。別に足占山《あしうら》とも)は、八天女の舞い降りた山で、山頂には、今もその女池と呼ばれる池がある。麓には乙女神社があり、近くの大呂という里には、風土記とは異なる羽衣伝説を伝える安達家があり、昔から「たなばたさん」と呼ばれている。前もって連絡しておいたので、座敷にあげていただき、安達ご夫妻からいろいろ話を聞いた。私は、殊の外、小島先生が積極的にいろいろお質《たず》ねになる様子を嬉しく思いながらながめていた。一方で、かつて訪ねたときは飾ってあった、伝俊成筆という古筆切れが今はないことが気になっていた。

和奈佐《わなさ》翁媼《おきなおうな》に追い出された天女が漂泊したのは、このあたりを源として、後に訪ねる竹野神社あたりで日本海に流れ込む竹野川に沿ってのことであった。一行も、この川沿いに車を走らせた。途中、私の知人でかつて同僚でもあった、丹後の古代にも詳しい山本康夫さんに同乗してもらった。最近、丹後では、全国的に注目される古代遺跡・遺物の発掘が相ついでいるが、郷里を離れている私には、それらがどこなのか確かには把握できていないという不安があったからである。山本さんは、たくさんの資料を準備して待っていてくれた。一行は、その山本さんの熱意にいたく感激した。私は、大の巨人ファンの小島先生に、山本さんは、ヤクルトの野村監督の親友だと紹介した。野村、山本、そして私は、この地の峰山高校の卒業生である。

峰山は、かつて丹波国丹波郡丹波郷であったところ、丹後王国論を唱える学者もあるが、大和にとって無視できない勢力があった、その中心地とみてよかろう。周辺に古代遺跡が多い。まず、日本出土最古の紀年(青龍三年―二三五―)を記す鏡の発掘で話題をよんだ大田南5号墳に案内してもらった。外にもいちいち訪ねることはできなかったが、二重に巡らせた環濠を持つ高地性集落跡、黄金の環頭太刀、陶塤《とうけん》(土笛)の二か所からの出土、大製鉄コンビナートの遠所遺跡などが、この近年、世間をさわがせた発掘である。

竹野川沿いに漂泊した天女がやっと心落ち着き(なぐしくなり)、豊宇賀能売命《とようかのめ》として祠《まつ》られたと伝える奈具神社に着いた。実は中世に一度、洪水に流失したと伝えられている。この比売神が伊勢外宮の祭神豊受大神である。

さらに竹野川を下り、河口の式内社竹野神社とその背後の神明山古墳(一九〇メートル級の前方後円墳、山陰最大の規模をほこる)に着いたときは、もう昼前であった。門脇禎二氏によると、大和佐紀路の日葉酢媛陵と、この神明山古墳とは、同系統の古墳という。葬送儀礼にかかわった氏族が同族ということになるか。その点で、平城宮址出土の木簡に、「丹後国竹野郡間人郷土師部乙山中男作物海藻六斤」という一枚があって、このあたりに土師部が住まっていたという事実が確認できることは重要だ。

「間人」は、今、タイザ(タイジャとも)とよむ。難読地名の一つである。地元の地名伝説に聖徳太子の母穴穂部間人(泥部とも)皇后と結びつけるものがあって、竹野川河口の海辺に最近、間人皇后と聖徳太子の母子像が建てられた。それがながめられる、少し高台にある食堂で、海の幸たっぷりの昼食をとった。眼の前には日本海が広がっている。晩秋で波は荒い。まもなく丹後は、「うらにし」の気候を迎えるのである。

車だと、丹後半島が楽に一周できる。欲張った行程であるが、小島先生ご夫妻もいたってお元気である。次は、半島を、西から東へとぐるっとまわって、浦嶋神社を訪ねた。伝わる絵巻も浦島明神縁起(鎌倉期の本地物の語り、ただし詞書はない)とよばれるが、式内社としては「宇良神社」が正式名。宇良は地名であろう。主人公を太郎と言うようになったのは、中世の御伽草子類から。古くはやはり浦の嶋子であった。当社には、絵巻を掛幅形式にした一幅が常時床の間に掛けてあり、今度も神主さんが絵解き(?)をしてくださった。室町時代の「玉手箱」もみせてもらう。

『万葉集』には、伝説歌人高橋虫麻呂の長歌がある。それに亀が登場しないのは、嶋子の方が海界《うなさか》を越えたからで、神女は変身する必要なかったのだろう。しかし、「墨江」「水之江」とのみあって、他の同期の記録ではいずれも丹後の話とわかるが、この長歌では、丹後と判断できる根拠がひとつもない。果たして、「墨江」は大阪の古地名なのか、普通名詞として丹後に結びつける可能性はないのだろうか。

探訪は、宮津駅前での夕食で終わった。その食堂の「声なくして人を呼ぶ」という張り紙に、小島先生に集う人たちを思い起こしながら、先生のお人柄を思った。そして、一泊二日の旅のお伴ができた幸せを感じていた。

【注】 出石神社(伊豆志坐神社) 兵庫県出石郡出石町にある。延喜式内社。

(新編日本古典文学全集9「月報」28、一九九六・七)

「糸井」という地名

北海道に出かけ苫小牧で「糸井」という駅名を見つけたときは、不思議な気分になったことを思い出す。しかし、調べてみると、もと「小糸魚(こいとい・村)」と言ったが、「よみやすくする」(?)ため「糸井」となったという。越後には「糸魚川」という地名がある。この方は、もと文献初出例など当初は「糸井川」と表記されていたが、嘉吉年間の資料以降、「糸魚川」と表記されるようになって現在に至っているようだ。糸井造の開発した糸井荘に由来するという伝承があるようで、人名から地名がついたことになる。

姓名としての「糸井」は、平安初期の『新撰姓氏録』に記録があり、三宅連とともに新羅から渡来した王子・天の日矛の後裔とされる氏族の一つである。「糸井造」であった。地名では、『和名類聚抄』但馬国養父郡に糸井郷がある。円山川上流の糸井川流域の村である。領域内には、天の日矛を祀る兵主系の一つである式内社・更杵兵主神社や天の日矛の子孫を祀るとされる、やはり式内社の佐伎津比古阿流知命神社も存在している。「阿流知」とは、コリア語ではないか。北隣の出石郡出石郷には、天の日矛渡来伝承でよく知られる、天の日矛を祀った式内社・伊豆志坐神社がある。

糸井郷は、古代から製糸が盛んで、「郷中に製糸に適する良水を出す井戸」があったことから、郷名を「糸井」と称したと言われるが、地名「糸井」はこの地に限って存在するわけではない。しかし、「糸」が絹糸を意味したことは間違いなく、糸井氏族が織物の技術を持った氏族であった可能性は高い。「いと」は、「シルク(絹)」のコリア語「イル」の日本語化した外来語であった、という国語学者(亀井孝)がいる。日本語とコリア語とで音韻上、「L(R)」と「T」の対応があることは従来指摘されていることである。つまり「イル」が日本語では「いと」になる。氏族名としての「糸」の意味は、以上のように考えていいと思うが、では「井(ゐ)」はどんな意味であったのか、は判然としない。

奈良県川西町結崎は、観阿弥・世阿弥による結崎座発祥の地としてよく知られているが、ここに式内社・糸井神社がある。祭神は、豊鍬入姫命であるが、相殿神に「綾羽・呉羽」明神を祀っていて、織物の神の性格が見える。隣町には式内社・比売久波神社があって、両神社の間には、深い関係があったと見られている。「ひめくは」とは「蚕桑(蚕養とも)」を意味しているという。隣の三宅町には「但馬」という地名もあり、この辺り一帯が、天の日矛系氏族の、一つの拠点であったことを思わせる。さらに大和には、田原本町に平安期には確認できる「糸井」の地名もあった。

地名の「糸井」は他に、群馬の赤城山麓、広島県三次市、兵庫県姫路の太子町にも見られ、これらが渡来の糸井造とどういう関係にあったか、今後の私の課題である。

(京都地名研究会会誌『地名探究』10号、二〇一二・四)

どえりゃー似とる方言——尾張・丹後の方言の類似性

舞鶴若狭自動車道、京都縦貫自動車道の相次ぐ全線開通を契機に、今年(二〇一五年)五月京丹後市(教育委員会)は、二〇一四年(平成二十六年)度の「丹後・東海地方の文化方言等の調査事業」の『報告書』を刊行した。

この事業は、今後交通網を活用して京丹後市(丹後)と名古屋市地区(尾張)の「交流」を促進していこうというものので、去る六月二十七日には京丹後市で、九月二十六日には名古屋市で、「兄弟のようなことばを持つ両地方―名古屋（尾張）と丹後―ことばと文化シンポジウム」が催された。

　京丹後市で育った私は、この事業の当初から「ことば（方言）」の部門を担当してきたが、今年度から本格的に調査・研究をはじめるに当たって、この事業の意義と両地方のことばの酷似する意味を改めて考えてみたい。

古代における技術面の交流

　丹後と尾張の両地区は、ことに古代において類似の文化を持ち、交流があったことを思わせる。赤米の生産と大和の都への供出、土器や銅鐸《どうたく》・青銅器、また銅釧《どうくしろ》にみる類似する様式には技術面での交流が想像され、また両地区に海部郷《あまべごう》が存在し、丹後一の宮籠《この》神社の祝部《はふりべ》であった海部氏は尾張氏と天火明命を同じ祖先神とする同祖関係にあることなど、人的交流があったことを思わせる。日本海側の丹後（旧丹波国の中心地）は、琵琶湖の水運を活用して、若狭・近江・美濃を介して太平洋側の尾張に通ずるというルートが確固たるものとして存在したと想像できる。

平安期以後の変化にカギが

　両地区のことば（方言）は、確かによく似ていて、ことばの持つ色々な側面に渡って共通性を確かめることができる。「あきゃー（赤い）」「おみゃー（お前）」など二重母音の訛《なま》りや共に東京式アクセントであるなどの音韻面、断定の助動詞「だ」や接続助詞「で」の使い方などの文法面、「どえりゃー」「でんでんむし（蝸牛）」「えりゃーさん」「うみゃー（美味）」などの語彙面など、トータルに見て他の方言と比べて格段に似ている。ただ、これらのほとんどが平安時代以降に生じた言語現象である。

　従来方言の研究は、共通性を前提に地域間のことばの「違い」に注目してきた。隔絶した両地区のことばが「なぜ似ているのか」を問うことは余りなかった。ただし、語・語彙に関しては、離れた地域間に同一語形が見られるとき、それはなぜかは、方言が文化の中央から次々と周囲に伝播したと考える方言周圏論で説明されてきた。しかし、丹後・尾張と隔絶した地域間のことばのトータルな共通性を、周圏論では説明できない。説明できるとすれば、京を中心とする文化の中央部がかつて丹後・尾張と同じことばであったことが証明されねばならないが、その形跡はないからである。

近年方言の研究では方言が各地域で変化を遂げるという「方言形成論」が注目される。言語変化が方言を形成する要因になるが、変化には、言語事象によって「内的(自律的)変化」と「伝播(接触)変化」とがある。音韻・アクセントは前者の、語・語彙は後者の変化による傾向があるという。人々の交流による、つまり「接触変化」ばかりによって方言が形成されるのではないのである。丹後と尾張の場合、中世後期(戦国時代)以降人々の移動による接触変化が方言を形成した可能性も考えられはする。一例として丹後の小牧氏に美濃の武将小牧源太夫の子孫が丹後

■尾張弁（名古屋弁）と丹後弁の共通の言い回し

尾張弁(名古屋弁)	区分	丹後弁	品詞	意味
いごく	?	いごく	動詞	「動く」
うでる	△	うでる	動詞	「ゆでる」
うみゃあ	☆	うみゃあ	形容詞	「うまい」。おいしい
ええがや	?	ええがや	連語	「(どうでも)良いです」
えりゃあさん	☆	えりゃあさん	名詞	地位の高い人、えらいさま
おうじょうこく	●	おうじょうこく	動詞	苦労する。大変な目にあう
げな	●	げな	終助詞	というそうだ、そのようだ
こすい	△	こすい	形容詞	ずるい、悪賢い
どえりゃー	●☆	どえりゃー	形容詞・副詞	すごい
ぬくとい	△	ぬくとい	形容詞	「温い」。温かい

区分）☆二重母音の発音が共通、●近畿地区で共通、△西日本に共通、さらに東日本の一部も含んで共通

に移り住んだという家譜伝承がある。こうした面もこれからの調査では必要になろう。

歴史的な人々の交流の実態はともかく、ことばやかつての文化が共通している「親しさ」をよりどころに京丹後市と名古屋市(尾張)が新たな交流を盛んにすることで、新時代のまちづくり・くらしづくりが活性化することには、大いなる意義があると考える。

(京都民報、二〇一五・一〇・一八)

「うる・うり」の系譜

序 本稿の目標

京都府北部の丹後あたりで耳にする「弁当忘れても傘忘れるな」という俚諺の根拠ともなっている「うらにし」という言葉がある。地元の地誌(『網野町誌』上巻・一九九二年刊)によると、「うらにし」を丹後の気象を表す代表的な語のトップに掲げ、「語源はよくわからない」としながら、晩秋から本格的な冬の到来までの時期、「南西、西南西、又は西の方向から風」を伴って「断続して降るしぐれ」の気候のことという。「北陸山陰型気候の地域一帯で用いられる」ともある。

気になっていた、この語について考えてみようというきっかけを作ってくれたのは、琉球の神謡を集成した『おもろさうし』(1)であった。『おもろさうし』には、季節語としては「夏」「冬」しかないが、春に相当する頃を指す語に、「おれづも・おれづむ」(いわゆる「うりずん」で代表される語)と「若夏」とがあり、秋に相当する頃を特別に言う語はないことを知ったことに始まる。英語史でもそうらしいが、まずは、季節語としては「夏・冬」(暑いときと寒いとき)が先に生まれ、後発で「春」「秋」を指す語は生まれたという経緯は、日本語の古代語でも同じではなかったかと言うことについては別稿で述べたが(2)、「うりずん」の「うり」(後述)と「うらにし」の「うら」は同源語ではないか、という着想を抱えたままであった。本稿では、この点について論じてみたい。「うる(うり)」という形態(以下、状態言・語基という)と、「水気を含んだ、しめった状態」を基本義(以下、〈基本義〉という)とする同源語(ワードファミリー)と認められるものを観察することによって考えてみたいと思う。

1 語基「うる(うり)」を含む派生語

(1) 動詞・副詞

状態言「うる」を基にして生まれた動詞で、現在でも生きている語に、「うるおう(潤う・自)」「うるおす(潤す・他)」と「うるむ(潤む・自)」がある。前者二語は、本来水気を帯びる意の語から意味が拡張し、ものごとの潤沢な状態をも指す。また、動詞の名詞化形として、「うるおい」がある。

古代語では、前者は「うるほふ」「うるほす」であった。さらに古代語では「うるふ(潤ふ、四段・自)」「うるふ(下二・他)」があったが、自動詞「うるふ」に他動詞を造る接辞「す」をつけて生まれたのが「うるほす」であったと思われる。琉球に「うるはす」(沖・辞)(3)の形が見られるが、「おもはゆ」から「おもほゆ」となったように、この語も「うるはす」から「うるほす」になったのかも知れない。また、「うるふ(下二・他)」の自動詞形として「うるほふ」が派生したのではないか(4)。

現代語では「うるう(自・他)」という動詞は用いない。但し、方言形などに関しては後に触れることにするが、かろうじて「うるう(閏)月、年」という語に残っていると言えようか。しかし、暦における「閏」の制度は中国から来たもので、この字を「うるふ」と訓読みしたのは、「閏」が「潤」に形が通うところから、「潤」と同じ訓を当てたものと見られている。ただ、「閏」の制度は、日数や月数が増えることであり(「閏」は余りの意の漢字)、その潤沢さに注目して「うるふ」という動詞(訓)を当てたのかも知れない。

「うるむ」の語は、『時代別国語大辞典　上代編』(三省堂)には立項されていない。現代語では「目が潤んでいる」などと用いるだけでなく、「涙《なみだ》声」(うるみ声、声がうるんでいるなどと)にも用いるにしても、〈基本義〉の拡張と解釈できる。ところが、古代語では、打撲などによって外傷をうけた皮膚が、青黒くなることを意味し、「うるみいろ」というと、赤黒い、ぬめりを帯びたような色を言う。特に、「うるみ朱」(「日葡」)は、黒みを帯びた朱の漆塗りを言うとされる。方言では、唇が寒さなどで紫色になることを指すところもある。

ある範囲の色を帯びることを「うるむ」というわけであるが、この意味では〈基本義〉と直接には結びつかない。しかし、「うるむ」は、「果実などが熟して、赤色に変ずること」という語義にも用いる。ある範囲の色に変ずる、といっても、どうやら果物が熟して色が変わることからの意味拡張であったと見られる。後述するが、果実などが熟することを意味する「うれる(熟)」はもと「うる」で、状態言「うる」を語源としていると見ているが、ここにおいて〈基本義〉と結びつくと考えていいであろう。熟すと赤みを帯びる果実が多く、無花果や木通、桜桃、桑の実、茱萸、ザクロ、スモモ(プラム系)などは、濃い赤紫ないし青紫色になる。

なお、主として方言形で見られるものに、「うるかす(他)」「うるける(自)」がある。他動詞「うるかす」は、水などにつけたり浸したりして、軟らかくしたりふやけさせたりすることであるが、存在は未詳ながら、古語として自動詞「うるく」(現代語では「うるける」は認められる語形)があって、それに他動詞を造る「す」が結合したものであったか。或いは、「うるける」から、「―かす」という接辞を用いての他動詞化であったか。両語は、〈基本義〉に関わって、ほぼ「うるおす(他)」「うるおう(自)」に対応していると見られる。

「うれふ―うれう（愁）」も状態言「うる」の拡張例に入る可能性を持っている。涙がちの状態、目に涙のたまった状態から、目に涙を浮かべるような精神状態になることを指して、「うれふ」と言ったか。今は存疑としておく。

副詞「うるうる」は、動詞「うる」の畳語形ではなく、状態言「うる」の畳語形で、現在も用いるが、古くは『名語記』（鎌倉記の語源辞書）や抄物などに例が見られる。他に「うるやぎ」（名詞）「うるらか」（形動）「うるらと」（以上「時代・室町」）なども見られる。「うるうる」を擬態語と認める向きもある。しかし、音形式（象徴）の強調であるオノマトペと言うより、意味の強調形と見るべきであろう。「うるうる」は、みた目でもわかる、眼に涙が溢れそうな状態を指す。もっとも「うるっと」などの形もある。

(2) 名詞・その他

「うるめ（潤目）」は「うるめ鰯」の略語として用いるのが一般的である。「うるめ」は潤んだような目の意で、鰯の中で、そういう印象の目をした種類のものを指して言う。しかし、「うるめ」を単独に、人や動物の目に関して、潤んだ目を指して言う例は確認できない。ただ、方言では、メダカやハヤ（鮠）の子の異称として用いるところもあり、また、「うるり（こ）」が細魚など、小魚やイサザ（魦）を指す方言があり、「日葡」が「うるるこ（細魚）」を「細長い小魚」としているように、小魚の透き通ったような、濡れたような光沢のある姿態の印象を状態言「うる」を用いて命名したものではないか。その意味では、蛍を「うる虫」という方言も、同様の見方によるのであろう。

なお、塩漬けにした、鮎の「はらわた」を「うるか」というが、この「うるか」を、乾燥させた堅い「いりこ」に対して、生の潤いのあることから、「うるこ（潤臓）」の意で用いた語とする説もある。(5)

「うるし（漆）」の「うる」はどうであろうか。ウルシ類やハゼの木の樹液を塗料として用いる文化は、照葉樹林文化を代表するもので、日本でも縄文時代の遺跡から漆塗りの製品が出土している。「うるし」の語も古い語であろう。樹木の汁を用いること、あるいは塗料として塗った後の光沢のある、水に濡れているような印象から、状態言「うる」を用いたと考えられる。語の成り立ちを、「うるしる(潤液)」の略かとする『大言海』を初め、「うる(潤)」との関係でとくものが多い。中で松岡静雄『日本古語大辞典』は、「うるす(潤為)」の意と見ているが、光沢をなす効用の有るもの、の意と取れることからうなずけるところがある。

光沢のある、みずみずしさという「美」を根本義とした語であったかも知れない「うるはし」(すでに「うるはし(潤はし)」の意とする説―新村出「潤和川再考」(『國語國文』がある)、また、涙ながらに言い立てるの意から生まれた語かも知れない「うるたふ(訴える)」については、本稿では触れるに十分な準備がない。

2 語基「うる」が語となったもの

前節では、語基「うる」から派生して、〈基本義〉を保持している語を見てきたが、本節では、状態言「うる」そのものが語となったものを取り上げる。

(1) 「熟(う)る」・「熟れる」

「熟柿」など果実などが熟することを「熟れる」と言うが、その古語は「熟る」であった。状態言「うる」がそのままの形で動詞として用いられた語と見る。つまり、熟れた果実は、みずみずしく柔らかになり食べやすい、そういう状態になることを「うる」そのものと捉えた。「角川・古語」によると、『庭訓抄』に「熟と云は、うるをいとよめり。稲なんどのあからみ色付たるをうるると云、僻事也。うるおうるると云心か」とあることが分かる。「熟る」を、ここでいう「うる」の〈基本義〉に結びつけている。自動詞「熟る」に対して、「熟らす」という他動詞があった。この語を「日葡」が立項しており、「『下』の語」と注している。方言形には、「うらかす」（広島県比婆郡）という他動詞もある。いずれも自動詞「熟る」が、「—す」「—かす」によって他動詞化した語である。

先にも触れたが、「うるむ」の語義に「果実が熟して緑色から赤色に変わる」（『日国大』）の意があるのも、「熟る」という語の存在を前提にしての拡張形と見られる。

(2) うり（瓜）

「うり」は瓜類（「—瓜」と呼ばれる類）の総称である。その点、瓜類でも「ひさご類（瓢・ふすべ・ひょうたん・夕顔）」は別語形をもち、瓜の仲間であるが、「うり」とは区別して、格別なものとして捉えられていたようだ。「うり」は弥生時代から栽培されていたと言われる、古い農作物である。単に「うり」と言うが、今の「マクワウリ」のことであったらしい。「真桑瓜」と書き、岐阜県真桑村の名産品とされるが、「まくわ」自体「真瓜」の意ではなかったか、つまり「クワ」は「瓜」の漢字音であったと思われる。地方では単に「まくわ」という所もある。後世の伝来であるが、「スイカ（西瓜）」も漢字語である。

熟した「うり」は、暑い季節、汁のたっぷりとした、喉の渇きを癒す果実として、貴重がられたものと思われる。それが、状態言「うる」を名詞化して「うり」と称された理由と思われる。「うり」そのものの性質から、状態言「うる」を母音交替によって「うり」と命名されたとみたのであるが、「うり」には、「天稚彦」の話や「七夕」由来譚などが伝える、いわゆる「洪水伝承」がある。切ったウリから、大水があふれ出たとか、それが天《あま》の川になったとか語られている。『日本民俗大辞典 上』[6]「ウリ」の項に「各地に伝わる民俗や昔話をみると、ウリはしばしば、水と深く関わってきた」と指摘し、水との関わりをいろいろ紹介している。また、「キュウリ（胡瓜）」にも水神に供える（川流し）とか河童が好むものとか、水との関係があり、「ひさご」も水との関係が深いが、こうしたことは「うり」の語源から、はずれたことである。しかし、洪水伝承は、「うり」が有する、水気たっぷりな果実としての貴重さから発想された伝承だったかと思われる。

「前田・語源」によると、「うり(瓜)」の語源を状態言「うる」との関係で捉えていると見られるものが、すでにあった。『大言海』が「ウル(潤)に通ずるか」とし、『東雅』が「ウルミ(熟実)の意か」としている。また、『和訓栞』『名言通』には「口の渇きをウルホスより生じた語か」とある。注意したいのは、日韓辞書で日本語「うり(瓜)」の項をみると、現代語で「オイ(오이・胡瓜)」を当てていることである。日本でも『和名抄』に「きうり(黄瓜・胡瓜)」が確認でき、その漢字表記の通り、あきらかに外来種である。しかし、方言では「うり」というと、全国的に「胡瓜」を指すところが散見される。和語「うり(瓜)」をコリア語の「オイ(胡瓜)」「オリ(瓜)」と同源ではと、すでに『万葉集二』頭注(岩波・日本古典文学大系)『岩波古語辞典』が指摘する(但し、瓜の意の、コリア語「オリ」は未確認)。現代コリア語では、瓜は「(—)バック」(朴=瓠か)と言い、「真桑瓜」だけは「チャムウェ」と言って、バック類と区別している。「ウェ(외)」とは、果実類と扱う「瓜」を指すらしい。「ウェ외」は「오이(オイ・胡瓜)」の重母音化した語か。また、現代語のコリア語で、「水」を「ムル(물)」と言うことも考慮に入れておくべきかも知れない。このことは今後の課題である。本稿では状態言「うる」から「うり(瓜)」が生まれたと見ている。

(3) うるち(米)

米の品種には、もち(ごめ・まい)とうるち(まい・こめ)の二種がある。この二品種は、米だけでなく、他の穀物にも見られるもので、品種改良で、今ではトウモロコシや大麦・小麦にもあるという。この二品種の違いは、「もち」類が、粘りけをもっていて、蒸したり粉にして調理するのに対して、「粘りの少ない普通の米、つまり日本で日常の主食とする米」を、今標準語で「うるち(粳)」という。しかし、この品種の名の語源を探るには「うるち」をもってすることは適切ではないと思われる。「徳川・方言」及びその掲載の地図(「うるち」図)を参考にして、次のように考えられるからである。

方言地図から、主な語形は「うる」「うるし」「うるち」「うるしね」それに「ただ(ごめ・まい)」、「しゃく」ということになる。このうち「しゃく」は、琉球諸島から南九州、及び愛媛南予あたりにまで連なって見られて注目すべきであるが、「徳川・方言」は詳細不明とする。あるいは、古代にうるち(粳)が赤米であったことからすると、「しゃく」とは「赤」の語(漢語)かと思われるが、いずれにしろ語形上「うる」系の語との直接の関係がないと見られるので、考察の対象としない。また、「ただごめ(まい)」については、「徳川・方言」が指摘するように、現在京阪地区では「うる」と言っているが、その前に一時期、「もちごめ(まい)」に対して、日常的に食する「うるち(粳)」を「ただごめ(まい)」と言ったものと見られる。

文献的には『大和本草』や『和名抄』、後には『日葡辞書』などに認められる「うるしね」がもっとも古い語であろう。「うるし」「うるち」は、この「うるしね」から発生したものと思われる。「うるしね」は中央文献で確認できるにもかかわらず、方言地図では岐阜県南部の山間部にのみみられ、他の「うるし」「うるち」より古い語形が残っていると読み取れるのである。ここで、「うるしね」と「うるし」「うるち」の関係については、二つの考え方に分かれる。

一つは、「うるしね」の語構成を「粳稲(うる・しね)」とみて、「くましね(神稲か)」「荒稲(あらしね)」「和稲(にぎしね)」「味(美)稲(うましね)」などと同様の語構成とみる。つまり「うる+いね」であるが、「もち」に対して「うるち(うるし)」という形態上の類推から「うるしね」が「うるし・うるち」となったと見る。後の時代になると、「うるしね」の後項「稲(いね・しね)」[7]に替わって「米(こめ)」や「米(まい)」が用いられるようになる。以上のような解釈から、「うる」がこの種の米を指す語であったと見ることになる。もう一つは、「うるし・うるち」はサンスクリット語（Vrihih）によるという説（『岩波古語辞典』など）で、この説であると、「うるしね」は「うるし・うるち＋いね」ということになる。しかし、方言形や文献において、「うるち（粳）」を意味する「うる」の語形が見られることや、「荒稲」など「―しね（稲）」という語構成が確認できること、古い文献に「うるし」「うるち」の語形が見られないことなどから、前者の説が妥当だと判断する。

「もち」種に対するもう一つの種を「うる」と捉えていたことになる。この種（粳）の語源は、和語「うる」によって考えるべきだと考える。すでに、先学の説に『大言海』などが、「うる（粳）」は「うる（潤）」の義としており、「前田・語源」は「うるしね」の項の［参考］で「ウルは、潤うの意とするのが普通」と述べていて、通説になっていると見ている。なお『大言海』が「うるち」を「古名ウルシネの略転」としているが、その論理は不明。

「うる（粳）」が状態言「うる」に基づくとみる、それは何故か。「もち」類との対比では、粘りけがある・ない、または光沢がある・ないで説明されている。しかし、本来的には調理法や食べ方などに見られる違いに注目してみるべきではないか。「うる（粳）」は、水を吸収しやすく、ふやけやすい。古代では、米に水を加えて煮たのである。いわゆる「かゆ（粥）」と言った。『和名抄』によると、粥には「かたかゆ（厚粥）」と「しるかゆ（薄粥）」とがあったことが分かる。現在の粥は後者に当たり、今の「めし」は前者にほぼ対応すると言えるようだ。水気を吸収しやすくふやける性質から、「うる」と言ったものであろう。

ところで、「うるし」と「うるち」の二形の関係についても考えておきたい。「徳川・方言」が纏めるように、方言分布では、「ウルシ」は東海地区と九州北部の二領域に見られ、「ウルチ」は関東一円（伊豆諸島を含む）にみられる。関東は東海より上方からは遠い。そこで、「ウルチ」を「東国的表現」とし、「モチ」に対して、「ウルシ」を「ウルチ」と独自に展開させたとしている。いつごろ「うるしね」から「うるし・うるち」が派生したかが未詳ではあるが、音韻史的な観点から考察すべきことがあろう。いわゆる古代音としての「し」「ち」の子音音価の問題である。「し」については、キリシタン資料からその頃[ʃi]であったことは確定しているが、古代語については[tʃi]説と[ʃi]説とがある。一方「ち」については、古代音は[ti]であったが、後現在に至るまで[tʃi]であると言われる。平安時代から室町時代まで、雀の鳴き声を「しうしう」と写したが、「し」が[tʃi]であったことを意味する。[8] つまり「し」の音価が[tʃi]から[ʃi]へ、一方「ち」の音価が[ti]から[tʃi]へと変化した、この交替の地域差を反映しているのではないか。関東一円では、古い発音が残ったのではなかろうか。[9]

3　降雨に関わる「うる（うり）」

(1)　沖縄の「うりずん」

沖縄で今は古語となったといわれる、春頃の気候を指す語に「うりずん」「若夏」という語がある。両語は、後には同時期の異称と見ているが、元は時期がずれていたと言われる。時期的に「うりずん」が先で、二、三月頃の雨がよく降る時期を言う語だとされる。琉球諸島での、この語の方言形は様々であるが、一般に「うりずん」を代表形として扱う。

この語については、以下もっぱら外間守善の研究[10]に基づいて記述する。先にも触れたが、『おもろさうし』では、「おれづむ・おれづも」となっているが、これは「おもろ表記」なるものによるのだという。語構成から言えば、この語は「うり」と「ずん」の二語の合成語だとする。

前項「うり」の部分は、「うる（おる）」「うり」「うれ（おれ・をれ）」の語形が見られるが、「うる」が原型であろう。外間は沖縄語「ウリー」が「雨が降って土が潤う」ことを意味する語だと言う。「ウリー」は「うるひ」（潤ふの連用形）の長音化した形かと思われる。「うりずん」の前項がもと「うる」か「うるひ」（ウルヒ—ウルイ—ウリー—

ウリ）かは判然としない。いずれにしても、ここでいう状態言「うる」の拡張例であることは否めない。

後項「ずん」、「ん」は「み」の変化形で、「ず（づ）み」か「じみ（浸）」かであるが、後者と見ている。外間は「うる（ひ）じみ」が元の形と見ているようだ。豊かに雨が降って地面が湿るという気候状況を意味する語が、そういう気象状況の時期を指す、季節語的な語になったものと見られる。なお、季節語「春」には置き換えられない、独特のニュアンスがあるという。また、「ずん」の「ず」に当たる音の表記には「ず」「づ」「じ」「じぃ」などが見られるが、「ず」「づ」は表記の混乱例で、沖縄の古文献には［zu］［dzu］を区別して、「ず」「づ」の書き分けをした例証はないともいう。

「うるむあみ」（春ごろの雨）といった語もあるが、沖縄で注目されるのは、例えば「ウリジムベ」、「べ」は「ばえ」（南風）のことで、三月ごろの雨を伴う南風、をいう語の存在である。「おれづんばゑ」（うりずんの頃吹く南風）とも。つまり「雨に関わる「うる」語＋方向風」という語構成の語である。『沖縄古語大辞典』[11]には、「うりしべ」（うるほひしろばえの変化形という）、「うるひ風」（初春の、土が潤い、草木が芽を出す頃の風）、「おろいばい」（うるほひばへ・潤い南風の意）などが見られる。「うるふ」形が残っているが、現在では「うるほふ―うるおう」に替わっているか。

（2） 各地に見る、雨に関わる「うる」

状態言「うる」を展開させた、降雨に関わる語が、先の「うりずん」も含め、各地の方言には見られる。この節では、それらを確認するが、主に「方言大」（「うるい・うるー」の項）を参照して論ずることになる。

「方言大」は、「うるい（潤）」の項で、その意味用法を①〜⑨に整理している。降雨、慈雨、にわか雨が中心で、単に「湿気」「潤い」や「曇天」とするものがあるが、これらもなんらか「降雨」にかかわって、ある局面を捉えた意味と考えられる。

「うる」系の語を降雨などを指して言う方言形のみられる地域には偏りがある。琉球諸島、九州、四国、中国地方という西日本の例がほとんどである。しかも近畿圏の例はほとんど見られなく、「曇天」の意に使われる三重県(二か所)、「うれー」をにわか雨の意に用いる静岡県、「うれーあそび」(他の地区では「(ー)やすみ」という)を用いるという岐阜県の例が地域的に例外的である。

『方言大』は「うるい」で立項し、多様な方言形をこの項に纏めている。「うるい」は「うるふ」の連用形「うるひ」の音形式を示したものであろうが、各地の方言形が、状態言「うる」そのものを展開させたもの(例:「うり、うれ、おれ」などあり)か、「うるひ」に由来するもの(例:「うれー、おるい、うりー、おろい」などあり)か、どちらとも判然としないところがある。「うれー」「うりー」が「うるい」の長音化したものか、どうかも判然としないし、「うり」「うれ」が元からの形か、一旦長音化したものを短縮して言っているのか、決めかねる。隠岐では、「うりー」が名詞形「うるひ」の長音化したもので、恵みの雨を意味し、「うるー」が動詞「うるふ」の長音化したもので、慈雨で土が潤うの意に用いる。

中には、「うるおい」(「うるほふ」に由来)の形のものも見られる。しかし、総じて方言形には、「うるふーうるひ」に由来するものが多く残存するが、書記文献では、「うるふ」(四自・下二他の両用)が和歌などを除くとだんだんに用いられなくなり、早くに「うるほふ(自)」「うるほす(他)」に取って代わられたところが感じられるのと対照的である。島根県を中心に見られる「うるいつぎ(潤い継ぎ)」「うるいやすみ(潤い休み)」についても、以上のことがほぼ当てはまるようだ。

なお、方言形「うるさい」が、雨などに濡れて気持ちが悪いとか、雨露雪などが躰に降りかかるとか、湿気が多くてうっとうしいなどの意を持つ方言(島根県など)としてみられるが、この「うる」は状態言「うる」に由来するであろう。標準語「うるさし―うるさい」との関係は、今は存疑とする。

(3)　丹後方言「うらにし」

「方言大」では、「浦西」の漢字をあて、「②時雨」の外に、「①秋、冬に吹く西北風。雨を伴うものにも言う」「③西南風」の意味を示している。地元で「うらにし」と呼ばれる気候の特徴は、②のように「雨」だけでなく、③のように方向風だけでもない。両方伴うものである。その点、①がもっとも実際に近い受け取り方である。しかし、「雨を伴うものにも言う」という付加的なとらえ方は的確でない。「丹後但馬の秋の名物」とも言われ、当地の諺「弁当忘れても傘忘れるな」がもっとも適合する時期の気象現象を言う。

「うらにし」の「にし」が方向風「西(風)」の意であることは、他論の余地がないであろう。

問題は、その「うら」の意味である。方言では「うら(裏)」を「北の方角」(富山県)や北風を「うらの風」(静岡県)という地域がある。「うらにし」の「うら」は北とみるべきだろうか。「方言大」や『京都府ことば辞典』(おうふう、二〇〇六年)では「西北の風」となっている。しかし、『京都府方言辞典』(和泉書院、二〇〇二年)では、「西南風」「西北風」「南西風」、その他「西南西」とも、或いは単に「西風」とも。概して西風であることは共通しているが、「北西(風)」とは限っていない。

状態言「うる」に由来して、降雨を意味する「うる」系の語が西日本一帯に見られることを先に確認したが、丹後でも「うりー」(旧・京都府竹野郡)の例があり、西日本一帯の端に位置する。また、沖縄などでは、「降雨(うる系語)+方向風」の語構成の語が見られたが、「うらにし」も「降雨+方向風」の語構成と見るべきでないだろうか。「雨を伴って西の方からしばしば吹く風(の頃)」を意味する語であると推測する。(12)

もっとも状態言「うる(潤)」が、母音交替して「うら」の形で用いられた例が「うらす(熟)」(これは、動詞「うる」の未然形)以外に確認できないことが難点ではある。

【注】

(1)『日本思想大系〈18〉おもろさうし』(岩波書店)

(2)拙稿「日本語にみる自然観」(丸山徳次他編『里山学のすすめ』昭和堂、二〇〇七年)

(3)国立国語研究所編『沖縄語辞典』(一九九八年版)を「沖・辞」と略記。以下、略記した引用文献は次の通り。
「日葡」(『邦訳日葡辞書』岩波書店)、「時代・室町」(『時代別国語大辞典　室町時代編』三省堂)、「角川・古語」(『角川古語大辞典』角川書店)、「日国大」(『日本国語大辞典　第二版』小学館)、「方言大」(尚学図書編『日本方言大辞典』小学館)、「前田・語源」(前田富祺編『日本語源大辞典』小学館)、「徳川・方言」(徳川宗賢編『日本の方言地図』中公新書)

(4)あるいは、「うるほす」に対する自動詞形とみるべきか。

(5)吉田金彦編『衣食住語源辞典』(東京堂出版、一九九六年)

(6)吉川弘文館(一九九九年)

(7)「しね(稲)」の語を認める考えもある。しかし、この形は、「いね」が別の語に後接して用いられるときにしか現れない。そのとき、母音連続を避けて「いね」に[s]が挿入されたと見る通説が妥当である。「はるあめ(春雨)」が「はるさめ」となるように。

(8)亀井孝「すずめしうしう」(『亀井孝論文集　3』吉川弘文館)、馬淵和夫『国語音韻論』(笠間書院)、山口佳紀「日本語の歴史　音韻」(『言語学大辞典』セレクション、三省堂)などによる。

(9)「し」と「ち」をめぐる問題は、例えば、「けつ・けす(消)」などや、「木次」を「きすぎ」と読むなど「次」を「すき」「つぎ」と読む例に見られる「す」と「つ」の関係にも、同種の課題がある。

(10)『日本語の世界　9沖縄の言葉』(中央公論社)による。

(11)角川書店(一九九五年)

(12)　なお、隠岐方言「おきにし」(秋の稲刈り時分に雨をもたらす北西風の意)、因伯方言「うらにし」(秋吹く北西風の意)、喜界嶋方言「うらにし」(嶋の南面の村々に吹く北風の意)などが記録されている。

(『国語語彙史の研究』二十九・和泉書院、二〇一〇・三)

〔四〕

草木虫鳥

桐（きり）――源氏物語の植物（その一）――

光源氏の母は、御局（住まい）が桐壷であった。それ故物語の中で「桐壷の更衣」と呼ばれたが、帝が桐壷帝（院）と呼ばれるのは、読者のつけた呼称である。桐壷とは、後宮五舎の一つ「淑景舎」のことで、その中庭（壷）に桐の木が植えられていたことによる異称である。しかし、語り手（あるいは作者紫式部）は桐の木自体に関心を示すことはなく、ついぞ桐の木が語られることはなかった。後宮での御曹司としての桐壷の在り所が、帝の寵愛を受ける上で母更衣につらい目を見させることになるという仕掛けにもっぱら関心があったようだ。ただ、桐壷（淑景舎）が、後に元服した光源氏の宮中での宿居どころとして用いられたり、光源氏の娘・明石の中宮が御局とするなど、三代にわたって因縁のある局となっていることが注目される。

王朝の人々が桐の木を美の観賞の対象としなかったことは、和歌の世界が象徴的に物語っている。『万葉集』を除くと、桐が歌に詠まれるようになるのは、平安極末期以降である。しかも桐の落ち葉や梢にもっぱら関心があり、その「花」が詠まれることはなかった。

ところが、桐の木に関心をよせた、例外的存在が『枕草子』（三巻本による）である。しかも、その「木の花は」の段で「をかしき」木の花の一つとして桐の「花」に注目している。葉のひろごりざまはもう一つだが、紫に咲く花が良い。まして、鳳凰がこの木のみを選んで止まるといわれ、琴がこの木から造られるというのは、すばらしい、と語る。

ここで話題としている桐は、梧桐（アオギリ）でなく、白桐（ゴマハグサ科）ともいわれるものである。単に「きり（桐）」というと、後者のことを一般にはさして言う。植物事典類を見ると、アオギリは街路樹にも使われるのに対して、白桐は古くから日本でも庭木に用いられたという。私の浅い経験では、桐の木というと、たいてい一本だけ孤高に立っている木だという印象がある。それ故、二昔前四ヶ月住んだ北京の宿舎・友誼賓館に隣接する理科系の大学の校内に桐の木の並木があるのには驚いた。あれはアオギリの方だったのだろうか。しかし、同じ印象を合歓《ねむ》の木についても持っている。北京には合歓の木の並木があったのである。

閑話休題。「木の花は」の段で取り上げているのは、梅、桜、藤、橘、梨、桐、樗の順で、それぞれの花である。この順は、ほぼ季節を追って咲く順番になっていると言われ、また、当時の人々にとって、身近な存在の木々であったと指摘されてもいる。萩谷朴氏(『枕草子上』新潮古典集成、および『枕草子解環一』など)は、「すべて内裏に植栽されているものを類想」していると捉え、どの木がどの殿舎にあったかを調べ上げている。卓見である。さらに私は、清少納言の魂胆はもっと明解なものではなかったかと想像している。つまり、左近の「桜」(平安京造営当初は、梅)、右近の「橘」、そして、殿舎の中庭に植えられていたことによる、「藤」壷、「梅」壷、「梨」壷、「桐」壷を清少納言は念頭においていた(言い換えれば、読者もそう受け取れた)のではないだろうか。

もう一つ「樗」の木が残っている。萩谷氏によると、「侍従所」に植えられていたという。一方殿舎では「神鳴の壷」が残っている。神鳴の壷には「霹靂(かみとけ)の木」が植えてあったというが、その木の正体は不明とされている。樗の木こそ「霹靂の木」ではなかったか。樗は栴檀のことで、『拾芥抄』に、端午の節句に俗人が樗葉を腰につけ、邪気・悪疫を払ったと言うが、平安時代には獄門の前に植えて咎人の首をさらした木(きょうしゅの木)だとされる。落雷を避ける呪いに植えられていた可能性がある。

『源氏物語』に「神鳴の壷」は出てこないが、桐壺はじめ他の「壷」は全て登場する。

帚木（ははきぎ）――源氏物語の植物（その二）――

掃除の道具「箒（ホウキ）」を、もとは「ははき」と称したと知るのは、たいてい『源氏物語』の第二巻、「帚木」という巻名によってではないかと思われる。その巻名は、光源氏と後に空蟬と呼ばれる「中の品」の女との贈答歌に「ははきぎ」という、不思議な伝承を持つ木が詠み込まれていることから付いたもの。若くて高貴な光源氏は、「雨夜の品定め」の談義に加わって、「中の品」の女の魅力に目覚める。ある日、方違えで寄った中川の宿で、その弟の小君を使いにして「中の品」の女の一人と歌の掛け合いに及んだのである。

　帚木の心を知らで園原の道にあやなくまどひぬるかな

と、光源氏は「不逢女」に恨みを歌に託して送ると、女はこう返してきた。

　数ならぬ伏屋に生ふる名のうさにあるにもあらず消ゆる帚木

「ははきぎ」は、俗に「ホウキグサ」（『日葡辞書』に「Fǒqigusa」とある）の古名ともいうが、学名は「あかざ科ホウキギ」である。「ホウキ」は、「ハハキ」が「ハワキ」（和玉篇など）から「ハウキ」と音変化し、さらに長音化して「ホーキ」になった語である。確かに一年生草本で「ニワクサ」とも言われるように、草の類であるが、庭や畠に植えて、夏の終わり頃にこんもりと紅紫色の葉をつけるのを愛でたり、また名の由来となったように乾燥させた茎は束ねて箒の材料にしたり、種子は食用や薬用にしたりなど、用途が多様である。

『源氏物語』の頃には、『古今六帖』に載る坂上是則の歌「園原や伏屋に生ふる帚木のありとて行けど逢はぬ君かな」とともに次のような、『袖中抄』や『俊頼髄脳』などに見る、歌枕「園原」の帚木にまつわる伝承がよく知られていて、帚木を、恋の思いを抱いた相手が逢ってくれないことの喩えに用いることが共通の観念であったと思われる。

信濃の国に園原伏屋といへる所あるに、そこに森あるを、よそにて見れば庭掃く帚に似たる木の梢の見ゆるが、近く寄りて見れば失せて皆常磐木にてなむ見ゆると言ひ伝へたる(略)」(『俊頼髄脳』)

「園原」は、「神の御坂」(神坂《みさか》峠)とともに信濃国の歌枕としてよく知られており、『能因歌枕』や『八雲御抄』にも取り上げられている。長野県阿智村大字智里に位置し、神坂峠の東方に当たる。こんな都から遠く離れた山深い土地の名やその地の伝承が都の人びとにはよく知られていたことになるが、おそらく園原が古代の東山道の道筋にあたり、神坂峠越えが険しい難所であることが「都のつと」として語りぐさであったからであろう。園原は「伏屋の里」とも言われたが、伏屋は「布施屋」のことで、旅人の疲れを癒す無料の休憩所であった。最初最澄が設けた施設が元になっていると言われている。京都で言えば老いの坂を越えていく丹波路の入り口、乙訓郡大江郷に「布施屋」が設けられていたらしい。

もう一昔前のこと。私も一度神坂峠を車で越えたことがある。噂通りに、きつい勾配の坂であった。峠の頂上近くには有名な旅人の平安を祈る祭祀遺跡があった。日本文化についてのおしゃべりの会(知恵の会)の仲間十人が同行の、一泊研修の旅だった。阿智村の役場で文化財保護課の職員の方のはなしを聞き、道中の食堂で「馬刺し」を賞味したことを思い出す。神坂峠とは土産話をしたくなるような峠であった。

能因法師もこの峠を越えたことだろう。『後拾遺和歌集』に「墨俣」あたりから「神坂」を眺めて「白雲の上より見ゆる足引きの山の高嶺やみさかなるらむ」と詠んだ歌がある。高槻の古曽部に住んでいたという能因法師、東の国への旅は博労・馬などの調達の旅だったのではという説がある。信濃では馬の買い付けでもしたのではないだろうか。

荻（おぎ）――源氏物語の植物（その三）――

光源氏の空蝉に恋い焦がれる物語は、帚木巻から夕顔巻に渡って語られる。ヒロイン空蝉の呼称は作者・紫式部の与えた名であるが、空蝉と人違いされて光源氏と一夜を契った軒端の荻、この呼称は読者がつけたもので、光源氏がこの女に送った歌、

ほのかにも軒端の荻を結ばずは露のかごとを何にかけまし　（夕顔巻）

に依っている。もっとも、語り手は末摘花巻で、「荻の葉」と呼んでいる。空蝉は伊予の介の後妻であり、軒端の荻は伊予の介の娘、光源氏をめぐって二人の女は対照的に描かれているが、本命は空蝉にあり、軒端の荻は空蝉を引き立てる脇役であった。歌で光源氏は、女を軒端の荻に見立てた。なぜ「軒端の荻」であったのか。

荻、この草（の名）は、荻原、荻野、荻村などの人名から存在はよく知られているが、一般に薄との区別が曖昧になっていて、荻をも薄と思っていることが多いようだ。ともにイネ科で、群生し葉茎や花穂などがよく似ているためであるが、いろいろな違いがある。薄は主に山野に生えているが、荻は水辺・海辺など湿地帯を好む。薄が株をなすのに対して、荻は地下を這う根茎から一本一本生える。しかし、王朝時代、荻も薄（尾花）もともに和歌によく詠まれていて、両者ははっきり区別されていたようだ。

「荻（をぎ）」の語源は、風にそよぐ花穂が人を「招く（をぐ）」手招きに似ていることからと考えられる。しかしむしろ、薄の方が人を「手招き」すると見立てられるのが一般であった。荻の方は、風に吹かれて上葉がそよそよと音を立てることに風情が感じられて、秋の訪れや人の訪れに喩えたりされた。「荻の上風」「荻の葉」の慣用句が好まれて、「荻」と「萩」は全く別種の草であるが、文字が似通う秋を代表する草とみてか、「荻の上風萩の下露」と対照されることもあった。

一方、荻は葦ともよく似ている。同じイネ科でしかも水辺に植生することが共通する。平安時代になって、『古今集』には詠まれていないが、『後撰集』から盛んに荻は詠まれるようになった。しかし、遡って『万葉集』にすでに詠まれている。

神風の伊勢の浜荻折り伏せて旅寝やすらむ荒き浜辺に　（巻四・五〇〇）

他に「葦辺なる荻の葉さやぎ」（巻十・二一三四）とか「川津のささら荻葦と人言語りよらしも」（巻十四・三四四六）など詠まれて、葦と荻は違う種類と捉えていたことは明らかである。ところが、先の歌を本歌に「伊勢の浜荻」はよく詠まれたが、藤原俊成の判詞（嘉応二年住吉社歌合）「かの神風伊勢しまには、浜荻と名づくれど、難波わたりにはあしとのみいひ、東の方にはよしといふ」などとあって、荻は葦の異名とみなされ、「伊勢の浜荻難波の葦」という文句が流布した。浜荻は葦の方言とみられ、「草の名も所によりて変はる」ことの代名詞として、「浜荻」の名は方言集の書名にも用いられたりした。

荻は、薄にも、また葦にもよく似ていて、ともすると見間違えられてしまう存在であった。いうならば薄や葦の影のような存在であった。紫式部の時代には、まだ荻、薄、葦ははっきり区別されていたのであろうが、よく似ているとは認識されていたにちがいない。和歌とは逆に『源氏物語』では、薄より荻の方が秋の風物として散見される。

秋を知らせる、荻の上葉を吹く風の音は、『万葉集』では「ささら」と「さやぐ」と捉えていたが、後には「そよそよ」とそよぐと捉えている。『大和物語』（一四八段）に夫を難波に残して京にやってきた女の歌に「そよとも前の荻ぞこたふる」とあり、『蜻蛉日記』（中巻）の長歌に「籬の荻」が「そよとこたへむ」と詠み込んでいる。風の音「そよ」に「其よ（そうだよ）」の意を掛けている。そして荻は、後の『寝覚物語』にも「軒近き透垣のもとにしげれる荻」とあるように軒先や屋前に植えられていた。「軒端の荻」は身近な存在であったようだ。こうした当時の

「荻」の観念を踏まえて光源氏は、人違いした—見間違えたことから、女を「軒端の荻」と見立てたのであろう。荻を「軒端の」と限定したのは、前裁に植えられる植物と異なって、脇役的存在であったことを意味しているのではないだろうか。

夕顔（ゆうがお）——源氏物語の植物（その四）——

朝顔は名前も実態も良く知れわたっているが、夕顔は、名前の割に実態はよく知られていない。しかし、巻き寿司などの食材に欠かせない干瓢（カンピョウ）が夕顔の実を加工したものだと知ると、「そうか」と親しみを感じる。が、では花や実はどんなものかとなると、あまりピントこないのが、一般的ではないだろうか。

夕顔という名はその花の生態—夕方に花開き翌朝にはしぼむ—に基づくが、『源氏物語』以来、夕顔はもっぱら「花」の名として一般には知られてきた。最近の歌謡曲『宇治川の里』（たかたかし作詞）にも「夕べに開いて朝しぼむ…ああ夕顔はああ一夜花」と詠まれている。しかし、白い花で華やかさもなく、昼間はしぼんでいることもあってか、観賞用に夕顔（の花）を庭先に植えることはほとんどない。

一方、「実」の方に注目してみると、「ひさご（瓠・匏）」「ふくべ（福部）」などのゆかしい別称が有り、また、容器としての瓢箪や食材としての干瓢など、日常的になじみ深いものなのである。農産物として古来庶民には知られていたことを意味する。同じ蔓草ではあるが、朝顔が「ヒルガオ科」であるのに対して、夕顔は「ウリ科」に属する。同じ「ウリ科」でも、胡瓜、冬瓜や甘瓜などもっぱら食用にするものや、熟した実の外皮を活用して、もっぱら酒や水などを貯える、または汲む容器になる瓢箪（ひさご）などとは種が異なる。因みに、「ひしゃく」（のちに「しゃくし」とも）は、容器の「ひさご（瓢）」の音変化した語である。ただ、「ひしゃく」を木でも作るようになると、実の「瓢（ひさご）」で作った方は「なりひさご」と呼ばれるようになった。

さて、実を帯状に削り、干して干瓢にするのは、夕顔類で、実の形には、冬瓜に似た長い円柱形のものと、球形を少し押しつぶしたような形のものとがある（後者を「ふくべ」というとするものもあるが、「ふくべ」は一般に瓢箪をも含んで指す語のようだ）。しかし、どちらも未熟で青いうちに煮物にして食したり、干して干瓢にしたり、熟して外皮が硬くなったものは、物を入れる容器に使用したりもする。

「ひさご」や「ふくべ」「瓢箪」は、民具として庶民の間ではなじみ深いものであった。また「実」や「種」も含め民話など民間伝承のモチーフとしても話題を提供してきた。しかし、夕顔の「花」が注目されたのは、王朝文学の世界においてであった。まず『枕草子』が「草の花は」の段で取り上げている。「夕顔は、花の形も朝顔に似て」と言い、名前も（咲きぶりも）「花」は「朝顔夕顔」と並べると興味深いが、「実」の姿は興趣に欠けて不格好だと評している。それでも「をかし」評価に「夕顔」を認めたのは、「されどなほ夕顔といふ名ばかりはをかし」だからという。清少納言らしい。

下の品ながら魅力ある女として、光源氏の気を引いた夕顔の君は、光源氏の乳母の尼の「五条なる家」の西隣に住んでいた。条坊制では、「五条」という空間は五条大路と四条大路の間を指すが、「家」は「むつかしげなる大路」に面していたというから、この「五条」は「五条大路」であろう。今は松原通と言われているが、その堺町通りを北に上がったところに夕顔町があるように、夕顔の住む家は昔の五条大路の北側にあったことになる。五条大路界隈は、「らうがはしき大路」「むつかしげなるわたり」とも描かれるように、下町的な庶民の街で、後の文献ながら『梁塵秘抄』によると白拍子ら遊女（アソビメ）も住んでいた。夕顔は大勢の女たちと住んでいて、光源氏から「いかなる者の集へるならむ」と訝しがられている。芸能者の集まりだったのだろうか。夕顔を板塀に這わせているのも、観賞用ではなく、成る「実」が目的であったのだろう。しかし、夕顔の花は、光源氏との一夜の逢瀬で頓死する夕顔の君のはかない命を暗示しており、まさしく「一夜花」であった。

紫草(むらさき)――源氏物語の植物(その五)――

今回のタイトルに「紫草(むらさき)」とつけて、なんとなく違和感を覚える。パソコンで「むらさき」と打ち込んで変換しても植物名の「むらさき」がすぐには「紫草」と変換できない。「むらさき」は本来、植物名で、その根(紫根)からとった染料の色名にも転用するようになったのだが、漢語の「紫」の方は、本来色名を意味する漢字である。違和感の理由は、この漢語と和語のズレにあった。勿論『万葉集』からすでに植物名も色名も「紫」の一字で書いてもいる。

染料、または薬材として貴重な「紫草(の根)」は、朝廷への調庸品として各地に献上が求められた。平城京旧址などから出土する荷札木簡からもそのことは窺える。現在十四、五点が見つかっているが、すべて「紫草」とある。「紫」とするものはない。他に「紫菜」とする献上品があり、海藻の一種の海苔のことで、特に高級品であったようだ。また「紫醤」というのも見られる。荷札木簡の送り元の判明するものはほとんどが九州地区であるが、平安時代の「延喜式」の記す、調庸品として要求されている地域は、関八州や信州、日本海側西部地区などである。「紫草」の歌で知られる武蔵野は関八州に属する。

和名「むらさき」の語源は、「群れて(小さな白い花が)咲く」から来ている。「むらさき」を「紫草」と表記することで注目されるのが、よく知られた、額田王が蒲生野で詠んだ次の歌である。

紫草能にほへる妹を　憎くあらば人妻故に　我恋ひめやも(万葉集21)

『万葉集』では単に「紫」で植物名を指している例もあるから、この歌では色名でなく植物名であることをあえて伝えるという意図から「紫草」と表記したと思われる。「にほふ」に続くからその「色」に注目しているのであるが、根の紫色でなく、可憐な花の白色に注目しているとみたい。歌は、旧暦五月五日の薬狩りの折の歌である。もう花は咲いていたであろう。京都の「紫野」も、紫草が自生あるいは栽培されていた所かも知れない。平安京を開いた桓武天皇が薬狩りをした所という記録もある。

王朝人の「紫」色に対する思いには格別なものがあった。『枕草子』に「すべて、なにもなにも紫なるものはめでたくこそあれ。花も糸も紙も。」(「めでたきもの」の段)とある。中国文化の影響もあって制度的に、あるいは思想的に高貴な色であるという観念に基づく段とも考えられるが、ここは清少納言の色彩感覚〈美意識〉に基づく評価であったとみるべきか。また同段では、六位の宿直姿を「紫のゆゑ」に「をかし」と捉え、「紫だちたる雲」(「春は曙」の段)に注目し、「木の花は」の段では「紫に咲きたる」故に「桐の木の花」を愛で、そして「藤の花」を「色濃く咲きたる」をもって「めでたし」とする。「色濃く」とは紫色で、当時藤の花の色を濃くも薄くも紫とみるのが通念となっていたようだ。

色名「紫」は染料である「むらさき」(紫草)の転用であった。当初は色名「紫」も専ら紫草の根に関わって歌にも詠まれていたが、平安時代になると、紫色は、目に見えぬ「根」から目に映える藤の「花」の色として和歌ではもてはやされるようになった。もっともこれには漢詩の用語「紫藤」さらには「紫菊」「紫桐」が和歌の世界に導入されたものという説もある。

巻名「若紫」は、光源氏の次の歌による。

手に摘みていつしかも見む　紫のねにかよひける　野辺の若草

「若紫」の語は、『伊勢物語』初段の例が古く『源氏物語』はその段を念頭に置いていたと読まれている。『後撰集』などにも見える語で、若い紫草(初草・若草とも)のことであるが、「ゆかり」の物語として藤(藤壺)に通う「紫色」へと結びつけられていったのである。

末摘花（すえつむはな）——源氏物語の植物（その六）——

「末摘花」という巻名も光源氏の詠んだ歌の文句による。先（末）が紅く象のような鼻をした、常陸宮の女をなぞらえて「末摘花」と詠んでいる。

　なつかしき色ともなしに何にこの末摘花を袖にふれけむ

末摘花は、一般に紅花（べにばな）の異名と説明されるが、「べにばな」は比較的新しいことば。『日葡辞書』に「Beninofana」（べにのはな）とあり、江戸誹諧などで「紅の花」と称していたものが一語化したものと思われる。もっとも「べに」の語は古くからあった。本来和語だとすれば、もとは濁音で始まる語ではなかったはずである。『和名抄（十巻本）』に「（頬粉）閉邇」と、また『源氏物語』には「（光源氏）髪いと長き女を描きたまひて鼻にへにをつけて見たまふに」（末摘花巻）、「（近江の君）へにといふもの、いと赤らかにかいつけて」（常夏巻）とあるが、このころはまだ濁音化していなかったかも知れない。もと「へに」なら、「へ（辺・端）に（丹）」を語源とするのであろうか。「べに」は芭蕉の句（『奥の細道』尾花沢での句）でも「紅粉」と書くように、本来は色名でなく顔料の名であるが、単に「紅」とも書くようになった。「紅（の）花」や頬紅・口紅などと表記するのはそれである。山形の民謡「紅花摘み唄」の歌詞では「紅花」を「コウカ」とも呼んでいる。

本来は「くれなゐ」が植物名である。古代に合わせれば、「末摘花」は「くれなゐの花」の異名と言うべきであった。しかもともとは歌語（雅語）で、『万葉集』（巻一〇）の

　よそのみに見つつ恋ひなむ紅（くれなゐ）の末摘む花の色に出でずとも（一九九三）

とあるのが初出例。「紅」はまだ植物名であろう。この「紅の末摘む花」の歌句が、平安時代に受け継がれ、好んで詠まれている。「くれなゐ」の赤橙色の花は、紅色の染料や薬用にもなったが、平安時代になると、「紅(くれなゐ)」の語は専ら色名(紅色)として用いられるようになったらしい。

植物名「くれなゐ」は「くれ(呉)のあゐ(藍)」の縮約形と見られる。「あゐ(藍)」も本来植物名で、藍色の染料(インジゴ)などの原料として用いられた。古代の難波の島下郡安威(郷)に因む「藍原」「藍野」という地名が古文献にみられるが、藍の産地であったのではないか。「くれ」は中国・江南の呉(ご)の国のことで、植物「くれなゐ」は古代の呉の国からもたらされたことを意味する。古代難波には、呉の国との交流を証する伝承がいくつかある。大阪府池田市に呉服(くれは)神社があるが、「応神紀」によると、呉の国から織女達が渡来して来た地という。

『万葉集』巻二十の四四五七番の歌の詞書きに、『和名抄』には見えないが、「河内国伎人郷」という郷名が記されていて、現在「くれ(ひと)のさと」と訓じている。この遺称地として、大阪市平野区の喜連(きれ)町をあてる。「きれ」は「くれ」の訛伝という。当地には「呉羽明神」を祀る社もあり、「雄略紀」が伝える「呉坂」の由来譚はよく知られている。「伎人」を「くれひと」と訓んでいるが、「今來の才伎」を「いまきのてひと」と訓む例があるように、本来「てひと」の意味、つまり高度な技術を持った人のことである。呉の国からやって来た人たちがそうした技術者であり、「伎人郷」はその人達が定住を許された地であったことを物語っている。

後世「べにばな」と呼ばれるようになる植物「くれなゐ(紅花)」は、織物や染色の技術とともに中国から渡来したものと見られている。最近までは藤ノ木古墳の石棺から検出された花粉が日本国内では紅花の存在を示す最古のものと見られていたが、平成十九年十月に、奈良県桜井市の纒向遺跡から採取した土から大量の「ベニバナの花粉」が見つかったと報道された。女王卑弥呼の邪馬台国の有力な候補地とされる、弥生後期~古墳前期(三世紀中ごろ)の遺跡からであった。「今來の才伎」に対して、雄略朝以前に渡来してきた人々は「古渡(ふるわたり)」と言われるそうだが、卑弥呼の時代大和に「くれなゐ」を持ち込んだのは呉の国からの「古渡」であったのだろう。ただし、「呉」を「くれ」とよぶのは、古代コリア語ではと思われ、仲介にコリアの人々の存在もちらつくのである。

紅葉（もみじ）——源氏物語の植物（その七）——

巻七は「紅葉の賀」の巻、そこで今回は「紅葉」をとりあげる。もっとも紅葉は特定の植物名ではない。しかし、いつか日常的には「楓」の別名のように捉えてきている。本来、秋に木々の葉が色づくことを「もみつ・もみづ」と言い、その名詞形が「もみぢ」であった。古来の語源説に「もみ」を「揉む」と見るものがある。三世紀に遡れるベニバナから紅色の染料を取り出す方法になぞらえられた語だと考えられる。

『万葉集』では「黄葉」（「紅葉」は一例）と書いたが、平安時代になるともっぱら「紅葉」と書くようになったのは、漢詩の影響もさることながら、秋に色づく木の葉では殊更「楓」の紅色がもてはやされるようになったからとも言われる。楓が紅葉の代表格になったわけで、「いろは楓」（後、「いろは紅葉」とも）という呼称も生まれた。「色葉楓」とも表記する。「いろは（色葉）」は「色づいた葉」、つまり「紅葉」のことになる。

「いろは」と言えば「いろは歌」を連想させるが、一般に「いろは歌」は、「色はにほへど」と「は」を助詞「は」と解している。しかしこれでは、「にほふ」「色」が何の色か分からない。そこで、「いろは」は「色葉」ではないかとみる解釈がある。「色葉＝紅葉」が「にほへど」というわけである。平安後期の『以呂波字類抄』も『色葉字類抄』と書く場合がある。

ところで『万葉集』の「黄葉」は、「もみぢ」とも「もみぢば」とも訓まれている。万葉仮名表記例にも両形が見られる。『古今集』以降でも「もみぢ」「もみぢば（紅葉葉）」の両形が確認できる。ところが、『源氏物語』では、四十七例のすべてが「もみぢ」の例ばかりで「もみぢ葉」の例は見られない。他の散文作品もほぼ同じとみて良いだろう。どうやら「もみぢ」「もみぢ葉」は歌語とみていいようだ。

では、歌では「もみぢ」「もみぢ葉」をどう詠み分けていたのか。『古今集』でみると、例えば二九三番、詞書では「もみぢ流れたる」とあり、歌では「もみぢ葉の流れてとまる」とある。二九九の歌は「もみぢを幣と手向くれば」、三一三の歌は「もみぢ葉を幣と手向けて」。他の例も確認した上での結論は、五音、七音に整えるリズム上の問題で、両形(語)の意味するところは変わらないと言える。

秋に木々の葉が色づき、華やぐ山の風景が人々の心を捉えるという紅葉の集合的光景ばかりでなく、「もみぢ」への関心の持ち方には、もう一つあった。従来指摘されていることだが、「もみぢ葉の」が「過ぐ」など「散る」こと(死)を意味する語を引き出す枕詞として用いられたが、これは個々の「葉」の持つ宿命を捉えている。「もみぢ」という語自体、「木の葉が色づくこと」から「色づいた葉」をも意味するようになったが、まだ未分化な段階で個々の葉に注目した時、「もみぢ葉」という語を必要としたのであろうが、枕詞の衰退に伴い「もみぢ」と「もみぢ葉」の意味的区別もなくなったのではないか。『万葉集』では「もみつ」「もみづ」の動詞が生きているが、平安以降「紅葉する」「紅葉そむ」「色づく」「うつろふ」等の方が一般化することとも関わることであろう。

楓が特に平安以降は専ら愛でられたと思われるが、古代和歌では「かへで」の語自体は余り詠まれていない。その中で詠まれる時は「若かへるで」(『万葉集』三四九四)とあるのが注目される。秋の紅葉した楓(「かへでのもみぢ」)に対して春の新緑の楓を愛でる時に「若楓」と区別したのであろう。先に「いろは楓」に触れたが、この語は緑の「若楓」に対して色づいた楓を区別したものと考えられる。

『万葉集』以来「もみぢ」は、春秋の季節を代表する風物として春の花「梅・桜」と共に盛んに秋の歌に詠まれてきた。『源氏物語』巻七では、朱雀院での紅葉の賀を語り、巻八では花宴を語る。紅葉の賀で光源氏は青海波を舞った。

この若き日の華やぎが、光源氏が准太上天皇に上り詰め、翌年に四十の賀を控えた、秋十月紅葉の盛りに六条院に実の子今上天皇を行幸で迎えた折に、思い起こされている。『源氏物語』第一部の最後「藤裏葉」巻のことである。紅葉は色鮮やかな楓の紅葉であったことであろう。

桜（さくら）――源氏物語の植物（その八）――

巻八は「花宴（はなのえん）」の巻、「二月の二十日あまり南殿の桜の宴せさせ給ふ」と語りはじめる。巻七の「紅葉賀」に次いで桐壺帝晩年の盛儀を象徴する宴であった。南殿は紫宸殿、桜は「左近の桜」のことで、「花宴」の「花」は、ここでは桜の花と分かる。

しかし、『古事談』に「南殿桜樹者、本是梅樹也。桓武天皇遷都之時所被植也。而及承和年中、枯失。仁明天皇被改植也。其後天徳四年九月二十三日焼亡、焼失了。（略）移植重明親王式部卿家桜木也。」（亭宅諸道第六）とあって、本は「梅樹」であったという。ではいつ桜樹に変わったかについて、『古事談』の「仁明天皇（八三四〜八四八）被改植」とあるのが、梅だったか桜であったか、議論の分かれるところ（文脈的には梅か）。『続日本後紀』承和十三年（八四五）二月酒宴の時、天皇が「殿前之梅花」を折って髪に挿したとあり、まだ梅樹であったが、『三代実録』貞観十六年（八七四）八月二十四日に「大風雨折樹廃屋。紫宸殿前桜、（略）皆吹倒」とあり、この頃すでに「桜樹」であったことになる。『古事談』（前掲）や『古今著聞集』巻十九（草木）では、南殿の桜は天徳四年（九六〇）以降、式部卿重明親王家の桜を移し植えたのに始まるとするが、それよりはずっと以前であったことになる。

一方「右近の橘」については、『江談抄』（大江匡房）の「紫宸殿南庭橘桜両樹事」に「件橘樹地者、昔遷都以前橘本大夫宅也。」とする。『古事談』(前掲)も同趣旨を述べているが、『日本後紀』大同三年(八〇八)が記す「禁中有一株橘樹」とあるのがそれかもしれない。梅も桜も橘も万葉の時代にはすでに、貴族たちが自邸の庭に好んで植えていた樹木である。しかし、『江談抄』などの記述が史実であったとしても、たまたまあったものを活用したというものではないであろう。天皇が南面して眺める、紫宸殿の両脇(左右)の樹木としてふさわしいもの、それが梅であり橘である事に重い意味があったからと思われる。

両樹木とも渡来植物と指摘する人もあるが、それだけではない。橘については、愛媛大学名誉教授・和田茂樹氏著『日本果樹園芸史』がとても詳しい。和田氏は「右近の橘」について、「記紀」の伝える、垂仁天皇の命を受けて、田道間守が常世の国からもたらした「非時香果」(橘)を意識したものと強調する。田道間守は、新羅の王子「天の日矛」の子孫であることから、常世は朝鮮半島(韓国・高麗)がイメージされていたとも考えられる。枳(からたち)は唐橘の略、あえて唐(中国)渡来であることを強調したか。また、桓武天皇は、百済の血を引く高野新笠を母とする。中国渡来の梅を左に韓国渡来の橘が右に、倭国の天皇の眼前の左右に配されたのではないか。音楽では唐楽(左楽)に対し高麗楽(右楽)があるし、唐紙に対する高麗紙があり、唐錦に対して高麗錦がある。また、獅子に対して狛犬がある。

しかし、左近の樹木は、梅から桜へと植え替えられた。それには、平安時代以降に顕著になる国風文化の隆盛という機運が反映したのではないか。唐詩に対し倭歌の自覚が確立し、唐絵に対して倭絵が自立してきたのである。万葉時代、古来の桜をしのいで渡来の梅が貴族にもてはやされたが、『古今集』では桜の歌が優位に立っている。

素性法師の歌「見渡せば柳桜をこき交ぜて都ぞ春の錦なりける」は、朱雀大路などの柳と貴族の屋敷の庭の桜を詠んでいる。いわゆる「花宴」の初出例は弘仁三年の神泉苑での宴だという。月日から「桜の宴」であったと推測される。しかし、単に「花」と言って「桜」を意味するという語義変化は、『古今集』ではまだ確立していないという、『余材抄』(僧契沖)や奥村恒哉氏校注『古今和歌集』(古典集成本)の解釈に注目しておきたい。小町の「花の色は」の歌、躬恒の「花見れば」の歌など、「桜」の歌序列にはない。「花」は「よろづの花」(花一般)を指しているとみている。しかし、「花」の語義変化はともかく、春を象徴する花として、九世紀末には確立していたとみてよい。

葵(あおい)――源氏物語の植物(その九)――

源氏物語巻九は、葵の巻。葵と言えば、光源氏の正妻葵の上、この巻にて葵祭りに先立つ御禊の斎院行列の見物で六条の御息所と車争い、それが引き金で懐妊中の身で御息所の生霊に悩まされ、夕霧を出産後に死去することになる。但し、正妻を「葵の上」と呼ぶのは読者の命名によるもので、本文には記されていないし、賀茂社の祭りを「葵祭り」と呼ぶのも江戸以降と言われ、当時は「賀茂の祭り」または単に「祭り」と呼ばれていた。作者が付けたと思われる巻名「葵」は、「葵の上」「葵祭り」によるのでなく、光源氏と源典侍の贈答歌に「あふひ(葵)」が詠み込まれていることに由来する。「車争い」ならぬ「翳し争ひ」と本文にはある。典侍は歌で「人のかざせるあふひゆゑ」と「葵」に「逢ふ日」を掛けているが、本来の「あふひ(葵)」の語源は何なのか、また賀茂の祭りで葵の葉と桂の小枝(あるいは葉)を翳し(「葵桂(きっけい)」と言う)にするのは何故なのか。

賀茂の祭りの葵は二葉葵と言われる草で、俗に賀茂葵とも言う。しかし、アオイ科でなくウマノスズクサ科に属し、果実が馬の首などに飾る小さな鈴の形に似ていて、乾燥させたものは「馬兜鈴」と呼ばれる咳や痰を押さえる薬であった。『本朝月令』が引く「秦氏本系帳」の伝える賀茂祭りの起源伝説に、馬に鈴つけて走らせろと、乗馬の儀式が語られていることは興味深い。
ところが、「あふひ」を詠んだ歌が『万葉集』にあり、「梨棗黍に粟次ぎ延ふ葛の後にも逢はむと葵（あふひ）花咲く」（巻十六・三八三四）と詠まれている。この歌は食用の植物尽くしになっていて、葵も食用にしたものと思われ、冬葵と言われているものである。この葵は、まさにアオイ科に属し、中国渡来の、食用や薬草としても用いられた植物のようだ。

「木簡データベース」で「葵」を検索すると、次の四点が登録されていた。一つは「龍葵」でイヌホオズキ（薬草）のこと。「葵」が二点、これは冬葵で薬用か野菜としての食材であろう。もう一つが「葵子《きし》」とある。これは「冬葵子《とうきし》」のことらしく、冬葵の種子を乾燥させた漢方薬の名である。さらに長屋王家跡出土の木簡で「耳梨御田」から進上したものに「阿夫毘一把」が「芹二束」「智佐二把」などと一緒に挙がっている。「阿夫毘」は「あふひ（葵）」で、野菜として進上されたものと考えられる。「山背御薗」が長屋王家に送った木簡にも「阿布比二束竹子七把一束」とある。

同じ「あふひ（葵）」と称されていても、アオイ科の冬葵とウマノスズクサ科の二葉葵とでは、花など全く異なる。それがなぜ同じ「葵」なのか。暮れからこれを執筆している今、我が家の庭には、毎年初夏には紅紫色の花を咲かせる立葵がみずみずしい若葉を出している。その若葉の植生が、一目見て二葉葵とそっくりであることに気づいた。立葵（中国では蜀葵）は冬葵と同じアオイ科で、葵と言えば、古くは冬葵であったが、室町頃から以降は現在も含め、新来の立葵を専ら指すようになったと言われている。葉の類似性から、二葉葵も同じ「あふひ」の名で呼ばれるようになったものと思われる。

漢字「葵」を含む植物名に「向日葵（ヒマワリ）」「山葵（ワサビ）」「蒲葵」などもある。やはり山葵の葉は二葉葵の葉と似ている。漢字「葵」は諸橋漢和によると、向日葵そのもので、花に向日性があり、「葵之郷（向に同じ）日」

とある。冬葵についても葉に向日性があり、これが、「あふひ」の語源に関わり、「合ふ日（陽）」の意味であったと思われる。

奈良時代以前からあった賀茂社の葵祭り、都が平安京になって宮廷と賀茂社が結びつき、その祭りが一層注目されるようになって、葵と言えば賀茂の葵が思い浮かべられるようになり、和歌など文学では、専ら二葉葵を指すようになったのであろう。

木の葉ではあるが、桂の葉も二葉葵とよく似た形（丸みのハート型）の葉である。賀茂社は葵を神紋とし、松尾大社は桂を神木とする。賀茂社と松尾社の関わりのことなど、語れなかったことが多い。

賢木（さかき）――源氏物語の植物（その十）――

葵巻から賢木（榊）巻へと神事に纏わる植物が巻名で続く。光源氏と六条御息所との愛憎物語が語られていて、巻十賢木巻では斎宮となった娘に付き添って伊勢に下向する六条御息所との別れを描く。

「さかき」は『万葉集』では一例（「奥山の賢木の枝にしらかつく木綿取り付けて」巻三・大伴坂上郎女）しかなく、初出例は『古事記』の「天の香具山の五百津真賢木」（「天の岩戸」の段）で、いずれも「賢木」と表記されるが、神事に用いる植物と分かる。その用途から「榊」という和製漢字を用いるようになる（『新撰字鏡』）。

「さかき」の語源については、「さか」を「弥栄」などと用いる「栄・盛」とする説と、「よもつ平坂」などの「境・坂」の意とする説が有力とされる。後者は、「さかき」が神の降臨する「依り代」の一種として用いられ、神域の印の樹木とされたことから、神の世界と人の世界の境を印す樹木とみられたことを根拠としている。そこから「榊」の字も生まれたことになる。平安末期の『色葉字類抄』では「坂樹　日本私記用之、榊　俗用之」と表記する。

「さかき」は、もとは広く常緑の広葉樹を指す普通名として用いたようであるが、特にその葉の生態に注目して四季を通して青々と繁茂する姿にみずみずしく溢れる生命力を感じて「盛・栄の木」と捉えたとするのが前者の説である。特にその代表格が、後に今専ら「榊」という固有名の樹とする、特定のツバキ科の常緑照葉樹だったのである。これは照葉樹林帯に属する樹木で、それ故「榊」は関東以西でのみ見られ、その他東北地区などでは、「ひさかき(非榊)」というよく似た樹木が「榊」の代用にされるようだ(「ひさかき」の名の由来はここにある)。天然記念物に指定されている「社叢」(鎮守の森)の殆どが、照葉樹林帯に属するという。照葉樹の「榊」などを神の依り代とする信仰は、焼き畑・椿や茶や漆・モチ・歌垣などの照葉樹林文化群の一つとみることができるのではないか。

『古代歌謡集』(岩波古典大系)の「神楽歌」に採り物としての「榊」の歌が四首記録されている。うち二首が『古今和歌集』に「神遊びの歌」(巻二十)として入集し、その一首が「霜八度置けど枯れせぬ榊葉のたち栄ゆべき神のきねかも」(一〇七五)と詠んでいる。上の句の「榊葉の」までが序詞で「栄ゆ」の語を引き出している。常緑の照葉樹の葉に古代の人々が抱いたのは「栄ゆ」であったことを思わせる。それを神の宿る木とみるようになって「榊」の文字を生み出すことになったものと思われる。

さて、「採り物」とは、神舞する巫女や神職が神事の祈りに手に持つ物で、神の降臨する依り代であった。手に持つことで持つ者の身が神域にあることを意味した。依り代である「榊」が葵巻から賢木巻にかけてどのように用いられているか確かめてみよう。

車の所争いに打ちのめされた六条御息所を慰めるべく光源氏は六条京極の宮を訪ねるが、御息所は、伊勢の斎宮に卜定された娘がまだ自邸にいることから、「榊の憚り」を口実にして光源氏との「対面」を拒否する。御息所は、光源氏との仲を断念して、娘に付き添って伊勢へ下向することになる。いよいよ伊勢へ出立する九月を迎え、「今はとかけ離れ給ひなむも」名残惜しく思う光源氏は、斎宮の潔斎する、嵯峨野の野宮を訪れることを決意する。しかし、野宮は「たはやすく御心にまかせて参で給ふべき御住処」ではない。先には「榊の憚り」を口実に逢うことを拒否されている。そこで光源氏は「榊」の枝を折り取りて手に持ち、神垣(斎垣)を越えたのである。光源氏の御息所への歌「乙女子があたりと思へば榊葉の香をなつかしみとめてこそ折れ」。十六日桂川での「御祓」の後、宮中から伊勢への群行が出立する。一行は光源氏の自邸二条院の前を行く。「いとあはれ」と思う光源氏は、「榊」を添えて歌を牛車の御息所に届ける。

『枕草子』「花の木ならぬは」の段で、「榊」を「世に木どもこそあれ、神のお前のものと生ひはじめけむも、とりわきてをかし」と記している。

橘(たちばな)——源氏物語の植物(その十一)——

第十一巻「花散里」の巻名は、光源氏の歌「橘の香をなつかしみ時鳥花散里をたづねてぞとふ」による。「花」は橘の花で、花散里は元麗景殿の女御の御妹を暗示している。この巻は、光源氏がこの御妹花散里を思い出すに忍びがたくて、五月雨の晴れ間に尋ねるという一コマを語った巻である。時節柄の「橘」を巧みに用いて仕立てた見事な短編物語になっている。

光源氏が、一度懇ろにした女のことは、思い捨てることなく忘れないでいるという性分の持ち主であることがよく分かる巻で、花散里を訪ねる途中、「中川の女」をも思い出して訪ねている。「をりしも時鳥鳴きて渡る」がきっかけであった。花散里と中川の女などとを対比的に描くという、紫式部の得意な語りの方法になっている。

読者は、『和漢朗詠集』(花橘)や『伊勢物語』(六十段)にも取り上げられている、

五月待つ花橘の香をかげば昔の人の袖の香ぞする（古今集・一三九）

という歌を思い起こしたのは言うまでもあるまい。初句「五月待つ」については、単に橘の花が五月の初め頃咲くからと言うだけでなく、「時鳥」がやってくる「五月」を（花橘は）待っていると解く卓見がある。麗景殿の女御の屋敷においても時鳥が鳴いた。中川の宿のと同じらしい、光源氏は「慕ひ来にけるよ」と思う。「全集本」の口語訳は「この自分の後を慕ってやってきたのか」とするが、女御の屋敷の庭前に今や香る橘の花を慕ってやってきた、と光源氏は捉えたと見るべきであろう。そして、花散里を訪ねてきた自分自身を時鳥になぞらえて、冒頭に示した「橘の」の歌を詠むことになったと解したい。

巻十の賢木に続き、橘も古来日本人に最も馴染みの深い樹木の一つであった。「魏志倭人伝」（三世紀後期）に「畺・橘・椒・茗荷有るも、以って滋味と為すを知らず」とあり、日本にも自生していたことは明らかで、生育地が主に西日本であるから、照葉樹林帯の常緑の樹であった。しかし、よく知られる、垂仁天皇の命によって田道間守が常世の国まで探し求めて持ち帰ったという「非時香菓」、これを「記紀」は「今橘といふは是なり」と言うが、これはどう解したらいいのだろうか。韓国の済州島から持ち帰った「高麗橘」だったのか、または、「枳殻《からたち》」は「唐橘《からたちばな》」の略と言われるが、その中国原産の「枳」であったのか。「枳（殻）」は落葉樹である。中国には「南橘北枳」という言葉があり、江南の橘（常緑樹）が江北に移されて枳（落葉樹）となるの意である。水土の異なり（「晏子」）に依るらしい。田道間守が持ち帰ったのは「非時香菓（ときじくのかぐのこのみ）」、つまり実が目的で、枳の実を生薬、薬用にするためであったのだろうか。「橙《だいだい》」だったと見る説もある。

橘は『万葉集』の歌にもすでに多く詠まれている。「橘は実さへ花さへその葉さへ枝に霜降れどいや常葉の木」（万・一〇〇九、聖武天皇）、この歌に「常葉の木」とある。その常在性に長寿を願う思いから、好んで公私の庭園に植えられ、平安期になると、禁中の紫宸殿の南庭には「右近の橘」が植えられた（『花みくり』67号参照）。長寿を願うという点では、「実」特にその皮は、「きつひ(橘皮)」、金衣等とも呼ばれ、滋養食として薬用として重宝された。しかも実は、「花のなかより黄金の玉かと見えて」(『枕草子』「木の花は」)とあるように、新しい花が咲いても前年の実がまだ残るほど生命力が強いと見られていた。

和歌では専ら花を、特にその香を愛でた。既に『古事記』の歌謡に「かぐはし花橘」(応神記)とあるように、花の咲く橘を「花橘」と詠んでいて、歌語として伝統的に平安時代にはもてはやされた。『万葉集』では、時鳥と花との関わりが、「時鳥来鳴きとよめて本に散らしつ」(一四九三)、「時鳥花橘を地に散らしつ」(家持・一五〇九)などと詠まれている。光源氏は「花散里」という言葉を用いた。「花散里」を後に、六条院では「夏の町」の主人として招くことになるのである。

海藻(め)――源氏物語の植物(その十二)

朧月夜との密かな逢瀬を右大臣側に知られてしまった光源氏が、失脚させられる前にと自ら須磨に退去することを決意したことから第十二「須磨巻」は始まる。旅立ちは晩春であった。やがて五月雨のころ、閑居住まいのつれづれも重なって「京」のこと、就中別れてきた女性達のことがしきりと恋しく思われ、それぞれに消息をしたためたが、朧月夜には、次の歌を届けた。

こりずまの浦のみるめのゆかしきを塩焼くあまやいかが思はむ

歌には四季(時候)や土地柄にふさわしい風物を巧みに詠み込むのが当時の教養というものであった。上二句に古歌を引き、「こりず(ま)」に朧月夜とのことを踏まえながら「須磨(の浦)」の地名を詠み込んでいる。「みるめ」には、「見る目」に海辺ならではの海藻の一種「海松布」が掛けてある。

「め」を『万葉集』では「軍布」「海藻」と表記している。水中の草類を「も(藻)」と総称するが、「め」はその母音交替形と思われ、海中の藻を区別して言うようになった語と思われる。平安以降には、「海布」とも書いている。海洋民族の生活文化を引き継ぐ古代人にとって、海産物は穀物に次いで食文化の基調をなすものであり、神饌としても欠かせないものであった。海中の植物「め」も、「菜」の一種とみられ、また比喩的に「布」と捉えていたことが漢字表記から分かる。

木簡を検索してみると、「め」は早くには「軍布」と書いたようだ(「若軍布」「和軍布」も含む)。藤原京址出土など、より古い時代の木簡にみられ、多くが隠岐国からの荷札と分かる。『万葉集』にも一例、「志賀の海人は軍布刈り塩焼きいとまなみ」(二七八)とある。しかし平城京旧址出土の木簡では、「軍布」は消え、もっぱら「海藻」とあり、しかも荷札発送元は隠岐国は勿論、志摩、出雲、因幡、若狭、丹後等々と、諸国にわたっていることが分かる。「海藻」は『万葉集』にも「海藻(め)刈り舟」など数例みられる。

光源氏の歌に「みるめ」とあるが、木簡では約十例すべて「海松(みる)」とあり、『万葉集』でも、「みる(美留)のごとわわけ下がれる」(八九二)が一例、「ふかみる(深海松)」「またみる(俣海松)」が合わせて約十例みられるが、「みるめ」という語形は一例もない。つまり、「みるめ」は平安以降盛んに用いられるようになった語である。「見る目」(逢瀬)との掛詞として用いることができ、和歌に好んで詠み込まれた。漢字では「海松布」と表記する。いかにも「布」が「め」の音を伝える用字のように見えるが、もともと「海松」を「みる」と訓むのは熟字訓であるが、「海松布」を「みるめ」と読むのも熟字訓と見るべきではないか。木簡に「昆布」や「布乃利(または理)」(布海苔のこと)の例があるが、「布」は「ふ」の音を伝えている。明石巻では、光源氏が都の紫の上に贈った歌に「海松布」を詠んでいる。

しほしほとまづぞ泣かるるかりそめのみるめは海人のすさびなれども

さて、光源氏は、勿論伊勢にいる六条御息所にも使いをやることを忘れなかったが、御息所からも縷々思いをしたためた文が須磨に届いた。

うきめ刈る伊勢をの海人を思ひやれ藻塩たるてふ須磨の浦にて

光源氏も返事をしたためて、歌にはこう応えている。

伊勢人の波の上こぐ小舟にもうきめは刈らで乗らましものを

ともに都離れて海近くに住む二人は「うきめ」を詠みあった。「うきめ」は「浮き海藻」、根が切れて海面に漂う海藻のこと。「(伊勢で)うきめ刈る」と詠んだのを受けて、私も須磨で「うきめ刈」っているが、いっそう伊勢にお伴して「うきめは刈らで」過ごせたらよかったのにと応えている。「うきめ」は、『万葉集』には見えないが、平安以降、歌では「憂き目」と掛けて用いることができ重宝された歌語であった。「海藻」は製塩に用いられて、「藻塩草」と言われ、海水の滴る海藻から「藻塩たる」と言い、「涙を流す」の意味を響かせる。「海藻」は和歌では欠かせない歌枕(歌語)となっている。

(以上十二編、城南宮・源氏物語植物保存会「花みくり」60号～71号、二〇一三・三～二〇一七・九・連載中)

山吹（やまぶき）

バラ科の落葉低木。漢名棣棠（花）・金碗喜木。各地の低い山地、特に渓流や河川のほとりに叢生する。観賞用として庭園にも栽培される。高さは、一～二メートルで、緑色の細い枝は長く伸び、先のほうが垂れ下がる。四月から五月にかけて径四センチぐらいの黄金色をした五弁の花を、その年に生えた枝にたくさん咲かせる。茎には、白い髄があり、子どもが採って遊びに使う地方もある。実は、約五ミリの大きさ、緑色で、目立たない。ただし、八重咲きのヤエヤマブキには実ができない。花の白い品種、シロバナヤマブキもある。

和歌には、『万葉集』から多く詠まれている。万葉仮名表記以外では、「山吹」「山振」と表記する。「山振」と当てるのは、風に揺れる様を意識した用字と言われる（箋注倭名類聚抄十草に「振字古訓布岐布久」ともいう）。花を愛でて、「山吹の花」と詠まれることが多く、また美人の喩えに用いられることもあった。桜の後を受けて、藤とともに季節を代表する花である。「山吹の清げに、藤のおぼつかなきさましたる、すべて、思ひ捨てがたきこと多し」（徒然草・一九）。一重より八重山吹の方がもてはやされたようで、『枕草子』「草の花は」の段で「八重山吹」とする。『源氏物語』野分の巻では、夕霧が玉鬘の姿を八重山吹に喩えて捉えている。「花咲きて実はならねども長き日に思ほゆるかも山吹の花」（万葉集・一八六〇・作者未詳）は、実のならない八重山吹を詠んだものと思われる。「七重八重花は咲けども山吹の実の一つだになきぞあやしき（「かなしき」とも）」（後拾遺集・一一五四・兼明親王）、この歌を有名にしたのは、『常山紀談』（一）が伝える太田道灌のエピソードで、この古歌を知らなかったことを恥じて、道灌は歌に志を寄せるようになったという。先の万葉歌やこのよく知られたエピソードも影響してか、いずれの山吹も実がならないものと受け取られてきた形跡がある。もっとも実がなる一重の山吹も余り目立たない実である。「木曾殿ばかり山吹に実をならせ」(柳多留・二九)。

水辺に咲くという山吹の生態から、水辺の詠や川の名を共に詠んだものが多く見られる。特に平安時代以降では、「井出の玉川」がその代表的な歌枕となった。「駒とめてなほ水かはん山吹の花の露そふ井出の玉川」(新古今集・一五九・俊成)、「井出のわたりにありける山吹の面白きを折りて」(宇津保物語・菊の宴)。「井出」(京都府綴喜郡。「井手」とも)は、橘諸兄が別業を構えた所で、井出の山吹は諸兄が移し植えたと伝えられている。諸兄は、自らが建立した井出寺に「款冬(やまぶき)を植ゑて、廊のうちに水を湛へて花咲かせて水に映して見るべきやうに構えたりける」(和歌色葉)。鴨長明『無名抄』にも類似の話を伝える。「かはづ鳴く井出の山吹散り(ィ咲き)にけり花のさかりにあはましものを」(古今集・一二五・詠み人知らず)、この歌のように、景物として「鳴く蛙」と組み合わせた詠も多いが、水面に映る山吹の花を詠むこともあった。「吉野川岸の山吹吹く風に底の影さへうつろひにけり」(古今集・一二四・紀貫之)。山吹の異名に「面影草」「鏡草」があるが、水に映る花を好んだことが元になっているのではないかと思う。

平安時代以降、花の色から、橙色がかった黄色を指す色名として「山吹(色)」が用いられるようになった。「〈紫の上〉まばゆき色にはあらで、紅、紫、山ぶきの地の限り織れる御小袿などを着給へる様、いみじういまめかしくをかしげなり」(源氏物語・紅葉賀)、「山ぶきの衣きたる童二人」(古今著聞集・五-二二)。また、「くちなし(梔子)色」(赤橙色の果実で染めた色)と似ていることから、「いはぬまはつつみしほどにくちなしの色にや見えし山吹の花」(後拾遺集・一〇九三・規子内親王)などと詠まれた。「山吹」は、襲色目の一つでもあり、「山吹表薄朽葉裏黄、冬より三月に至る」(胡曹抄)という。「中に十ばかりにやあらむと見えて、白き衣、山ぶきなどのなれたる着て、走り来る女ご」(源氏物語・若紫)。後世色の類似から、大判または小判の金貨を指すようにもなる。「腰の巾着より山吹二枚取り出し」(元禄太平記・二-三)、「山吹の散らぬ日は無し花の江戸」(柳多留・一二一)。山吹はいろいろな面で、川柳子にとって重宝な素材であった。

先にあげた『和歌色葉』で、「款冬」を「やまぶき」と読んでいるが、これは、『和名抄』に「款冬　蕗《フキ》　一云夜末布岐　万葉集云山吹花」とあることから生じた誤解で、「款冬」は、キク科の蕗・山蕗・つわぶきの漢名で、同じく「やまぶき」(万葉仮名で夜末布岐などと表記)といったことから誤解されたのだろう。『和漢朗詠集』でも「款冬」(上・春)の項に「山吹の花」の歌を採っている。『大和本草』(一二・花木)などで、本草家がこの誤りを指摘している。『江談抄』(四)にも薬典頭の清原真人が誤りを正したエピソードを伝えている。『下学集』に「日本の俗款冬を呼て山吹と謂ふは誤也」とするように、それほど「款冬」が「山吹」の用字として慣用化していた。

『大上﨟御名之事』や『日葡辞書』さらに『女重宝記』などによると、女房詞では、「やまぶき」は「ふな(鮒)」のことで、「山吹和」とは、鮒の膾《なます》のことを言った。また、白酒のことや干し大根とよめなの炊き合わせのことを指しても用いられた。

射干(ひおうぎ)

漢名射干(ヤカン)・烏扇(ウセン)。アヤメ科の多年草。アヤメ属でなく、一属一種のヒオウギ属。本州中部以西の山野に自生するが、園芸品種でもある。濃色の斑点のある黄赤色の花が咲く。種子は、球状で光沢のある漆黒色、「うばたま」「むばたま」「ぬばたま」と呼ばれた。漢名「烏扇」から、和名では「からすおうぎ」と呼ばれたが、現在では、「ひおうぎ」の方が一般的である。その名は、葉が幅広い剣状で密に互生する様が、檜の薄い板で作った扇を広げた形に似ていることによる。関西では、夏祭りの時に活ける花として知られるという。

最も古くは、漆黒色した種子がなによりも愛でられた。その黒のイメージを生かした枕詞（うばたまの・むばたまの・ぬばたまの）として、『万葉集』には、約八十首に用いられている。万葉仮名による表記以外では、「野干玉能」（万・七八一）、「夜干玉乃」（万・一六四六）などと、漢名「射干」を意識したものや、「黒玉」「烏玉」など、種子の色を示したものがある。かかる言葉は、黒や黒を含む言葉、夜・夕べ、その縁で夢（いめ）、そしてその色から髪などであった。中には、「妹（いも）」にかかる例（万・二五六四）がみられるが、妹の長き黒髪が意識されたものと思われる。「物をのみ乱れてぞ思ふ誰にかは今は嘆かんむばたまのすぢ」（和泉式部続集・上）の末句は、「黒い髪の毛」の意である。

平安時代以降は、「うばたまの」「むばたまの」という形でもちいられるのが一般的であった。「むばたまの闇のうつつはさだかなる夢に幾らもまさらざりけり」（古今集恋・六四七・詠み人知らず）。枕詞以外で用いられた例は非常に少ない。

『東雅』（一五・草卉）に「射干カラスアフギ」とあって、「カラスアフギとは烏扇の字の訓をもて呼びしなり、今俗にヒアフギといふは、檜扇を開くに似たるを云々」とある。「ヒアフギ」という呼称を「今俗に」と説明する。西行の『山家集』（中）に「よもぎふはさまことなりや庭のおもにからすあふぎのなぞ茂るらん」と「枯らす」と掛けて「からすあふぎ」の方が用いられている。『毛吹草』（二）にも「六月　射干からすあふぎ」とあって、「射干」を一般に「ひあふぎ」と読むようになるのは、江戸期以降であったようだ。「射干や露と朝日の裏表」（横井也有）。

ほととぎすの異名に「ぬばたまどり」（射干玉鳥）がある。その羽の黒い筋によるものか、暗いうちに鳴くからか。

真幸葛（まさきのかずら）

キョウチクトウ科のつる性常緑低木。山野に自生するが、庭木や盆栽としても愛でられた。気根によって樹木や岩石にまとわりついて這い登る。葉は対生し、長楕円形、常緑ながら、初夏と初冬に紅葉する。葉や茎を乾燥させて解熱強壮剤など薬用にする。上代では「まさきづら」とも、また略して「まさき」ともいう。後世には「ていかかずら」（定家葛）」の呼称が一般的になった。

現在「まさき（正木・柾）」は、生垣や庭木にも使うニシキギ科の常緑低木を指すが、古典にみられる「まさき」の例の多くは、「まさきのかづら」の略で用いられたものである。「照る月をまさきの綱によりかけてあかずわかる る人を繋がん」（後撰集・一〇八一・源融）の答歌に「限りなき思ひの綱のなくはこそまさきのかづらよりもなやまめ」（同・行平）とある。

「まさきづら」「まさきのかづら」の「き」は甲類で、樹木の「き」は乙類である。ニシキギ科の「まさき」の「き」が語源的に「木」であるなら、「まさきのかづら」とは別種の植物となる。こちらの「まさき」の意は、「真栄」「真幸」の意で、誉め言葉だったと思われる。

上代には、神事に用いられ、感染呪術として髪にかけたり襷にしたりした。「天の真折《まさき》を鬘《かつら》として」（古事記・上）、「採二麻佐気葛、多須岐仁加気、為レ帯」（高橋氏文）、「以二莫辟葛一為レ鬘」（古語拾遺）。

歌語として盛んに用いられるようになるのは、平安時代になってからで、「深山《みやま》には霰降るらし外山《とやま》なるまさきの葛色づきにけり」（古今集・一〇七七・神遊びの歌採り物の歌）は有名。神事の歌であるが、この歌以降、「外山」の景物として、また、「紅葉」することが好んで詠まれた。「と山なるまさきのかづら色こきを見に来る人も見えぬ秋かな」(好忠集)、「名を外山といふ。まさきのかづら、跡を埋めり」(方丈記)、「いそがずは散りもこそすれ紅葉するまさきのかづらおそくくるとて」(実方集)。つる性の植物であることから、「来る／繰る」の掛詞としてもよく詠まれ、綱として用いられたりした。「舟をならべて、まさきの綱にやあらん、掛け止めたる浮橋あり」(十六夜日記)。
後世は、「定家葛」という。これは謡曲「定家」に基づく命名と見られている。式子内親王と定家の激しい恋物語で、死後も定家がつる草となって女の墓石にまとわりつくという話。京都の上京・千本にあった歓喜寺が女の住んでいた寺で、そこに定家葛の墓があったと伝えられている。

(以上三編、『國文學』學燈社・39巻12号(古典文学植物誌)、二〇〇二・二)

鵜(う)——鳥綱ペリカン目ウ科に属する水鳥の総称

鴨よりやや大型で羽色は黒く脚には水かきがある。くちばしは細長く、その先端は下に曲がっている。水中に潜り巧みに魚を捕るが、捕らえた魚を丸飲みにするので、その性質を利用して古来鵜飼いに用いられた。「うのみにする」の「う」は、この鵜のこと。日本で普通見られるものは、ウミウ・カワウ・ヒメウである。日本では鵜飼いにウミウを用いる。

古く奈良時代以前から、鵜は、水中に潜り魚を巧みに捕る大型の鳥という点で注目された。
『古事記』上巻の大国主神の国譲りの所に「水戸神の孫、櫛八玉神、膳夫となりて、天の御饗を献りし時に禱き白して、櫛八玉神、鵜に化りて、海の底に入り、底の波迩を咋ひ出でて……」とある。ここで櫛八玉神が鵜と化すのは、鵜が水中で巧く魚を捕るイメージをもって理解されていたからであろう。また、「天の御饗」と関連していえば、食物を捧げる服属儀礼の一環として位置づけることができようか。『古事記』中巻の神武東征の兄師木、弟師木を撃つところには「御軍暫し疲れき。爾に歌曰ひけらく、楯並めて伊那佐の山の樹の間よもい行きまもらひ戦へば吾はや飢ぬ島つ鳥鵜養が伴今助けに来ね」とあり、鵜飼部が魚を食料として奉仕する職にあったことがわかる。

柿本人麻呂の吉野行幸の時の歌に「……大御食に仕へ奉ると上つ瀬に鵜川を立ち下つ瀬に小網さし渡す山川も依りて仕ふる神の御代かも」(万葉集・巻一・三八)とある「鵜川」は、川狩の一種で、昼間、首縄をかけずに鵜を川に放ち、上流から下流へ魚を追わせて、あらかじめ川底に下した敷網と下流に立てきった網に魚が集まったところで、その網を引き上げる漁法という(古典全集説)。

また、大伴家持の歌に、題詞に「鸕《う》を潜くる人を見て作る歌一首」とし「婦負川の早き瀬ごとに篝さし八十伴の男は鵜川立ちけり」(万葉集・巻一七・四〇二三)とあることから、夜、篝火をともし、鵜を潜らせて魚を捕る漁法も行われていた。

『万葉集』で「鵜」に関する歌は十四例を数える。そのほとんどが鵜飼を詠んだものである。「天離る鄙としあればそこここも同じ心そ……うつせみは物思ひ繁しそこゆゑにこころなぐさにほととぎす鳴く初声を橘の玉にあへ貫き……叔羅川なずさひ上り……早き瀬に 鵜を潜けつつ月に日にしかし遊ばね愛しき我が背子」(巻一九・四一八九)。これは、大伴家持が大伴池主に贈ったものであるが、これを見ると、ほととぎすの初声とともに詠まれており、鵜飼が夏のものであったことがわかる。また、物思いの激しい、このうつせみの世にあって、心を慰めるものとして鵜飼という風物をとらえている。鵜飼は供物や食料としての魚を捕るという実利的な面からだけではなく、観て楽しみ心慰めるものとして古くから意識されていたようである。山部赤人の歌「阿倍の島鵜の住む磯に寄する波間なくこのころ大和し思ほゆ」(万葉集・巻三・三五九)、「玉藻刈る唐荷の島に島廻する鵜にしもあれや家思はずあらむ」(万葉集・巻六・九四三)は、ともに旅にあって故郷を思う心情を表現したものである。

平安時代以降の例も多く鵜飼を軸に展開していく。和歌では「五月やみ鵜川にともすかゞり火のかずますものはほたるなりけり」(詞花集・巻二・夏・七四・読人不知)。鵜飼と篝火という取り合わせは『万葉集』にも見られるが、その篝火と螢の光の類似を見つけたのが、この歌の眼目であろう。「大井川かゞりさしゆく鵜飼舟いくせに夏の夜をあかすらん」(新古今集・巻三・夏歌・二五三・俊成)。篝火に照らし出された鵜飼のあわただしい仕草がいっそう夏の短い夜を意識させる。このように和歌では夏の風物として鵜飼あるいは鵜飼舟と篝火という取り合わせが一般化する。

散文では、『宇津保物語』「祭の使」に「御前の池に網おろし、鵜下して、鯉、鮒取らせ……」や『源氏物語』藤裏葉巻に「東の池に舟ども浮けて、御厨子所の鵜飼の長、院の鵜飼を召し並べて、うをおろさせたまへり。小さき鮒ども食ひたり。わざとの御覧とはなけれど、過ぎさせたまふ道の興ばかりになん」などの用例が見られる。『源氏物語』の例は六条院への帝と朱雀院の行幸の場面である。馬場殿から南の町の神殿に移動の途中に鵜を見ることができるようにという趣向である。六条院の素晴らしさを演出するのに一役買っているわけである。

中世には鵜に対する関心が鵜を使う人への関心ともなり、仏教思想の普及とともに、その悪ということがテーマになる。すでに『梁塵秘抄』巻二「鵜飼はいとほしや万劫年経る亀殺しまた鵜の首結ひ現世はかくてもありぬべし後生わが身をいかにせん」とあり、次に引く謡曲「鵜飼」などがその例。「鵜使ふことの面白さに、殺生をするはかなさよ」「鵜舟にともす篝火の、消えて闇こそ悲しけれ」「隙なく魚を食ふ時は、罪も報ひも後の世も、忘れ果てて面白や」。江戸俳諧の句「いさり火や鵜飼ひがのちの地獄の火」(貞徳・山の井)や「面白うてやがて悲しき鵜舟かな」(芭蕉・笈日記)などは、謡曲「鵜飼」をふまえたものであろう。

また、中世以降、鵜の特徴、イメージをもとにした諺のようなものが文献に現れ、それがそれ以降の作品の中に用いられるようになる。「鵜の目鷹の目」や「鵜のまねする烏」(十訓抄など)等がその例である。『色講釈』には「おらアこの土地は鵜でいるものだから」と、よくわかっていることを鵜といった例がある。

蠅(はへ)——昆虫綱双翅目短角亜目に属するものの総称

主としてイエバエ科・ニクバエ科に属するものをいうが、広くはこれに類似する多くの科のものも含めていう。体長はふつう一センチメートルぐらいで、よく発達した一対の前ばねを持つ。赤痢・チフスなど伝染病を媒介するほか、家畜や農作物に害を与えるものが多い。幼虫はウジ虫で、汚物の中に住む。

奈良時代の例の多くは「サバヘ」として登場する。『古事記』上巻に、「是《ここ》を以ちて悪しき神の音は、狭蠅《さばへ》如《な》す皆満ち、万《よろづ》の物の妖《わざはひ》悉に発《おこ》りき」とある。これは、三貴子の分治の所で、海原の統治を委ねられた須佐之男命が涕泣してばかりいて、海原を治めることをしなかったために、悪しき神が満ち満ちたが、その悪しき神の騒がしい様子を「さばへなす」と言ったのである。奈良時代の蠅のイメージとして、一つ、聴覚的な騒がしさをあげることができるであろう。『日本書紀』神代下に「然《しか》も彼《そ》の地《くに》に、多《さは》に螢火《ほたるび》の光《かがや》く神、及び蠅声《さばへな》す邪《あ》しき神有り」とあるのも「螢火の光く神」という視覚的なものと対をなして「蠅声」が登場している。『風土記』肥前国神埼郡蒲田郷の地名起源説話に「御膳《みけ》を薦めまつりし時、蠅、甚多《いとさは》に鳴き、其の声、大《いた》く囂《かまびす》しかりき。天皇《すめらみこと》、勅《の》りたまひしく、『蠅の声、甚囂《あなかま》し』とのりたまひき。因りて囂《かま》の郷といひき。今、蒲田《かまだ》の郷と謂ふは、訛《よこなま》れるなり」というのがあるのも、当時、蠅といえばうるさく騒がしいものというイメージがあったからであろう。『日本書紀』推古紀三十五年夏五月条にも多く集まった蠅の音を形容して「鳴る音雷の如し」とある。

蠅のイメージはこのような騒がしいものであるというにとどまらず、さらに不吉でけがらわしいものとして位置づけることができる。先にあげた『古事記』や『日本書紀』神代下の例も荒ぶる悪しき神の形容としてあるのであり、また、『日本書紀』斉明紀六年是歳条に「科野国言さく、『蠅群れて西に向かひて、巨坂《おほさか》を飛び踰《こ》ゆ。大きさ十囲許《だきばかり》。高さ蒼天に至れり』とまうす。或いは救軍《すくひのいくさ》の敗績《やぶ》れむ怪《しるまし》といふことをしる」とあるのも、新羅への遠征軍の敗北を示す兆しとして蠅が登場するのである。

『万葉集』には二例「さばへなす」の例を見る。「……皇子の御門の五月蠅なす騒く舎人は白栲に衣取り着て常なりし笑ひ振る舞ひいや日異にかはらふみれば悲しきろかも」（巻三・四七八）、これは大伴家持の安積皇子挽歌で、日頃賑わしくお仕えしていた舎人の様子をいうのに「さばへなす」を枕詞とし「騒く」にかけたものである。無論ここでは聴覚的なイメージのみではなく、その賑やかさを比喩的に言っているのである。もう一つの山上憶良の例（巻五・八九七）も「さばへなす騒く児どもを……」と、「騒く」にかかる枕詞として用いたものである。

平安時代のものでは、『枕草子』「虫は」の段に「蠅こそにくき物のうちにいれつべく、愛敬なき物はあれ。人々しうかたきなどにすべき物のおほきさにはあらねど、秋など、たゞよろづの物にゐ、顔などにぬれ足してゐるなどよ。人のなにつきたる、いとうとまし」とある。清少納言は蠅を「にくき物」とし、かわいげのない物と捉えているわけだが、其の大きさを捉え、顔にとまった時の濡れたような感触を述べているなど、描写の視点が生活に根ざした具体性を獲得しており、奈良時代の神話に登場する蠅のイメージとは一線を画する。

『拾遺集』巻二・夏の藤原長能の歌「さばへなす荒ぶる神もをしなべて今日はなごしの祓なりけり」は、記紀神話に登場する「さばへ」を背景になごしの祓を詠んだものである。

『今昔物語集』巻一九・摂津守源満仲出家に「其ノ後《ノチ》、各《オノオノ》調度《デウド》ヲ負ヒ、甲冑《カツチウ》ヲ着テ、四五百人許《バカリ》館《タチ》ヲ三重四《ミヘヨ》重《ヘ》ニ囲《カクミ》テ、終夜《ヨモスガラ》鉄火《カカリビ》ヲ立《タ》テ若干《ソコバク》ノ眷属《クエンゾク》ヲ令迴《メグラサシメ》テ、緩《タユ》ミ无ク護《マボ》ル。蠅《ハヘ》ヲダニ不翔《カケラサ》ズシテ、明《アケ》ヌレバ、守《カミ》、夜ヲ暁《アカ》ス程ヲダニ、心モト无ク思《オモヒ》テ……」とあるのは、警護の厳なる様子を叙述したものであるが、ここでは、蠅は、どこにでも侵入してくる、小さくささいなものというイメージを背景にしている。同様の表現は『平家物語』巻五・五節之沙汰の冒頭に「平家の方には音もせず、人をつかはして見せければ、『皆おちて候』と申。……『敵の陣には蠅だにもかけり候はず』と申」とあり、ここでも蠅のようなちっぽけなものさえも見あたらないことをいうことにより、平家が退却し、誰もいない様を叙述している。

平安末期以降、蠅はうるさく、人に嫌われるものであるというイメージの他に、ちっぽけで取るに足らぬもの、弱々しいものというイメージで表現されるようになる。

近世の作品では、俳諧にしばしば用例を見る。小林一茶の「縁の蠅手をする所をうたれけり」(文政二年)や「やれ打つな蠅が手を摺る足をする」(文政四年)などは、蠅の手をする習性をおもしろくとらえている。「すりこ木で蠅を追ひけりとろろ汁」(文化五年)や「蠅はらふのもなぐさみや子の寝顔」(文政二年)。これらを見ると庶民の日常生活にみる身近な「生き物」に対する苛立ちや愛着をも含みこんでいる。『私可多咄』巻二・四七に蠅と蚊が集まって問答する話がある。蠅と蚊が繰り広げる言葉遊びのおかしさもさることながら、蠅がある種の滑稽さを担う素材としてあったことに注目したい。「五月蠅」と書き、「うるさし」と読ませるのも、みごとな宛字である。

鸚鵡(あうむ)――鳥綱オウム目オウム科に属するうちの、比較的大型のものの総称

熱帯の森林に生息する。脚指は前後各二趾で、頭上に羽冠があり、嘴は太く短く、上嘴の先端が下へ曲がっている。多く人語を真似ることが巧みであることを特徴とする。

『和名抄』に「鸚鵡　山海経云青羽赤喙能言名曰鸚䳇〈櫻母二音〉郭璞注云今之鸚鵡〈音武〉脚指前後各両者也」とあり、『名義抄』に「鸚䳇〈櫻母二⊥今之鸚鵡コトマナヒ〉」とある。古く『日本書紀』孝徳紀大化三年是歳条に新羅国から「……来献　孔雀一隻、鸚鵡一隻　」と見える。

古来西域の霊鳥として珍重され、その美しい色と、人語を真似るという点に強い関心が寄せられた。

平安時代の作品では、『宇津保物語』吹上・上に種松が吹上の浜に造営した大殿の様子を叙述し、「……面を巡りて植ヱたる草木、たゞの姿せず。咲き出づる花の色、木の葉、此の世の香に似ず。栴檀、紫檀混じらぬばかりなり。孔雀、鸚鵡の鳥、遊ばぬ許りなり」とあるが、ここでは、造営された大殿が、贅の限りを尽くし今まで見たこともないような素晴らしさであるという事を、異国の霊鳥を引き合いに出すことによって表現したものであろう。『栄華物語』巻一七に、法成寺の境内の有り様を描く場面で、「……孔雀、鸚鵡、中の洲に遊ぶ」とあるのも同様のイメージを読みとらせようとしたもの。

『枕草子』三八段では、「鳥は、こと所の物なれど、鸚鵡いと哀なり。人のいふらんことをまねぶらんよ」とあり、人語を真似るということに強い関心が寄せられていたことがわかる。『台記』久安三年十一月二十八日条の「戊子、法皇借給鸚鵡於禅閤、余見之、舌如人、能言是故歟、但聞其鳴無言語疑是依漢語日域人不聞知歟」という記事も、注目されよう。

和歌に鸚鵡を詠み込んだ例はあまり見られないが、『正治初度百首』の寂蓮の歌に「あはれともいはばやいはんことのはをかへすあうむのおなじ心に」(鳥)とあり、ここでも言葉を返すというイメージで登場する。この鸚鵡のイメージはより一般化され比喩化された形で受け継がれて行く。歌学書では「鸚鵡返し」という用語を生み出している。『俊頼髄脳』に「鸚鵡返しといへる心は、本の歌の、心ことばを変へずして、同じ詞をいへるなり」とあり、謡曲「鸚鵡小町」は、この歌の「鸚鵡返し」を題材としたものである。歌舞伎では、演出法の一つに、主役の科白や仕草などを、他の役者が真似たりなぞったりして観客を笑わせるというものがあって、これを「鸚鵡」と言う。

割殻（われから）——節足動物門甲殻綱端脚目ワレカラ科に属するものの総称

体は細長い円筒形で一～四センチメートル程である。海藻やコケムシ類の間に見られ、尺取虫のように伸縮運動をして移動する。此の名は、乾燥すると体の殻が割れることに由来するという。

『枕草子』「虫は」の段では、「虫は、鈴むし（略）われから。ひをむし。蛍」と「をかし」き虫の一つに加えている。清女がここにとりあげたのは、後にも触れるが、和歌で「我からと」（自分から、自分のせいで、の意）と掛詞でよく用いられたことへの興味と、ひをむし・蛍などと一緒に水辺に生息する虫への関心によるものであろう。『和歌色葉』には「われからとは、海のもやめなんどに、ちひさきえびなんどのやうにてつきたる虫を云ふなり」とあり、また『顕注密勘』には「和布、のりなどにつきたるこがひをば、われからといふとかや」とある。

われからは、『万葉集』には見えず、『古今集』巻一五・恋歌五の藤原直子の歌「海人の刈る藻にすむ虫のわれからと音をこそなかめ世をばうら見じ」とあるのが、その早い例の一つ。此の歌では、上二句が「割殻」を導き出す序であり、「割殻」と「我から」が掛詞になり、下三句の心情へと転換する。「世をばうら見じ」と強く言い切る言葉の裏には、恨んでもうらみ切れぬ恋情が漂う。その恋情の奥底にある自分自身の存在を「我から」と見据えたところが眼目であろう。その後の作品の多くは、この古今歌を軸に展開する。

この歌を取り込んだ『伊勢物語』六五段は、二条后と業平の恋物語として仕立てられたものである。顔かたちもよく仏に心を込める尊い帝をお仕えすべき人と思いながら「かかる君に仕うまつらで、宿世つたなく悲しきこと、この男にほだされて」と、業平につきまとわれることを「宿世つたなく悲しきこと」ととらえる二条后。業平は流され、二条后はいとこの御息所によって蔵に閉じこめられる。蔵で泣きながら詠まれるのが、先の古今歌である。「宿世つたなく悲しきこと」と自らの存在に悲哀を見て取る心情が、「われからと音をこそなかめ」と響きあう。『源氏物語』夕顔巻で、夕顔の素性を尋ねたとき「あまのこなれば」と答えたのを受け「よし、これもわれからなめり」と光源氏が答えるのも、「あま（海人）」の縁で先の古今歌を踏まえて、恨み事を言ったものである。

都人が、その生態を日常的に眼にすることがなかった「割殻」であるが、「我から」をひき出すものとして、文学にとり込んだ。同時に、「我から」という自覚を掘り起こしもした。

（以上四編、『國文學』學燈社・39巻12号（古典文学動物誌）、一九九八・一〇）

きぬかつぎ（芋頭《いもがしら》・里芋《さといも》）

サトイモ科の里芋は、地下にできる球茎が親芋とその周りにいくつかできる子芋（小芋とも）とに分かれる。「きぬかつぎ」はその子芋のこと。原産は南アジア、しかし、日本には稲作農耕が主になる以前から伝わっていたといわれ、中世末期までは、日本の芋食文化の中心であった。

古典の和歌に詠まれることはほとんどなかったが、『万葉集』に「蓮葉《はちすば》はかくこそあるもの意吉麻呂《おきまろ》が家にあるものは于毛《うも》の葉にあらし」（巻十六・長意吉麻呂）という一首があるのみ。『新撰字鏡』にも「有毛」とあり、「うも」が後「いも」になったと考えられる。与謝野鉄幹が「うも畑の高きうもの葉おく露のしろき朝けによね研ぐ我は」と万葉語を用いているのが注目される。

「普通〝いも〟と言ったら、ジャガイモ、サツマイモ、サトイモ、のどれを指すか」という質問の答えが『日本言語地図』の一枚になっていて、各地域の芋食文化と栽培品種の関係などが読み取れて興味深い地図である。約四百年前に、ジャガイモ、サツマイモが移入されてから、芋といえば里芋であった食文化に大きな変化が齎《もたら》された。この地図で注目される一つに、三つの選択肢にはない「山芋」と答えた地域のあることで、多くは山間部。里芋は、山芋に対して言われた呼称と想像される。もっとも『本朝食鑑』によると、「さといも」の前に「いへついも」(家の芋の意)と言っていたらしい。

親芋のことを「いもがしら(芋頭)」といった。『今昔物語集』に「不動といふものと芋頭といふものとを持来て食すれば」(巻三十一・十六話)とある。また、『徒然草』には、芋頭ばかり食べていた盛親僧都《じょうしんそうず》という知者の話がある。「療治とて籠り居て、思ふやうによき芋頭を選びて、ことに多く喰ひて、万の病を癒しけり。人に喰はすることなし。」(巻六十段)。しかも師匠から譲り受けた遺産、銭にして三百貫を芋頭に費やし、すっかり喰い尽くしたという。

子芋が「きぬかつぎ」と呼ばれるのは、皮のついたまま茹《ゆ》でて、塩か醤油をつけて食べる食品であったことによる。食べる時、皮がつるっと取れるのが面白い。

「きぬかつぎ」という語は本来「きぬかずき」(古語では、きぬかづき)」で、「かずく」は、かぶる意の動詞。王朝時代に高貴な女性が外出する時、顔を隠すために単衣《ひとえぎぬ》の小袖を頭から背にかけてかぶったことをいう語であった。その後、比喩的に用いて、いろいろな意味に使われている。

「きぬかつぎ」は、皮がついた子芋を指す。しかし、食膳にいつも皮がついたまま出たわけではない。現在でも、京のお飯菜《ばんざい》などで、子芋の煮たものというと、皮を取ったものが多い。調理の前に、ついた土を落とすために子芋をざるや桶に入れて、交叉させた二本の棒でかき混ぜて洗うが、これを「芋洗い」という。単に土を落とすだけでなく、皮を剥《む》きとるためであった。ちなみに、『平家物語』橋合戦の頼政最期のところに、「淀、いもあらひへや向かひ候ふべき」とあり、地名「一口」と書き「いもあらい」と読む（京都府久世郡久御山町）。難読難解地名の一つである。私見ながら「一口」をあえて「いもあらい」に宛てるのは、芋洗いする子芋が一口で食べられる大きさのものであったからかもしれない。（注）二つの川と巨椋《おぐら》池からの川が合流するところ（湿地帯）で、里芋の産地であったのではないだろうか。加茂川でも芋を洗っていたようであり（大正狂言本）、『野ざらし紀行』（芭蕉）には、「芋洗ふ女西行ならば歌よまむ」と。

「きぬかつぎ」の早い例に、『御湯殿上《おゆどののうえの》日記』の「ひんかしの御かたより御すすりのふたに、きぬかつぎのまも入てまいる」（文明九年十一月）という記事がある。天文十年三月の記事には「いよ殿よりきぬかつぎ、山の御いもまいる」とある。「まも」は、「おいも」とともに里芋をいう女房詞（『大上臈《だいじょうろう》御名之事』）。里芋のことを「ほんいも」「まいも」という地方がある。本来芋といえば里芋であったが、里芋以外の芋が注目されるようになって、他と区別して言う必要が出てきたからであろう。「まも」も「まいも」に由来する語と思われる。また、延宝三年二月には「としこしの御さかつき、まめ、まもにて一こんまいる」とあり、酒の肴になったか。岡本かの子の『老妓抄』には、「菖蒲園で、きぬかつぎを肴にビールを飲んだりした。」とある。茶席の菓子としても出されたといわれるが、皮つきであるから、手でつまんで食することができた。

『大上臈御名之事』には、「一、いはし（注・鰯）むらさき、おほそとも。きぬかつぎとも。」とあり、中世末期では、「きぬかつぎ」は鰯の女房詞であった。『貞丈雑記《ていじょうざつき》』にもそう記録する。しかし、江戸時代になると、元禄の『女中言葉』に「絹かつぎ　里いも」とあり、子芋を指す女中言葉と意識されていたようである。

子芋は、中秋の名月の供え物の一つとしてもよく知られる。「芋名月」ともいわれる由縁である。団子も一緒に供えられることもあったようであるが、その形の似かよいから、子芋から団子へと主流が移ってきたようである。

和歌と異なり、俳諧では子芋（きぬかつぎ）がよく詠まれている。「雲霧や芋明月のきぬかつぎ」（『犬子集』）、「芋の子も月見のはれかきぬかつぎ」(『鷹筑波』四)、「土ちかし似合ぬいもがきぬかつぎ」(『塵塚俳諧集』上)、「里芋も今宵仮り名のきぬかつぎ」(『田植笠』)など。穿った句が多い。

【注】 糸井通浩「難読地名「一口(いもあらい)」と疱瘡稲荷」(『朱』五三号、二〇一〇)

醤油(したじ)

和食の代表的な調味料の一種。「したじ」(古語・したぢ)は、下地の意味で、いろいろな場合に用いられるが、「醤油」のことを「したじ」というのは、吸い物や付け汁・だし汁などの汁の基を作る調味料であることから、こう呼ぶ。早い例で、『四条流包丁書』に「若き菊を摘て能すすぎ、下地をかへらかして、さて菊の葉を入て」とあるのは、醤油を基にしただし汁のことか。

「御無心ながら、醤油《したぢ》がすこしあらば、どふぞかしておくんなせへ」(『東海道中膝栗毛』発端)、「吸ってしたじをたらり足す妻」(雑俳『歌羅衣《からころも》』)などと醤油を指すだけでなく、次の例のように、醤油をベースにした汁(おつゆ)、例えば、「単純に水へ醤油を注した液汁《したぢ》に浸して騒々敷饂飩を啜った。」(長塚節『上』)などはそれで、また特に「すまし(汁)」を指すこともある。「おめへン所は味噌《おむし》の雑煮か/うんにや、やっぱり醤油《したじ》のお雑煮さ」(『浮世風呂』三上)は、醤油を用いた、すましの雑煮のこと。雑煮のレシピは、大きく東西で二分されるようで、東は、すまし汁で角餅(切餅)を入れる。西では、すまし汁に丸餅が多い。ただし近畿地区などでは、丸餅を味噌汁(赤味噌または白味噌)に入れたものが主である。

高村光太郎の詩「夏の夜の食欲」(『道程』)の「中清の天麩羅の下地に」とあるのは、付け汁のことである。

江戸時代になると、台所を預かる女性の言葉として、いわゆる女房詞の「むらさき」に加えて、「おしたぢ」の語が盛んに用いられた。女中言葉とか大和詞とも言われる。『婦人養草』の「女中のつかふ言葉の事」の項に「しやうゆは　をしたし」とあり、『女重宝記』には、「しやうゆは　おしたし」と記す。「したじ」同様「おしたじ」も、醤油を指すだけでなく、醤油仕立ての汁、特に「すまし」のことを指して言った。京の尼門跡では、御所言葉の伝統を継いで、現在でも用いている。

「おさつはおしたじより、おむし（注・味噌の女房詞）で煮るがよろしうござりますヨ」（洒落本『祇園祭挑燈蔵』）などとあり、醤油味か味噌味かは日本の料理の代表的な味付けで、現代ではラーメンの味でも張り合う二つ。

女中言葉としては「おひたじ」の形でも用いられる。谷崎潤一郎が『陰翳礼讃《いんえいらいさん》』で「その外醤油などにしても、上方では刺身や漬物やおひたじには濃い口の「たまり」を使ふが、あのねっとりとしたつやのある汁がいかに陰翳に富、闇と調和することか。」と用いている。

（以上二編、『國文學』學燈社・48巻9号（「食」の文化誌）、二〇〇三・六）

東アジアにおける古代龍——鰐説など起源めぐる議論盛ん

一九八八（昭和六十三）年は、龍の年であった。その年、私は、春から夏にかけての四カ月を、龍の国中国の北京ですごした。街の主だったところでは、巨大な龍の飾り付けをよく見かけたし、龍に関する催し物などもあった。敦煌の街の中心にあるロータリー（交差点）の中央部には、向かいあった二匹の龍が空を飛んでいた。それが今も眼に浮かんでくる。

古代東アジアの文化（芸術・民俗・宗教など）を考える上で、この龍をめぐる問題も共通した話題の、重要な一つになろう。朝鮮半島には、王と龍の関係を語る古い伝承がいくつかある。例えば、『三国遺事』によると、新羅第四代の脱解王は、東海にある龍城国から箱に入れられて漂着した、卵生の龍の子であった、と語られているし、また、近年発見され、日本でも話題になった大王岩の水中陵は、新羅第三十代の文武王が、死後は龍になって国を護りたいと遺言したことによって建てられた御陵であった。

現代の韓国・朝鮮語では、漢字語龍（ヨン、リヨン）が普通だが、固有語には「ミル」がある。大野晋氏は、この「ミル」と和語「みづち（蛟）」の「みづ」とを同源語とみている。一方日本語でも、龍を字音語としてとり入れたが、「たつ」（日本書紀・万葉集・竹取物語など）という固有語があった。

ところが、日本では、従来指摘されている龍のさまざまな性質は、むしろ蛇（へみ―へび、おろち）が担っていると言ってよいだろう。例えば、柳田国男らによると、日本には虹を蛇の一種とみる信仰があり、鎌倉時代の『夫木和歌抄』（「虹」の項）にある和歌「さらにまた反橋《そりはし》わたす心地してなぶさかかれる葛城の山」でも、蛇の語の「なぶさ」が虹を意味している、という。

しかし、この蛇と虹の結びつきは、龍など蛇体のものと虹との関係として、東アジア一帯にみられる信仰・見立てであった。古代インドのパーリ語では龍（神）を「ナーガ」（男性名詞）といい、クルー族では、虹のことを「ブディナーギン」（老婆蛇）というそうだが（H・シェーファ著、西脇常記訳『神女』・東海大学出版会による）、龍女のことは「ナーギー」（女性名詞）といった。これらの語と、日本語の虹を表す「ノギ」「ノーギ」や、奄美で青蛇をいう「オナギャ」「オーナギ」「オーナガ」「ナガムン」（蛇一般をいう語）とは、無関係でないかも知れない。

北京に着いて間もなく、中国側のスタッフの一人陶振孝氏から、今、龍の年にあたって、中国では龍の起源をめぐる議論が盛んで、いろんな説が出ているという話を聞いた。その時のことを思い出し、最近になって、陶氏から龍起源説に関する文献をいくつか送ってもらった。その中から、私が最も興味をもった、何新氏の「鰐（クロコダイル）」説を、氏の「中国神龍之迷的掲破」（『何新集』所収、黒龍江教育出版刊）という論文によって紹介してみよう。

この説は、最近の古生物学、古気象学や、甲冑・青銅紋飾及び古文献の研究などの成果に基づいて、かつて氏が前著『諸神的起源』で示された自説（雲を生命化した意象とみる説）をも否定するもので、聞一多氏を代表とする非生物性説——想像上の動物とみる——は勿論、主な生物性存在に起源をみる説——①巨蛇、蟒とする説②揚子鰐（揚子江中下流地域に今も生存する小型のワニ。アリゲーター系）とする説③猪、または馬とする説など——をもそれぞれ理由を示して否定されたのである。

龍が鰐（クロコダイル、中国語では「湾鰐」）であったという仮説を、何氏は、なによりも甲骨文、金文などにみられる古文字の「龍」にあたる字形を詳細に分析することを重視して、その龍の字の符号的構成から、次のような要素が導き出せることを根拠に、たてられたのである。一つは、四足を持った爬虫類の動物であること、一つは、角《つの》や鱗、首の部分にはたてがみがあり、長い尾を持つこと、一つは、大型で凶猛な動物で、巨大な口と牙とを持つこと、一つは、人々が畏怖し、それに服従する気持ちを示していること。そして、古生物学や古気象学の成果、古文献の記載内容などから、古代中国の北方黄河流域にも、湾鰐が存在したことが証明されることによって真実性があると論じている。

この何新氏の鰐説で思い出されるのは、金刀比羅宮の名の金毘羅が、パーリ語のクンピーラ（鰐・蛟龍）によると言われることや、『日本書紀』神代下の海幸・山幸譚の「時に豊玉姫、八尋《やひろ》の大熊鰐《わに》（本文では「龍」）に化為《な》りて、はひ透虵《もごよ》ふ」（一書第一）とある、海神の娘の本体の姿である。さらに、同じ和語「わに」であるが、こちらは「さめ（鮫）」を意味すると説かれる、『古事記』の稲羽の素兎《しろうさぎ》の話に出てくる「海の和邇《わに》」や『出雲風土記』の「和《わ》爾《に》」などのことである。

何千年という時の間に、中国における龍自体も変貌した。虁《き》龍（一つ足の物の怪）期、翼をもった応龍期、そして黄龍期と、三つの時期に整理する説（王大有『龍鳳文化源流』）もある。

現代、私たちが龍をイメージする典型的な姿では、すでに何新氏の鰐脱は納得できないものになっているのである。日本文化における、さまざまな龍が、それぞれ中国など他の東アジアの文化、殊に仏教などと、どの段階でどのように影響を受けたものなのか、今、整理して考えてみる必要があるように思う。

（毎日新聞（夕刊）、一九九〇・一〇・二）

〔五〕

〈うた〉文化のならい

日本語のリズム

1　日本語のリズムと〈うた〉のリズム

今年（二〇一〇年）の新語・流行語大賞、どんな感想お持ちでしょうか。流行語にしても新語にしても次から次から湧くように現れて、ふと気づくと知らない言葉がまわりにごろごろ。私などとてもついて行けません。そんな新語を生み出す方法の一つに、すでにある言葉を略して作る方法―略語法があります。例えば、渋谷で流行るカジュアルなファッションを「しぶかじ」などと、前半後半から二音ずつとって組み合わせます。昔から重宝されていて、「懐メロ」は懐かしのメロディの略。数年前、年賀状に「明けましておめでとう」を「あけおめ」などと略すことが話題になったこともありました。二音ずつとって組み合わせ、四つの音のことばにしますが、二音ずつであるところに意味があります。日本人好みのリズム感に基づいていると思われるからです。

ところで、普段私たちは、「桜」という日本語は、「さ・く・ら」と三つの音からできていると感じています。そして「さ」をさらに、子音の「S」と母音の「A」からできているなどと普段は意識しません。日本語では「さ」や「く」「ら」を一番小さい音と感じています。これを音節と言います。きゃきゅきょなどの拗音を除いてすべての音節一つ一つを一つの仮名（表語文字や単音文字に対して、音節文字という）で書くことができます。しかも「あいうえお、かきくけこ…」すべての音節が時間的に同じ長さを持っています。日本語の大きな特徴であり、日本語のリズムもこの特徴に基づいて生み出されています。このあと、単に「音」と言う時も、この音節を指しているとお聞きください。

さて、「手」や「目」のように一音でできている一音節語、「鳥」や「豆」のように二音でできている二音節語というように、何音節でできた語かによって、日本語の単語を分類することができます。では、現代の日本語では、何音でできた語が多いでしょうか。識者の研究によると、四音節語が飛び抜けて多く、約四割弱(三八・八%)になるそうです。続いて三音節語(二二・七%)、五音節語(一七・七%)ということになるようです(数値は『図説日本語』角川書店による)。

単語は音の固まりで意味のまとまりを作ります。長くても短くても、一息に言います。その一息の音の流れの中で、二音ずつという小さな音の固まり(リズムの単位体)が認められます。例えば、先に見ました「四つの音からなる略語」は、二音ずつになっていました。また、擬声語擬態語、オノマトペとも言いますが、その多くが、「がたがた」「ゆらゆら」など二音の繰り返しで音の印象を強調し、また意味を強調して二音を繰り返す「さむざむ」「あつあつ」、さらには名詞の複数形と言われる「人々」「山々」も主として二音節語にみられる現象です(例外に「日々」「昔々」などがあるが限られており、またすべての二音節語が畳語形を持つわけではない)。そして、二つの語が複合して四音節語になっている場合、雨と傘で「雨傘」の場合は当然二音二音、「葉」と「桜」が一語になった時、「は・ざくら」でなく、「はざ・くら」と感じ、「武蔵」と「野」も「むさし・の」でなく「むさ・しの」という二音のかたまりがリズムをなしていると感じます。現代の日本語で圧倒的に多い四音節語はすべて二音二音からなっていることになります。

こうした事実を根拠に、日本語には二音を単位と意識するリズムがあることを早くに指摘したのは、英文学者の土居光知(『文学序説』岩波書店、『日本語の姿』改造社)らでした。最近音声音韻の専門家は、こういう単位を「フット」と言い、足、音の足、の意味ですが、日常の日本語に「フット」というリズム単位の存在を認めています(太田聡「フットをめぐって」『音韻構造とアクセント』研究社出版、窪薗晴夫「音韻論」『言語の科学』岩波書店所収など)。

東京式アクセントでは、一音節目と二音節目でアクセントの高低が必ず異なるが、この事実も二音を単位とする「フット」の存在を支えているといえよう。

例えば、ぼやきの野村克也監督（実は私の高校の先輩ですが）を「ノムさん」と呼ぶなど、野球の選手の間では、親しい選手の名前の最初の二音をとって呼ぶことがありますね。清原さんのことを「きよ」と言ったりします。美佐子さんを「美佐ちゃん」、また「ミちゃん」でなく「ミーちゃん」と言ったりしますが、どれも二音二音になりやすいですね。

こういう日本語の持つ発音上の事実を基に、日本の伝統的な歌のリズム、例えば短歌ですと、「五七五七七」と五つの句からできていますが、この短歌がもつリズムの心地よさは各句が「四拍子」になっているからだ、と解する説があり、通説化しています。「四拍子論」と言いますが、しかし、この説で、日本語の歌の謎は、説明できているでしょうか。

四拍子論によると、五音句も七音句も「八つの音」からなると考えます。二つの音（二音節）で一拍と数えて、八音で四拍ですね。しかし、七音句の場合、一音足りませんが、その分は休止とみます。そして五音句では、三音も足りませんが、その分を休止とみなし、休止の分も含めてそれぞれ八つの音からなる、つまりどの句も四拍だというわけです。例えば古今集の「久方の」という歌だと、次のようになる。（●が休止部分）

｜ひさ｜かた｜の●｜●●｜　　｜ひか｜り●｜のど｜けき｜
｜はる｜の●｜ひに｜●●｜　　｜しづ｜ごこ｜ろ●｜なく｜
｜はな｜の●｜ちる｜らむ｜

日常語の表現も、形式を持った歌の表現も、意味を持った言葉を連ねたものであることに変わりありません。では何が違うのでしょうか。日常語を声に出して言う時、一息に言って途中で切らない一番小さい単位を「文節」と言います。例えば、相手に念を押す助詞「ネ」を入れられるだけ入れた言い方が自然に文節に切れています。「昨日ネ先生がネ僕にネ鉛筆をネくれたヨ」となります。これをさらに「先生ネがネ」とはなりません。これが日常語での一息に言う一番小さい音の固まりです(文節は、橋本進吉博士が取り出した単位体で、文を直接構成する成分とみているもの)。

これに対して、日本語の伝統的な歌では、五音からなる五音句と、七音からなる七音句、これらの句が一息に言う一番小さい音の固まりです。それぞれの句は途中で切らないことを原則としています。例えば、「古池や　蛙飛び込む　水の音」(芭蕉)のように。日常語と歌とでは、一息に言う音の基本単位が異なります(日常語のそれが「文節」であり、現にアクセント成立や連濁・連声現象、ハ行転呼など、音韻現象は、文節を単位に生じる現象である)。

しかし、先に述べたように、どちらも意味を持った日本語を連ねたものなので、日常語の文節と歌の句とが、一致することがしばしばあります。例えば、日常語で「ええ！　このサラダ、柿や、栗まで、はいってる。(でも美味しそう)」このように言ったとします。此を「このサラダ　栗や柿まで　はいってる」といったり、また、「朝、起きて、雨戸、開けたら、雪景色(ビックリしたなあ)」を「朝起きて　雨戸開けたら　雪景色」というと、どちらも下手な俳句になっています。『土佐日記』によく知られた例がある。「かぢとり船子どもに曰く『みふねよりおふせたぶなり。あさきたのいでこぬさきにつなではやひけ』といふ。このことばの歌のやうなるは、かぢとりのおのづからのことばなり。(略)かきいだせれば、げにみそもじあまり(三十一字)なりけり」(二月五日)。

歌では、句と句の間の切れ目(休止・ポーズ・間)が前後の句の存在を際だたせる役目を持っています。極端に言えば、切れればいいのです。つまり、休止の長さはどうでもいいのです。ここがいわゆる西洋音楽とは違うところです。確かに、五七調の歌であれば、「天地の　別れし時ゆ／かむさびて　高く貴き／駿河なる　富士の高嶺を／…」のように、「五」と「七」の切れ目より、「七」と次ぎの「五」の間の切れを心持ち長くする配慮は必要でしょう。七五調の歌も同じことです。しかし、その切れは何拍とかいった、計算されるものではありません。ところが、四拍子論は、この切れ(休止・ポーズ・間)をもリズムとして計算し拍子に数えているのですが、そのことが私には納得できません。

時枝誠記博士が仰るように、日本語の歌の美は、「構成美」にある(『国語学原論』岩波書店の「第六章国語美論」)。「五音」の固まりと「七音」の固まりという違い(変化)とそれらの繰り返しにこそ美があるという考えに私も賛成です。ともかく四拍子論では、日本の歌の美は説明できないと思いますが、では、日本の歌の美はどこから来るのかと言いますと、決定的な結論はまだ見いだせていません。四拍子論に疑問を呈する、あるいは批判的な論者に、川本皓嗣や菅谷規矩雄、松林尚志らがいるが、最近では藤井貞和が『日本語と時間』(岩波新書)で「陥りやすい誤解として、この分節(筆者注・ポーズ、切れ目)を休止と受け取るひとが少なくない」(六章注)と述べている。筆者も最近では「日本語のリズムと〈うた〉のリズム—「四拍子論」を見直す(一)(二)」(『日本言語文化研究』第七・八号)において、切れ目(ポーズ)の問題に加えて、本来の詩型五七調が説明できないこと、字余りという破調が説明できないことなどを取り上げて批判している。

日本文学の七不思議の一つとも言われる、和歌のリズムはなぜ心地よいのか。皆さんは、どうお考えになるでしょうか。

2　名文句は都々逸調から

普段日本語に接していて、「ねこ」なら「ね」と「こ」の二つの音からできている、つまりこの「ね」や「こ」が「日本語の一番小さい音」と感じています。こういう音を音節と言います(これ以上音を切って発音できない単位)。現代語ですと、約一一〇の音節がありますが、しかも、これらがすべて同じ長さをもっています(モーラ言語・時枝誠記は、この日本語のリズムの特徴を「等時的拍音形式」と呼ぶ)。そこで、日本語の歌のリズムは、一定の数の音の集まりで固まりをつくり、それを歌のリズムのベースとしています。それが五音からなる句と七音からなる句、つまり、五音句、七音句です。日本の伝統的な歌は、この二種類の句で構成されるのが基本でした。

万葉集の歌が五七調といわれるのは、五音句と次の七音句が意味的にまとまりをなし「五七、五七…」というリズムだったからです(枕詞が五音句で完成したことには、リズム上にも意味があった)。例えば、山辺赤人の「天地の別れし時ゆ、かむさびて　高く貴き、駿河なる　富士の高嶺を…」など長歌はすべて五七調でした。

ところが、平安時代になると、七五調になったと言われます(和歌と言えば短歌となったが、短歌はやがて、上の句五七五と下の句七七とリズム上意識されるようになった。ただし「七五」は一回現れるだけである。これを七五調といえるかは疑問)。七音句と次ぎに続く五音句が意味的にまとまりをなし、「七五、七五…」と繰り返すリズムです(本来あった冒頭の五音句を、歌謡では捨て去るが、和歌や和歌の伝統を受け継ぐ文学、道行き文や謡曲などでは存続させた)。例えば、平安時代中ごろから流行った今様という歌謡がそうですが、その一つが「いろは歌」です。「色は匂へどちりぬるを、わがよたれぞ　つねならむ、うゐの奥山　今日越えて…」ですね(七五の四行詩、ただし、「わがよたれぞ」は字足らずの句であるが、詠まれた趣旨からやむを得ない処置であった)。平安時代の末には今様などを集めた『梁塵秘抄』(後白河院の撰述)という歌謡集も編まれました。平安時代以降は七五調が伝統化して、万葉集の五七調の長歌を朗詠するときにも、ついに七五調に読んで、学校の授業で注意された経験、お持ちでないでしょうか。

(もっとも)近代詩では、例えば島崎藤村、「初恋」は、「まだあげそめし　まえがみの、りんごのもとに　みえしとき、…」と七五調で詩を作る一方、「小諸なる古城のほとり」では、「小諸なる　古城のほとり、雲白く　遊子悲しむ…」と五七調でも作っています(現代の流行歌、特に演歌では七五調が圧倒的に多い)。

さて、歌謡の世界で、もう一つ江戸時代以降大変人々に愛されたリズムに、都々逸調と言われるリズムがあります。「七七七五」というリズムです。都々逸は小唄の一種で、江戸中後期に一世を風靡し、今もまだ作られています。男女の艶っぽい内容の歌詞が多い。このリズムが「七七七五」です(琉球列島の島唄などが「八八八六」であることは注目される)。もっとも、「七七七五」というリズム自体は江戸時代以前、中世末期にすでに見られるものですが、このリズムが都々逸でブレイクしたことから、この「七七七五」のリズムを都々逸調と言います。

各地の民謡の多くは江戸時代に生まれたものと言われていますが、多くの民謡の歌詞が都々逸調になっています。例えば、山形の民謡「花笠踊(花笠音頭とも)」は「めでためでたの　若松様よ　枝も栄える　葉もしげる」。「会津磐梯山」には「東山から　日にちの便り　行かざなるまい　顔見せに」という歌詞もあります。民謡の歌詞について、同じ文句の歌詞があちこちの他の民謡でも歌われているといわれますが、歌詞のリズム形式が都々逸調で作られていれば、他の民謡の歌詞としても使えるということになるからです。九州の民謡の「田原坂」は「馬手に血刀　弓手に手綱　馬上豊かな　美少年」と、やはり七七七五になっています。「花笠踊」の歌詞を、「会津磐梯山」や「田原坂」の曲に合わせて歌うことができるというわけです。

さて、「夏も近づく　八十八夜…」で始まる文部省唱歌の「茶摘」、一番の前半は「七七七七」となっていて、歌詞を書いたものを見ますと、後半の方にはカギ括弧がついています。その理由は、実際の民謡である労働歌の茶摘み唄を、地方色を消して引用した部分だからと思われます。つまり「あれに見えるは　茶摘みじゃないか　あかね襷に　菅の笠」で、この部分は七七七五の都々逸調になっています。金田一春彦さん(『日本の唱歌上・明治編』講談社文庫)によると、お茶所宇治市の隣の宇治田原の茶摘み唄の歌詞を基にしたものだそうです(宇治田原の教育委員会に照会したところ、思い当たるものがないとの返事。しかし、隣の和束町の歌に「お茶を摘め摘め　摘まねばならぬ　摘まにゃ和束の茶にならぬ」という歌詞があることが分かった)。

さて実は、都々逸調は、七七七五というリズムを様式としているだけでなく、三つの七音句がそれぞれ、三音と四音に意味的に切れて、ほとんど(の歌詞)が「三四　四三　三四　五」という構成になっているのです。先の「花笠踊」もそうですが、都々逸の元と言われる「潮来節」では「いたこ　でじまの　まこもの　なかで　あやめ　さくとは　しほらしや」と、「三四　四三　三四　五」になっています。一息に読む七音句の内部に意味的に切れるところがあって、息継ぎをしないまでも、リズムの切れを感じるのです。こういうリズムを内在律、内部に含まれるリズムと言います。組みというまとまりの中がさらに一班二班に分かれているようなものです。このことは万葉集の歌から見られることです。万葉集の「字余り」についての説明で「朗詠法」の問題と捉える向きもあるが、この事実(内在律)を重視すべき問題である。

日本の歌は古来五音句と七音句をベースにしていますが、七音というまとまりは少し長い。一語の単語でというわけには行かない長さです。前回、現代の日本語では四音節からなる単語が一番多く、続いて三音節語と言いました。それが古代では少し短く、二音節語、三音節語と言うことになります。そうしますと、七音句は、意味的にどうしても三音句と四音句とに分かれやすい。言葉は意味を持ったものですから、意味の切れ目がリズムの切れ目と感じられやすい。それが自ずと七音句であれば、三音での意味のまとまりと四音での意味のまとまりとからなるという内在律が意識され易いことになります。例えば「なつも」と「ちかづく」とで、七音句「なつもちかづく」になるように。

その点、五音句も「葉も茂る」が「はも」と「しげる」とからなるというように意味的に二つに切れる場合も勿論ありますが、五音はまだ長さの点でそれほど長いとは感じないからでしょうか、五音句では内在律の存在を余り感じることがないように思われます(七音句に対して、五音句は一息に詠ずる傾向があり、各句に於ける字余りの分布にそのことが伺える。つまり、五音句と結句の七音句に字余りが偏在しているのである)。

都々逸調の七七七五の後半の「七五」、その「七」が「三」と「四」に分かれて、「三、四、五」という内在律がとても安定しており、この「三、四、五」の部分のリズムを独立させて、短くしかも口ずさみやすいスローガンやモットーの文句に昔から活用されてきています。例えば「末は　博士か　大臣か」、昔の子供の、あるいは親の子供に対する夢でした。また昔から「じしん　かみなり　かじおやじ」なども言いました。かつて（昭和三十年代）「巨人　大鵬　卵焼き」が子供の大好きなベストスリーだと言われました。「きよく　ただしく　うつくしく」は今も宝塚歌劇団のモットーでしょう。最近ではコマーシャルのキャッチコピーにこのリズムが活用されることがあります（例えば「三井　住友　ビザカード」）。宇崎竜童が歌った歌詞に「あんた　あのこの　なんなのさ」というのもありました。すごみがきいたセリフになっていましたが、それはこの三音、四音、五音をそれぞれ同じ時間の長さで言うと、ゆっくりめから早口へと興奮が高まるような印象を与えるからでしょう（例えば、「こころと　からだ」「からだと　こころ」どちらも「四音　三音」であるが、どちらも同じ長さで発音すると、どちらも後の三音―「からだ」または「こころ」が少しゆっくり発音される）。この七五は、俳句より短い。しかし、三音、四音、五音という音数の変化とこの「構成美」（時枝誠記の用語）が、すっかり私たち日本人の心に染みついたリズムになっていると言ってもいいでしょう。

作詞家の阿久悠さんは、「津軽海峡冬景色」の作詩の際、意図して三音句を連ねたそうです。「うえの　はつの　やこう　れっしゃ　おりた　ときから」と。面白いですね。

伝統的なリズムだけでなく、他にもいろいろなリズムが工夫されています（例えば「飲むなら乗るな　乗るなら飲むな」は「四三、四三」のリズム）。歌詞について、こんな面にも注意を払うと、いろいろ発見することがあるように思います。

参考に、三省堂の石戸谷直紀さんが採集した例の一部を紹介する。「ここであったが　百年目」「寄って　らっしゃい　見てらっしゃい」「マッチ　一本　火事のもと」「亭主　仕事で　留守がいい」「渡る　世間に　鬼はなし」

「飛んで　火にいる　夏の虫」「いつも　にこにこ　現金払い」「家鴨　ひょこひょこ　みひょこひょこ」「今にみていろ　俺だって」「かわい　あの子は　誰のもの」「花よ　蝶よと　育てられ」「闘志　抱きて　丘に立つ」「とめて　くれるな　おっかさん」「坊や　よい子だ　寝んねしな」等々。

3　日本語にはメロディがある

もう一昔も二昔も前のことです。通勤電車で女子高生の会話から、「ニホンシ」「セカイシ」と言っているのが聞こえてきました（以下、明朝体が「低」、太字が「高」のアクセントを示す）。「ニホンシ」「セカイシ」のことです。とっさに新鮮さとともに違和感を感じました。これが若者言葉で聞かれる、噂のアクセントの平板式化だなと思いました。早くから「カレシ」のことを若者は「カレシ」と言うことが話題になっていました。今はおまけに「カレシ」と「カレシ」、両方とも使い、使い分けているとか。アクセントという音の姿は、言葉の意味（語感）とセットで身についています（アクセントが異なるとその語らしくなく違和感を感じる）。私は「イトイ先生」と普段言われていますが、たまに「イトイ先生」という人があって、やはり新鮮さと違和感を感じてしまいます。一瞬別人ではと思ってしまいます。

とんち話で有名な一休さんもずるいことをすることがあります。ある庄屋さんが一休さんを招きます。橋を渡らないと行けない家ですが、庄屋は「橋を渡ってくるな」と言います。ところが一休さんは堂々と橋を渡っていきました。「約束が違う」と庄屋がいうと、一休さん、「橋は渡っていません、真ん中通ってきました」と。「橋」を「端っこ」の「端」と解するとんちを働かせたのですが、ここがずるい。ブリッジの「橋」もエッジの「端」も単語ではどちらも「ハシ」というアクセントですが、実際にはブリッジの「橋」は「ハシヲ（あるく）」ですが、エッジの「端」は「ハシヲ（あるく）」となるようにアクセントが異なるのです。助詞の「を」で下がる場合と高いままの場合とです。日本語のアクセントは単語でなく、助詞がついた文節で捉える必要があります。日常、ことばを声に出すとき、一息に言う最も短い単位が文節だからです（アクセントや方言の訛りなどの音韻現象は、実際の発話における、一息に言う固まり、つまり文節において発生する現象である）。

アクセントの機能について、普段同じ音の単語を区別するためにあるように思っています。「アメ」は甘いもの、「アメ」は降るものとアクセントで区別できます（以下、東京式アクセントで考える）。しかし、アクセントの本質的な機能は、そのためのものでなく、ばらばらな一音一音をまとめて言葉にする機能こそ肝心な機能（統語機能）です。単語もまとまりですが、実際に声に出すとき（発話のとき）は、一息に言う、途中で切らないというまとまりは、つまり文節となります。アクセントは文節というまとまりを作る働き、ばらばらな音を束ねる働きです。

日本語のアクセントは、音を高めたり低めたりする、高低アクセントです。音楽で言えば、メロディに当たりますから、日本語はメロディ言語だと言ってもいいですね（文末における尻上がり、尻下がり、あるいは方言に見る波打ちアクセントなどのイントネーションもメロディ性をもつ）。英語などは強弱アクセントで、いわばリズム言語ということになります。

ここで一つ問題が出てきます。民謡や唱歌、流行歌など歌詞をともなった曲作りに関わる問題です。日本語の言葉にはアクセントと呼ばれるメロディがあり、音楽にはリズムに合わせたメロディがあるわけですが、歌詞を伴う曲では、この二つのメロディが合体することになります。この二つのメロディをどう処理するかという問題です。日本語学者の金田一春彦さんは、ことさらこの課題について深く関心を持ち、いろいろな話題を指摘された学者です。

――いちいち明示はしませんが、以下は、金田一さんから学んだことなどをベースにして私が気づいた例なども織り交ぜながら、お話することにします。

一時期、曲のメロディは、ことばのメロディ、つまりアクセントを損なわないように作曲すべきだと主張する作曲家たちがいました。有名な山田耕筰や中山晋平、童謡の作曲家で知られる本居長世らです。山田耕筰作曲の「からたちの花」は、歌詞(北原白秋)が六番までありますが、六番ともメロディの異なるところがあり、楽譜のついた唱歌集などみますと、六番すべての楽譜が掲載されています。歌詞が異なるとアクセントの違うことばが使われているからです。そこで、曲のメロディをことばのメロディ(アクセント)に合わせた結果なのです。

その山田耕筰も、「赤蜻蛉」で「アカトンボ」とメロディつけていますが、「アカトンボ」じゃないのかと指摘されたそうです。しかし、彼が身につけていたアクセントは「アカトンボ」というアクセントだったとのこと。地域のアクセントの影響でメロディが異なることもあるようです。童唄の「ひらいたひらいた」が、岐阜県の揖斐川を境に、東側西側ではこのように変わります。東側は「ひーらいたひーらいたなんのはーながひーらいた…」、ところが西側では「ひーらいたひーらいたなんのはーながひーらいた…」となります。東は東京式アクセントで「ハナ」、西は京阪式アクセントで「ハナ」になっています。

ある年の紅白歌合戦のフィナーレで文部省唱歌「お正月」が歌われました。最初に女性歌手がソロで歌った時とその後出演者全員で合唱したときとでは、一カ所メロディの異なるところがあったことに気づきました。「独楽を回して(遊びましょ)」のところ、「コーマヲマワシテ」と「コマヲーマワシテ」、つまり「コマ」と「コマ」の二通りありました。お聞きの皆さんはどちらで唄っておられるでしょうか。作曲はあの滝廉太郎です。楽譜を見ると「コマヲーマワシテ」となっていました。しかし、「コーマヲマワシテ」と覚えている方が多いのではないでしょうか。共通語のアクセントに引きずられたからでしょうか。

紅白歌合戦というと、こんな話を聞いたことがあります。フィナーレで「蛍の光」が歌われることが多いようですが、指揮をした藤山一郎さんは歌詞の最初の出だしの部分だけは口を閉じていて、その後は皆と一緒に歌っていたそうです。どうしてかと確かめると、出だしの「蛍の光」のところは「気持ち悪いから」との返事。なぜなら、「ホタールノ　ヒカーリ」というメロディになっていますが、アクセントは「ホタル」「ヒカリ」ではないか、というわけです。

言葉のメロディと異なるメロディで作曲されていると、歌詞が誤解されたり、意味を間違って受け取っていたりすることがあります。よく知られた例に、鉄道唱歌の三番の「海の彼方に　うすがすむ(ウスガスム)」、「臼が住む」(餅をつくときのあの臼が住んでいる)と受け取ってしまうが、これは「薄霞む(ウスガスム)」(薄くかすんでいる)です。文部省唱歌「浦嶋太郎」の四番「かえってみればこわいかに(コワイカニ)」が「怖い蟹が待ち構えていた」と子供たちは受け取ったそうですが、「此は如何に(コワイカニ)」の意味のところですね。

古い歌ですが、仲宗根美樹というご両親が沖縄出身の歌手の「川は流れる」という歌がありました。それに「マチノターニ(川は流れる)」という部分がありますが、私はてっきり「街の中の田んぼに川が流れている」と受け取っていたのですが、これは、「街の谷間、つまりビル街を流れる川」のことでした。「ターニ」では「タニ」(谷)が連想しにくいのです。瀬川瑛子の歌では「イーノチクレーナーイー……」とあって、私に命を捧げてくれない男、という意味かと思ってしまったのですが、歌のタイトルは「命くれなゐ」で紅色の「クレナイ」だったのです。ある民放のアナウンサーが、カラオケでよくあそこ誤解していることが話題になる、と言っていました。誤解したのは私だけではなかったようです。

皆さんも歌詞とメロディの関わりに注意してみて、こうした例を見つけて楽しんでみてはいかがでしょうか。

他にも、「海ゆかば」の「大君のへにこそ死なめ」の「へ」を「おならのへ」と子供は捉えがちであったとか、「故郷」の「うさぎおいし」を「ウサギ」を食べたら美味しかったの意に取っていたといわれ、「仰げば尊し」の「(いまこそ)わかれめ」を「別れ目(別れのとき)」の意に解するなどは、アクセントの問題というよりは文語調が子供にはなじめなかったことが原因であろう。

参考：歌詞のアクセントの扱いが完全なものとして「コイノボリ」「池の鯉」などが指摘されている。

【注】この「エッセー」は、NHKラジオ第一放送の「深夜便」(ないとエッセー)で三回にわたって放送した原稿に多少手直ししたり、補足説明をつけたりしたものである。(放送は二〇一〇年十二月三、十、十七日〈金〉)

(『日本言語文化研究』15号、二〇一一・四)

「和歌」の伝統とかるた

お正月と言えば、凧揚げやかるたが伝統的な遊び、今はどうでしょうか。「スバル」(星座の名)は外来語で、「かるた」は和語と勘違いされることがあるようですが、実は逆、「スバル」は和語で「かるた」は室町時代の末期に入ってきたポルトガル語、英語の「カード」と同源の語です(因みに、ドイツ語のカルテやフランス語のア・ラ・カルトのカルトも同じ)。

日本の古い遊びに、「貝覆い」という遊びがありました。貝合わせではありません。二枚貝を代表する蛤の貝殻を用いて、二枚を切り離し、それぞれを二つのグループに分けます。一つのグループから片割れの一枚を取り出し、もう一つのグループからもう一つの片割れを探し出すという遊びです。二枚の貝殻が元ペアであった印として、両方に同じ絵柄を描いたり、対になる言葉を書いたりしました。その一つに和歌があり、上句と下句それぞれを貝殻の片割れに書いたものです。

江戸時代、蛤の「貝殻」に代わって、紙の「かるた」が用いられるようになって、今に至ります。その便利さも手伝って、様々な「かるた」遊びが生まれました。代表は〈諺〉を用いた「いろはがるた」と〈和歌〉を用いた「うたがるた」です。後者では特に小倉百人一首が人気を博し、競技ともなり、「かるた競技」といえば、小倉百人一首の「うたがるた」の遊びを指すようになってきました。

現行の指導要領(「国語」)から、「伝統的な言語文化」という指導「事項」が新たに登場し、小学校中学年から古典和歌が教材になっています。ある五社の教科書で計三十一首の古典和歌が採録されていますが、そのうち二十四首が小倉百人一首から採られています。和歌は万葉集以来、詠み人知らずという詞が存在するように唯一署名入りの文学で、日本の文学は和歌を中心に展開してきたとも言えます。国際化してきた時代にこそ、この伝統をしっかり学ぼうという教育方針が窺えます。

「かるた」という遊びを通して、古来の名歌や諺を身につけてきたのです。

(「ないおん」285号、二〇一五・一二)

故郷　高野辰之・文部省唱歌

兎《うさぎ》追《お》いしかの山《やま》、
小鮒《こぶな》釣《つ》りしかの川《かわ》、
夢《ゆめ》は今《いま》もめぐりて、
忘《わす》れがたき故郷《ふるさと》。

如何《いか》にいます父母《ちちはは》、
恙《つつが》なしや友《とも》がき、
　雨《あめ》に風《かぜ》につけても、
思《おも》いいずる故郷《ふるさと》。

こころざしをはたして、
いつの日《ひ》にか帰《かえ》らん、
　山《やま》はあおき故郷《ふるさと》。
水《みず》は清《きよ》き故郷《ふるさと》。

※作曲：岡野貞一／『尋常小学唱歌(六)』大3・6

解説・鑑賞

文部省唱歌の中で最も人気のある歌。心の歌・心のふるさととしてこの歌を指摘する人が多い。アンケートでも常に一、二を競う。作詞高野辰之・作曲岡野貞一のゴールデンコンビによる傑作の一つである。一時戦時中教科書から姿を消したが、音楽の教科書では定番の曲である。

高野の故郷は、長野県下水内《しもみのち》郡豊田村(中野市に併合)。「朧月夜」の菜の花畠の風景の描写もこの地で、毎日数キロの道を通った通学路での光景をイメージしたものであろうと言われる。現在、高野辰之記念館が建てられている。高野は長野師範学校教諭を経て上京し、豊田村が「故郷」となった。音楽(唱歌)の教科書編集委員や東京音楽学校の教授を務めながら、国文学者（文学博士）として、また文部省唱歌の作詞者として活躍した。

歌詞は古語。高学年対象とはいえ理解がいきとどかなかったことだろう。題の「故郷」は、歌詞中にもあるように「ふるさと」と読む。この語はもともと、古い都を指して用いられた言葉であったが、昔馴染みの土地を指すように意味を広げて用いられるようになる。明治までは、一般庶民が生まれた土地を離れて他の土地で生涯を暮らすことになることは、一部の人たちを除いて一般にはなかった。ところが明治になって西洋的近代化が進むにつれて、東京や大阪などの都会に出ていって生涯そこで暮らす人たちが出てきた。いわゆる「故郷（ふるさと）」なる観念が国民の間で形成されていったのである。唱歌では、明治期の「故郷の空」「旅愁」「故郷の廃家」などがその観念を培ったが、いずれも外国曲に日本語の歌詞をつけたもの。

代名詞の「かの」も現代語では「あの」を用いるところ。「兎追いし」の「し」は過去の助動詞だが、「うさぎ、美味（おい）しい」と受け取られやすかったという。まして今ではそう聞き取られてもやむをえない。古代帝も参加した「狩り」では、雉《きじ》などとともに兎も獲物の一つであったようだ。追って捕らえた兎は食用にしたのである。戦後の食糧難の時には、かなり食用として用いられた。田舎では、畑が荒らされることもあってわなを仕掛けて獲ることもあり、私の通っていた小学校でも、そうして獲れた兎を給食の時に食べたこともあった。兎を一羽二羽と数えるのも、鶏の肉に似て美味しいからだといわれる。それゆえ生活習慣からして昔は「兎美味し」と受け取られやすかったのである。

二番の「父母」「友がき」は、心の中で呼びかけた言葉。「如何にいます」は「どうしていらっしゃいます（か）」、お元気ですか、という問いかけであり、「恙《つつが》なしや」も同じ表現。「友がき」の「がき」は「垣（かき）」の連濁化したものといわれ、垣は竹などを結うて作ることから友情を結ぶ喩えに用いて、朋友のことを「友がき」ともいった。「思いいずる故郷」は、思い出す故郷の意だが、「いずる（いづの連体形）」は自動詞で、他動詞なら「いだす」

であるべきだが、定着している「思い出」という語にひかれて、自動詞を他動詞的に用いたものであろう。
三番では、故郷のすばらしさを、ありふれてはいるが、簡潔な言葉でまとめている。山を「あお(青)き」とし、川を単に「水」というのも、日本の伝統的な言葉遣いによる。ただし、本来「青」は緑色をも含んで用いていたが、時代が下がるにつれて、「青」と「緑」を対立するものと捉えるようになってきている。一番(自然)、二番(人間)で忘れられない故郷を懐かしく思い出し、三番では、立身出世を夢見て故郷を離れたが、いつかは故郷に錦を飾りたいという誰もが抱く、切ない思いが詠まれている。

ところで、高野には、故郷に対して特別な思いがあったことが知られている。高野の妻は、島崎藤村の小説『破戒』に出てくる、主人公の瀬川丑松《うしまつ》が下宿していた蓮華《れんげ》寺のモデルとなった寺(現、飯田市)の娘である。猪瀬直樹(『唱歌誕生―ふるさとを創った男』文春文庫)によると、娘の母から「人力車に乗って山門から入ってくるような男」になることを条件に、結婚が許されたのだという。

リズム形式は六四調で、いずれの行も「三三四」のリズム。高野の手になる歌詞の表記を見ると、リズム形式だけでなく各歌詞ごとに、行の並べ方などにも工夫がされていることがわかる。

朧月夜　高野辰之・文部省唱歌

菜《な》の花畠《はなばたけ》に　入日《いりひ》薄《うす》れ、
　見《み》わたす山《やま》の端《は》　霞《かすみ》ふかし。
春風《はるかぜ》そよふく　空《そら》を見《み》れば、

夕月《ゆうづき》かかりて　におい淡《あわ》し。

里《さと》わの火影《ほかげ》も、森《もり》の色《いろ》も、
田中《たなか》の小路《こみち》を　たどる人《ひと》も、
蛙《かわず》のなくねも、かねの音《おと》も、
さながら霞《かす》める　朧月夜《おぼろづきよ》。

※作曲：岡野貞一／『尋常小学唱歌（六）』大3・6

解説・鑑賞

文部省唱歌だが、ゴールデンコンビと称される高野辰之作詞、岡野貞一作曲になることが判っている名曲の一つ。例えば、平成の年を記念してNHKが実施した、全国的なアンケート調査（平成元年）「日本のうた　ふるさとのうた」では、同じコンビによる「故郷（ふるさと）」が第二位、そしてこの歌が第四位に入っているが、こうしたアンケートでは、常に上位にランクされる歌である。明治四十四年から出版を開始した『尋常小学唱歌』（一〜六）には名曲が多い。

国文学者であった高野らしく、古典の世界を彷彿とさせるものがある。「菜の花」「入日」「夕月」とくると、与謝蕪村の「菜の花や月は東に日は西に」という雄大な田園風景を詠んだ句が思い浮かぶ。蕪村の歌自体、柿本人麻呂の「ひむがしの野にかぎろひの立つ見えて　かへりみすれば月かたぶきぬ」（万葉集・巻一・四六）に影響を受けた句とされている。夕暮れ時、西に赤い夕日が沈む一方で、東の空に白い月が出ていることがあるが、誰にも経験のあるなつかしい風景である。

夕刻の田園風景が歌われているが、一番から二番へと微妙ながら時の移り変わりが巧みに捉えられている。一番では、「薄れ」「見わたす」「見れば」で、かすかな自然や人の動きが捉えられているが、二番では「里わの火影」と詠み、明かりがあちらでこちらでと家々にともり始める変化、田んぼ道の家路を急ぐ人の動き、そして蛙の声やお寺の鐘の音などに、それぞれ時が描かれているといえる。「里わ」は、古語の「里廻(さとみ)」にあたる言葉で、里のあたりの意。一番では、主人公のたたずみながら周りの自然を感じ取っている姿が描かれ、二番では、主人公の目や耳で捉えた風景を描いている。

「におい」は嗅覚によるものでなく、ここでは視覚で捉えられた色合いを意味する。本来「にほひ・にほふ」は視覚に関する語で、古典では目に立つ色合いを意味することが多かった。ここも霞があたり一面深くかかっているせいで、夕月は皓皓と照っているのでなく、ぼんやりと光っている印象を表現している。月の光が朧なのである。「夏は来ぬ」の歌詞「卯の花のにほふ垣根に」の「にほふ」も視覚の意味で用いられている。

「さながら」は、そのままそっくりとか、すべて・全部の意で用いており、「……も……も……」と風物を「も」で重ねて捉え、それらをすべてうけて「さながら(霞める)」と詠んでいるのである。すべてが霞んでいるというわけであるが、面白いのは、「霞む」は視覚で捉えられるものであるが、この歌では、聴覚で捉える「蛙」の声や「鐘」の音までが霞んでいると捉えていることである。全体の雰囲気が、墨絵ぼかしであると詠んでいるのである。日本人は、この昼から夜にかけてのトワイライトゾーンが好きである。かえって心が安らげられ、心が落ち着ける一時であり、情景なのである。

もっとも、『源氏物語』の朧月夜や、与謝野晶子の「桜月夜」(桜の咲く朧月の夜)の場合は、華やかで心が浮き立つ、あるいは危なっかしい雰囲気があるが、ここでは、のどかな田園の、心和むムードがかもし出されている。

各連四行詩で、各行いずれも「八六」、しかもすべてが「四四三三」の内在律になっているという安定したリズムである。人々に愛された理由の一つには、この曲が三拍子であることがかかわっていよう。唱歌で最初に三拍子で作曲された歌は「港」(空も港も夜ははれて)だといわれている。同じ高野の作詞になる「故郷(ふるさと)」もそうで、他に、当時の歌では「海」(松原遠く)、「早春賦」(春は名のみの)などがある。

高野とコンビを組んで数々の名曲を残した岡野は、鳥取市の出身で、高野と一緒に小学唱歌の教科書編纂委員を務め、ともに東京音楽学校教授でもあるという仲であった。岡野は十四歳でキリスト教の洗礼を受け、長年教会でオルガンを弾き、聖歌の合唱指導にもあたったといわれ、彼の、しっとりとした曲風には、賛美歌の影響が見られるという指摘もある。今も作詞・作曲不明の歌のうち、作成時期や作風・趣の点などから、「冬の夜」や「冬景色」(三拍子)さらには「池の鯉」や「雲雀」なども、このコンビの歌ではないかと推測している人もある。

紅葉　高野辰之・文部省唱歌

秋《あき》の夕日《ゆうひ》に照《て》る山紅葉《やまもみじ》、
濃《こ》いも薄《うす》いも数《かず》ある中《なか》に、
　松《まつ》をいろどる楓《かえで》や蔦《つた》は、
　　山《やま》のふもとの裾模様《すそもよう》。

渓《たに》の流《ながれ》に散《ち》り浮《う》く紅葉《もみじ》、

波《なみ》にゆられて離《はな》れて寄《よ》って、
赤《あか》や黄色《きいろ》の色様々《いろさまざま》に、
水《みず》の上《うえ》にも織《お》る錦《にしき》。

※作曲：岡野貞一／『尋常小学唱歌(二)』明44・6

解説・鑑賞

文部省唱歌としてよく知られた名曲の一つ。ところが、小学校の音楽の教科書には文部省唱歌として掲載されて、作詞者や作曲者は発表されなかった。学校で習う歌は、音楽的感性を培うための教材であって、子供の発達に応じ文部省の責任において作成したものであり、個人の芸術作品ではないという考えによっていたようだ。

戦後になって、作詞者や作曲者が誰であったかが詮索されるようになったが、すでに何十年という年月がたっているため、いまだに誰の作であったかが判明しない歌が多い。〈近代の唱歌〉の部で「文部省唱歌」となっているのがそれである。ところが幸いなことに、作詞が高野辰之(一八七六年～一九四七年)によると判明した歌がたくさんある。この「紅葉」をはじめ「故郷」「朧月夜」それに「日の丸の旗」(白地に赤く……)「春が来た」「春の小川」など、心に残るよく知られた歌々である。しかもいずれも作曲が岡野貞一(「朧月夜」の項参照)であることもわかっている。二人はゴールデンコンビと称されている。

高野は、浄瑠璃や歌謡の研究で知られる国文学者であった。『日本歌謡史研究』で文学博士になっている。『日本演劇史』を書き、『日本歌謡集成』なども編んでいる。伝記については、猪瀬直樹『唱歌誕生―ふるさとを創った男』(文春文庫)、吹浦忠正『愛唱歌とっておきの話』(海竜社)などに詳しい。

紅葉(する)とは、秋になって落葉広葉樹の色づいた葉、または葉が色づくことをいうが、中でも一番その色が愛でられる楓(かえで・古くはかえるで)を特に指していうことが多い。この歌では、歌詞の中に「楓や蔦は」とあり、紅葉を前者の意味で用いていることが分かる。

紅葉は、春の桜(単に「花」とも)とともに、四季折々の風物詩の中でも代表的なもので、古来日本人に好まれ、和歌や俳句などで多く詠まれてきた。春の「桜狩り」に対して秋の「紅葉狩り」があった。定家は「見渡せば花も紅葉もなかりけり」と詠んでいる。

元は「もみち」と濁らず、「もみつ」という動詞の連用形が名詞化して用いられたものである。現在は動詞としては、もみじする・こうよう(紅葉)する、を用いる。『万葉集』では、もっぱら「黄葉」と表記され、「紅葉」の用字は一例であるが、平安時代以降では、普通「紅葉」と書いている。このことは、「もみじ」に対する好みが変化したことを意味するというよりは、中国の漢詩文における用字の変化の影響を受けたものと見られている。もっとも中国では、それほど紅葉が愛でられることはなかったが、日本では山に恵まれ、時雨や霜ごとに色が深まっていくという変化に富んでいることから、古来紅葉が鑑賞の対象になってきた。昔は竜田川や小倉山が紅葉の歌枕として有名であったが、今も観光客にもてはやされている紅葉の名所が各地にある。しかし、この歌では、そういう特定の名所を詠んだものではなく、どこにも見られる山間の風景である。

一番では、夕陽に照らされて一段と色が鮮やかに映える山の紅葉が詠まれている。紅葉している樹々の中でも「楓や蔦」の色は赤さが際立っていて、それが対照的に松の緑を引きたてている。それを「松をいろどる」と詠んでいるのである。二番では、やがて川に散って重なりながら乱れ流れる紅葉を詠んでいる。「あしひきの山の紅葉《もみち》葉《ば》今宵もか浮かび行くらむ山川の瀬に」(万葉集・大伴書持《ふみもち》、巻八・一五八七)

一番の末尾に「裾模様」と織物に見立てているのは、二番で、やはり最後に「織る錦」とあるのと同じ趣向である。「見る人もなくて散りぬる奥山の紅葉《もみぢ》は夜の錦なりけり」（古今集・貫之、二九七）、「竜田川《たつたがわ》紅葉乱れて流るめり渡らば錦中や絶えなむ」（古今集・詠み人知らず、二八三）。和歌では、紅葉を錦に見立てることが早くから美の類型として確立していた。「紅葉の錦」という語も菅原道真《みちざね》などによって詠まれた。

リズム形式は、四行のうち、最後の行（七五）を除き、すべて「七七」調、しかもすべて内在律では「三四四三」となっている。後半の二行だけ取り出せば都都逸《どどいつ》のリズム（七七七五）で、内在律においても一致している（「春の小川」も）。つまり当時民謡などで最もなじみ深かったリズム（音数律）で作詞されているのである。

浜辺の歌　林古渓《こけい》

あした浜辺《はまべ》を　さまよえば、
昔《むかし》のことぞ　しのばるる。
風《かぜ》の音《おと》よ、雲のさまよ、
よする波《なみ》も　かいの色《いろ》も。

ゆうべ浜辺《はまべ》を　もとおれば、
昔《むかし》の人《ひと》ぞ、忍《しのぶ》ばるる。
寄《よ》する波《なみ》よ、かえす波《なみ》よ。
月《つき》の色《いろ》も、星《ほし》のかげも。

※作曲：成田為三／『浜辺の歌』大7・10

解説・鑑賞

大正七年に楽譜は売り出されているが、全国的に知られるようになったのは、昭和に入ってからだといわれる。戦前は、学校で習ういわゆる唱歌ではなかった。しかし、戦後中学校の音楽の教科書に取り上げられてから、人気が広まった。

教科書に掲載以来、歌詞は二番までしか知られていないが、もとは四番まであったという。金田一春彦（『童謡・唱歌の世界』教育出版）によると、四番を三番にして実際に歌われてもいたそうである。次の通り。

はやち忽《たちま》ち波を吹き／赤裳《あかも》の裾《すそ》ぞ濡《ぬ》れもせじ／病みし我はすべて癒《い》えて／浜辺の真砂《まさご》まな子《ご》今は

この歌詞について、『新版日本流行歌史　上』（社会思想社）では、三番の前半と四番の後半をくっつけたものであると解説している。一、二番とは随分趣が異なるし、意味もよく伝わらない。作詞者自身気に入らなかったようだ。

歌詞は古語で詠まれている。「あした」「ゆうべ」は、現代語だと、明日、昨晩の意味であるが、ここでは、早朝、夕方の意味である。それゆえ、「さまよえば」「もとおれば」も仮定表現ではなく、既定の事実を述べているのである。古代では、夜を中心にした一日と、昼を中心とした一日と、二つの観念があって、夜を中心とすると、「ゆうべ」が一日の始まり（夕方）を、「あした」が終わり（翌朝・早朝）を意味した。それが、昼を中心とした一日の観念に統一されると、現代語のように意味が変わったというわけである。

三番に「赤裳の裾」とあるから、昔のことや人を偲んでいるのは、若い女性であろうか。かつて恋する人と来た、思い出の浜辺であるに違いない。風や雲、波も貝も、そして夜には、月も星も、あの時に変わらない。むしろそれらが病んだ心を癒してくれる。そんな思いが詠まれているのだろう。『万葉集』の柿本人麻呂の歌「近江《あふみ》の海夕波千鳥汝《な》が鳴けば心もしのに古《いにし》へ思ほゆ」(巻一・二六六)が思い出される。「星のかげ」は「星の光」の意。二番の「もとおる(れば)」は、珍しい動詞であるが、有名な歌曲「平城山(ならやま)」(一九三五年・北見志保子作詞)に「もとほり来つつ」と詠まれていて、ぶらぶらうろつくことを意味し、一番の「さまよう」もここでは同じと見てよい。

歌詞は、それぞれ行が「七五、七五、六六、六六」。後半二行は、すべて三音節からなる文節に切れる。つまり三音節句の繰り返しになっている。阿久悠作詞の「津軽海峡冬景色」の冒頭及び三行目も、作詞上の意図的工夫によって三音節句の繰り返しになっているのだという。

この歌は、先に音楽雑誌に発表された歌詞があって、それに曲をつけたものである。この歌の魅力は、なんと言っても曲の美しさに負うところが大きい。八分六拍子(ワルツ系)のゆったりした曲で、芸術性が高いと評されている。作曲は成田為三、彼の曲では、他に「かなりや」(西条八十作詞)、「雨」(北原白秋作詞)、「赤い鳥小鳥」(北原白秋作詞)など。以上から分かるように、成田は「浜辺の歌」などの作曲を通して、鈴木三重吉らによる「赤い鳥」運動の初期において、その運動に貢献していたのである。

成田は、秋田県森吉町米内沢《よないざわ》、山間部の生まれ。そこに「浜辺の歌音楽館」が建っている。秋田師範学校を出て、鹿角《かづの》市毛馬内《けまない》の小学校の教師をしていたが、やがて作曲家を目指し東京音楽学校に進む。「浜辺の歌」は、その在学中の作品だという。山田耕筰に師事、またドイツにも留学している。「浜辺の歌」のピアノと呼ばれるものがある(読売新聞文化部『唱歌・童謡ものがたり』による)。郷里の友人大里健治が、毛馬内で成田の演奏会を催したとき、わざわざ成田のために購入したピアノだという。それが現在、大里が後に建てた旅館「油屋」の応接間に置かれているそうである。一時《いっとき》、成田がどこで、どこをイメージして作曲したかが話題になったようだが、「浜辺の歌」の「浜」がどこの浜であるのか、むしろ林がどこを思い描いていたのかが知りたいところだが、いまだに不明である。

（以上四編、『國文學』學燈社・49巻1号（日本の童謡）、二〇〇四・一）

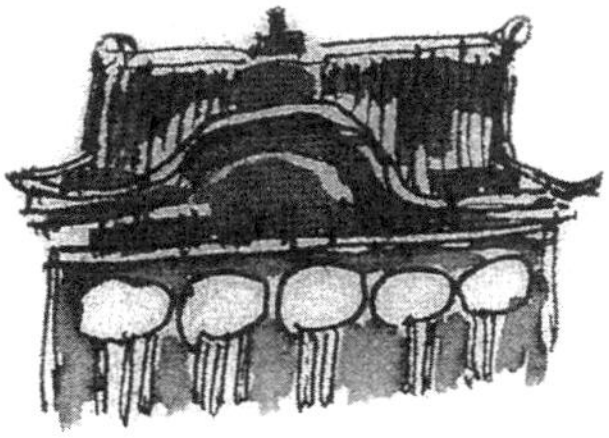

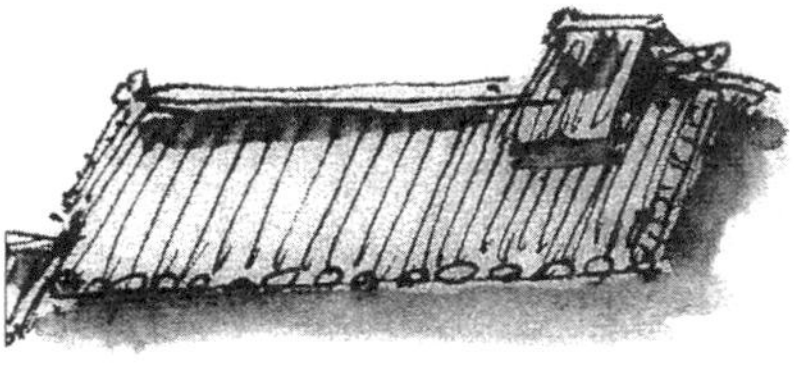

「ないじゃなし」再考

序　二重否定表現

筆者の知る限り、塚原鉄雄氏は、二度「お座敷小唄」の第一節をとりあげて、学術論文をものされている。一つは、『解釈』誌(二十四巻二号)に「国語表現と構文認識」と題する論文で、一つは、『日本語学』誌(九巻十二号)に「否定表現雑感」と題する論文においてである。

前者では、「言語表現の構成」は、「表現論理の構成」のみによるのでなく、それに「表現価値の成立」を必ず伴うものであることを論じ、後者では、「表現」として捉えるとき、単純肯定と二重否定(肯定)とを区別して読みとらねばならないことを説いている。いわば、単純肯定と二重否定とは、「何を」(表現素材)を共通とするが、「如何に」(表現形式)の面で異なることを重視する。つまり、表現上両表現は、パラディグマティックな関係(選択関係)にあって、その差異にこそ重大な意味があると論じられていると私なりに理解した。単純肯定を「しるしなし」の表現とするなら、二重否定は、「しるしつき」の表現と言うべきで、この「しるしつき」の表現を選択したとき、表現主体には、そういう「しるしつき」を選択しなければならなかった心的状況や、聞き手への、ある特別な伝達態度があったことを読みとらねばならない、ということである。

さて、本稿は、その二重否定を含む「お座敷小唄」の歌詞について、塚原氏の「解釈」(以下、「塚原解釈」と呼ぶ)を確認しながら、さらに考えてみたところを論じたものである。

1　問題点の確認

まず、問題の歌詞をとり挙げて置く。

(1)富士の高嶺に　降る雪も
京都先斗町に　降る雪も
雪に変りは　ないじゃなし
とけて流れりゃ　みなおなじ

(2)好きで好きで　大好きで
死ぬ程好きな　お方でも
妻と言う字にゃ　勝てやせぬ
泣いて別れた　河原町

（以下略）

本文は、全音楽譜出版社刊の『流行歌二、三〇〇曲集　日本の詩情』によったが、作詞者は不明、陸奥明作曲、昭和三十九年に和田弘とマヒナスターズ・松尾和子が唱って大ヒットした歌である。今も歌い継がれていて、大衆になじみの曲であるが、曲が好評で話題になったばかりでなく、第一節の歌詞中の「ないじゃなし」は、「あるじゃなし」の誤りではないかという、歌詞の表現をめぐって話題が沸騰したのであった。

これに対して塚原氏は、「文脈理解の配慮不足が、一部人士の決定的な誤解を招致した」と指摘されたのである。さらに「本文を改変して歌唱する歌手も出現したのである」とも述べておられるが、こうしたところに、奥村チヨをひいき歌手とされ、聖俗に広く深く通じておられた氏の面目躍如たる一面がうかがえもする。

さて、筆者も含めて、当時一般大衆の直観的理解は、こうであった(と思われる)。第一節末の四行目に「とけてるじゃなし（つまり、雪に変わりはない）」と言わなければ矛盾するではないか、「ないじゃなし」では論旨が一貫しない、と感じとったのであった。

これに対して、塚原氏は、こうした解釈は文脈理解の配慮不足によるもので誤っている、と言う。文脈理解は、表現者（ここでは作詞者）の意図を正しく理解する上で欠かせない。部分は、全体のまとまりの中で理解されねばならないのである。部分だけに通じる理解では、全体把握の中で矛盾をきたしたり、全体を混乱した理解に導きかねなかったりするのである。ここで、塚原氏が「文脈」理解上、重視されたのが、第二節の歌詞であった。そこに、この歌（お座敷小唄）に込められた思いの根源（主題性）が伺い知れるからであった。

この歌には、「先斗町花街の女性を視座」として、その女性の思いが歌われているのである。自分の好きな人（男性）をめぐって、その妻にあたる人物と我が身とを対比的に捉えながら、花街に生きる我が身の切なさ、「妻」なる人物と、情人しての我が身との間にある、「社会機構によって位置づけられる女性の格差」が痛いほど思い知らされる。そして、そういう「社会機構」に抗しきれない自分をいとおしんで歌っているのである。この「女性の格差」を、「富士の高嶺」と「京都先斗町」という環境の違いで対比的に捉えているのが第一節だとみなければならない。同じ雪といっても、どこに降るかで雪は異なること、つまり「雪に変りは　ないじゃなし」であって、決して、一人の男性をめぐる、二人の女性の社会的境遇の違いを第三者の立場から比べてみた、といった歌ではなく、「先斗町花街の女性」の立場から歌われているのであり、この女性を主体とした表現になっていることを、しっかりと把握する必要がある。

筆者は、この塚原解釈に接したとき、眼からウロコが落ちる思いがした。そして、今日までいろんな機会に何度この塚原解釈をとり挙げて得意になったことか。世間一般には、「あるじゃなし」が正しいと思いこまれていたからである。ただ、しかし、歌詞を追って解説し得意になって見せた後に、いつも何かひっかかるものが残るのを感じていたのである。そのひっかかりのために、なんとなくすっきりしないまま、やりすごしてきた。そのひっかかりを感じさせる原因は、やはり三行目の「雪に変りは　ないじゃなし」という表現そのものにあったのである。

この機会に、改めて、この第一節の歌詞について考え直してみようというのが、本稿の目的である。

2　歌詞の構成再考

「お座敷小唄」の各節は、四行からなり、それぞれがほぼ起承転結の構成になっていると読みとれる。問題の文句は、「転」にあたる行である。「起承」から筆先を転じる行である。すべてがそうだとは言い切れないが、「起承」は、直接は「結」に受けとめられる、「転」もまた「結」に受けとめられる。そして「起承」と「転」との間の開き方(転じ方、または切れ方と言ってもよい)次第で、「結」の面白さ、意外さ、重み深み、と言った違いが生じることになるのであろう。つまり、問題の行が、この歌詞で、どんな「転」として機能しているのか、これが解釈を左右するポイントになる。

さて、「起承」の部分であるが、この歌詞では「起承」というものの典型的な表現を形成している。類同の構文に基づきながら、素材―富士の高嶺、京都先斗町―を対比的に捉えているのである。ここで注意したいのは、この「起」と「承」とを、係助詞「も」で重ねていることである。「も」はそれを重ねることで、「も」の上接語(表現素材)が同類項に包みこまれていき、同一範疇のものとして認識されることを意味する。つまり、この第一節の「起承」の部分においてすでに、降雪の場所が、「富士の高嶺」と「京都先斗町」と異なってはいるけれど、ある点(?)で同一範疇に属するという認識で表現している勢い(受け手に先を予測させる力)を持っていることがわかる。言うまでもなく、「起承」は、「結」の「とけて流れりゃ　みな同じ」に直結して、「ある点で同一範疇」だという投げかけに対して、その答えが示されることで完結しているのである。

列挙的に繰り返す表現で印象的な歌詞の一つに、「竹田の子守唄」の一節がある。

盆が来たとて　なにうれしかろ
かたびらはなし　おびはなし

この「は」を「も」に変えて重ねた表現にすることもできる。また、「が」も可能だと言えよう。しかし、「は」であることで、その「つらさ」は痛々しい。絶妙な「は」の使い方だと思っている。この表現性について、今充分説明しきれないが、「は」によってとりたてられたものについて、一つ一つを個々に確認している（無所有なる事実を）。それ故に、一つ一つ痛みが浮きぼりになる。それによって、「あれもこれも（何も）ない」ことを意味してはいるのだが、「かたびらもなし　おびもなし」とするのとはやはり異なっているのである。「かたびらもなし　おびもなし」だと、必要なものであるにもかかわらず持っていない、その代表を列挙することで、おかれた状況を印象づけようとする表現ではあっても、かえってひとまとめに総体的に把握してしまうところがあって、「ない」ことに対する「かなしみ」が、具体的には伝わりにくい、ということになるのだろう。「まずしい」境遇にあることを伝えるのに、どちらが迫力ある表現かという問題かと思うが、一般には「も」によって重ねていくことで、事の重みを表現しようとするところであろうか。それに対してあえて「〜は〜、〜は〜。」と列挙する表現が新鮮だということがあるのかも知れない。

しかし、今、「お座敷小唄」の「起承」の句の「も」を「は」に換えることはできない。

3　「〜じゃなし」構文

問題の「雪に変りは　ないじゃなし」が二重否定の表現であることは動かない。従来、ここの問題が、「あるじゃなし」か「ないじゃなし」かという、歌の表現の論理的関係をめぐる議論としてなされてきた。しかし、もう一つ表現上考慮しなければならなかったことは、この「～じゃなし」という構文の表現形式が持つ意味・用法であった。このことについては、塚原論文ではふれるところがない。この三行目の句が、主文の「とけて流れりゃみなおなじ」という文に対して従属句であること、そして、その従属句としての「～ないじゃなし」という句が、主文に対してどういう意味的関係で係っていくか、ということを確認する必要がある。塚原解釈によって理解するとき、この構文が果たす意味的関係がうまく適合していないと感じる。むしろ逆ではないかという思いがいつも残った。

いずれにしても、第一節の構成から考えると、「転」にあたる、この三行目は、意味的関係という点で「起承」との関係よりも、「結」との関係の方にウェイトがあるとみるべきで、「転」の三行目は「結」の一種の条件句（むしろ、挿入句的に捉えるべきかも知れない）として存在していると考えられるのである。

さて、この構文はどういう用法を持つと考えるべきであろうか。

現代語の別の言い方に改めるならば、「～じゃなし」は、「～じゃないし」「～ではなくて」の意で、主文の句に係っていると解される。

(a)お前にやめろと言っているわけじゃなし、…

(b)お前にやめろと言っているわけじゃないし、…

現在、(a)と(b)とは同じ意味、用法を持っているとみていいと思われる。もっとも、(a)の方が文章語的に感じられるが、それは「なし」が古語の「なし」の終止形と受けとれるからであろう。(a)は挿入句で、(b)は並列の接続助詞によって、後文へとつながる。吉田金彦氏によると、[1]

(a)' どなたへ申して、銭十文かり所はなし、酒は呑みたし、身は寒し、色々無分別、年を越すべき才覚なし。

の傍線部の表現について、

(b)' 酒は呑みたいし、身は寒いし、…　（西鶴『世間胸算用』）

と言いそうなところであろう。」と述べている。(a)の構文はもともと、右の(a)'や、次のような表現からきているものと思われる。

(c) ふしぎやな、人家も見ゆる昼中に、人かと思へば人間にてもなし。いかなる者ぞ名を名乗れ。　（虎寛本能狂言『蛸』）

(d) 「月は傾ぶく、東はしらむ、ためらうて今の間に見付けられんはあさましし。…」（近松門左衛門『重井筒』）

とすると、先に指摘した、

(e) ……、かたびらはなし　おびはなし

という終止形による並列表現も同類だったと考えられるのであり、(e)は、例置的に「盆が来たとて　なにうれしかろ」の条件句として機能していると解せるのである(つまり、「かたびらはなし　おびはなし、(ダカラ)盆が来たとて　なにうれしかろ」という表現とみる)。

一方、並立の口語助詞である「し」による(b)(b)'にみるような表現が近世以降みられる。

(f) 久しぶりの東京は、よくも無いし、悪くもないし、この都会の性格は何も変って居りません。　（太宰治『メリイクリスマス』）

これまた、吉田金彦氏の指摘するところであるが[1]、特に、打消推量の助動詞について、「～まいし」「～ぢゃあるまいし」となる表現が、江戸の小説など以来みられることが注目される。二、三例を引用させてもらうと、

(g) コウ北八来ねへか。門口に立ちはだかつて、花屋の柳ぢゃァあるめへし。　（十返舎一九『東海道中膝栗毛』）

(h)悪意があってのことでもあるまいし、腹を立てるにも当らない。（井伏鱒二『駅前旅館』）
(i)は、は、は、まさか君、子供の喧嘩じゃあるまいし（久保栄『火山灰地』）

右のうち、(g)(i)では、「～あるまいし」が文末にみられるが、いずれも言い指したような表現で、そこに余情があると感じられる。(g)の場合は、「コウ北八来ねへか」と言った、その理由・わけを後で付け加えるかたちで示したとみることができるのであり、(i)の場合も、言いたいことの本旨は、省略されていると解せるだろう。

いくつかの事柄を列挙する場合が多いが、ある判断や考えを持ち出すにあたって、その理由や根拠となるようなことがらを示すとき、挿入句的に用いるのが、この接続助詞「し」で導かれた構文であったとみられる。

(j)近くに喫茶店の一軒もないし、とに角不便な所だよ。（松村明編『日本文法大辞典』の用例）
(k)僕はおじの厄介者ですし、この際すっぱり縁をきって自活したいんです。（田中千禾夫『ぽーぶるきくた』）

筆者は、以上みた、(a)の「～(じゃ)なし」構文と(b)の「～(じゃ)ないし」構文とは、それぞれ別々に並列表現をつくる構文として生まれたものと考えたい。ただ、その用法的な類似性から、(a)と(b)とは、ほぼ類同の表現機能を持つものと判断される結果になったものと考える。

いずれにしろ、(a)の構文にしろ、(b)の構文にしろ、後続の主文に対しては、一種の条件句的な存在であり、その主文との意味的関係は、「ダカラ」などが補える順接的関係であったとみることができるように思う。

とすると、「お座敷小唄」の第一節三行目(雪に変りは　ないじゃなし)は、四行目と意味上の関係において、いわば「ダカラ」でつながっていく、四行目を持ち出すための条件句的な行であると考えなければならないのである。四行目は、雪はとけて流れると、それは水となることでみなおなじだと言っており、その文意味を補強するように、「ダカラ」の関係で係っていく「雪であることには変わりがない(ノダカラ)」の意味を持っていることが三行目には期待される、つまり、「雪に変りは　あるじゃなし」である方が、この表現形式の用法にかなっているということになるのである。

おそらく、筆者が、これまで何度も心にひっかかりを感じてきたのは、この「～ないじゃなし」の表現が持っている一般的表現性と塚原解釈とがうまく適合しないと感じていたからだと思われる。

4　類同と差異

塚原氏は、実はこう述べておられるのである。

もし、これ（注―三行目の「ないじゃなし」）を、「あるじゃなし」と改変すれば、資料三の第一連（注―「お座敷小唄」の第一節）は、花街女性の強力な主張ということになろう。そして第二連（注―筆者の言う第二節）は、その挫折と理解しうる。（傍点は筆者による。『日本語学』九巻十二号）

つまり、第三行目の問題の箇所が、「ないじゃなし」（これをxとする）であっても、「あるじゃなし」（これをyとする）であっても表現は成立するという理解が前提になっているのである。ただ、この歌においては、「抑制した胸中の慟哭が、数行の涙滴となって湧溢する、咽泣きの風情」の花街の女を主人公として、そんな女の心を歌っているのであるから、そういう文脈と理解できる限り、ここは、xの表現でなければならない、と講じておられるのである。

では、表現としては、xもyも成り立ち得るとは、どういうことを意味していることになるのだろうか。xでは、「雪には変わりがある」ことを言い、yでは、「雪には変わりはない」ことを言っていることになる。

第一節の起句・承句に立ち返って考えてみると、「富士の高嶺に降る雪」と「京都先斗町に降る雪」との間には、類同と差異とがあることが認められる。類同とは、言うまでもなく、どちらも「雪」であることにおいて同質のものであることを意味する。いずれも、「雪」という語の外延に納まるもので、雪以外ではない。類のレベルにおいて同一範疇に属するのである。それに対して、差異とは、あきらかに、降雪の場所が、富士の高嶺と京都先斗町と異なることである。この場合の差異は、個のレベルに注目することで意識される観念であると言えよう。

もっとも、降雪にとってその場所が異なることは、いわゆる雪質が異なることに通じる（勿論、雪質の違いは、場所という風土だけによるのではない、その時の気象条件、状況によっても異なる）。いずれにしろ、場所の違いが、雪の質の違いをも意味していると考えることはできる。そのレベルまでをイメージして、雪の差異性が捉えられていると考えておきたい。

とすると、この二つの「雪」について、二つは異なるけれど同じだという認識に立って「類同」を主張することもできるし、二つは同じであるけれども異なるという認識に立って「差異」を主張することもできるということになる。まさに、xは、この「差異」をとりたてた認識に立った表現である。yは、「類同」をとりたてることを意図して表現されたことになる。起承の句でとりあげられた二つの雪について、どちらのとりたてをするかは、表現主体の意図が選択することであったのである。どちらを意図することも可能であった。このことを塚原氏はふまえて、先のような「ただし書き」をされているということになる。

ただ、起句承句が「—も、—も」と、「も」による並列表現であるということは、二つの雪を同一範疇にまとめようとしていることを意味しており、それはとりも直さず、二つの雪が異なるものであるという認識を前提にしていることを意味する。つまり、この起承は、異なるけれども同じだという認識（考え）を導き出そうとした表現なのである。そのことを、結句が証明することになる。

さて、問題の行は、「雪に変りは　ないじゃなし」であった。この「雪（に）」は、どう解すればよいのか。個のレベルで捉えられた「雪」か、それとも類のレベル（雪であるという判断）で捉えられた「雪」か。この判定は困難であるが、やはり、ここも、「雪であること」において「変り」が、あるのかないのか、いずれの場合に立っても認識は成り立つように思われる。つまり、「雪であること」において変わりがあるとみるのは、その個のレベルにおいて可能な認識であり、類のレベルに立てば、それは「雪であること」において、変わりがないと認識する、換言すれば、雪は雪だ、雪以外ではないという意味に解せるであろう。とすると、この歌詞の表現形式の上で読みとれる、変わりがあるかないかの認識の区別は、ひとえに、「〜じゃなし」という句においてみられるだけだということになる。構成上、「転」句は、起句・承句とは一端は切れながら、「結」句によって引き受けられたときに、意味的に統合され、そして全体がまとまるということになるのである。

(1)とまれ幌馬車　やすめよ黒馬《あお》よ
明日の旅路が　ないじゃない　（大正六年、「さすらいの唄」第二節）

この例では、「――あるんだから」と、「とまれ」「やすめよ」という「命令」に対して、その理由・わけを倒置して示している例である。

昭和の流行歌を対象に、その語彙調査が華島忠夫氏、中野洋氏らによって実施されている。電子計算機に、データをイン・プットし、新たに流行歌の歌詞を創造させようとすることも、その目的の一つであったと思われる。また、歌謡曲の国語学的研究を、大学の演習のテーマにとりあげて取り組まれた研究者もある。

塚原氏は、時枝誠記を受け継ぎ、乗り超えて行こうとされた学者だったと言ってもよかろう。あらゆる言語現象、言語文化が氏の語学上の対象（研究素材）として意識されていた。流行歌の表現への目配りも、その一環である。そこからは、様々な言語の機能が発揮する言語現象がとり出せるものと想像される。筆者は、そうした塚原氏の学的姿勢に大いに学ぶところがあった。ただ、この「お座敷小唄」については、筆者はこう結論したい。

塚原氏の文脈理解は正鵠を射たものと考えられる。が、実際の歌詞は、そうした文脈設定と表現構成と表現形式の選択との配合において、不整合性を残していた、ということになる。表現形式は、「あるじゃなし」を選ぶべき構成を採用しながら、表現の意図は、「ないじゃなし」とあるのがふさわしい文脈を形成していた、ということになる。

【注】吉田氏は、(b)(b)'にみる接続助詞「し」は、もとは古語にみられた強意の副助詞の「し」が文末に移って、終止形を上接語として用いられるようになったものだと考え、その引金になったのが、終止形の形が「…し」となるものによって並列的表現をなした、(a)'にみるような表現が影響を与えたのではないかと考えている。「接続助詞、て(とて)ほか」(『国文学解釈と観賞』昭45年11月号―特集日本語における助詞の機能と解釈)

波はおだやかだし、風はないし、快適な船旅であった。

なお、事例として引用した例文については、右の、吉田金彦氏の論稿に負うところが多い。記して謝意を表したい。

(『王朝』第十冊・中央図書、一九九六)

俳画三昧

ここ三年足らず、我流で俳画めいたものを描きはじめて、人に見せたりしていることから、こんな文章を認めることになったが、思い起こしてみると、約四十年前、墨筆の画を一枚描いている。中学生の夏休み、普通の半紙に風景画を描いた。体育館に夏休みの宿題の作品が展示された中で、出来はともかく異色であった記憶がある。いわば私は、今そんな初恋の人に再会して心置きなく有頂天になっているのかも知れない。

今年二月、娘が嫁いだ。直前の一月末、私は寒梅の画を描いて、

寒梅や嫁ぐ日近き娘の笑顔

という句をひねってつけ、黙って玄関に飾っておいた。結婚披露宴の席で、父のちょっとさみしい思いが読みとれて心うたれた、と娘が言った時には、思いがけず句を誉められたように嬉しかった。

しかし、我流はやはり我流、「先達はあらまほしきかな」であった。例えば、これまでも、花辛夷の画に、村田昭子さんの句、

この奥にまだ村のあり花辛夷

を添えたり、植松てるさんの句、

茄子の紺転がして刃の入れどころ

を、京の捥ぎ茄子の画に添えたりしてきたが、これは俳画(俳句)の精神に欠けるものだ、と最近知った。

俳画は画に讃(必ずしも俳句でなくてもよい)を付けるものだが、画と讃とは不即不離が理想と教えられたのである。それまでの私は、シクラメンの画に「天上に祈るがごとくシクラメン」と付けるなど即き過ぎていた。句が画

の説明になっていた。画と讃とが張り合ってなかったのである。

画自体、大胆に描き、省略を本質とするが、不即不離に画と讃とを配することで、そこに切れが生じる。観る人に想像する楽しみを残す。切れの大切さは、俳句では切れ字に象徴される。画と讃(句)の間にも、「切れ字」が必要だったのである。

切るとは、つなぐ・結ぶためであった。切れ字の働きもそこにある。つなぐために切る—つながっているものをわざわざ切る、改めてつなぐために—禅問答めくが、人の思いが奥深いものに届くためには、現実のベタ連続の現象に囚われていたのでは駄目だと、俳句や俳画は教えてくれる。

一芸(?)にこだわっていることで、いろんなことを考えたり学んだりする。近頃は自ずと草花に眼がいくようになり、京野菜を見直して、京料理を食する際にも、一味余計に加わってきて、楽しい。思いがけない副産物もある。身にしみて、「弘法筆を選ばず」の意味と、弘法さんの偉さがわかってきたのも、その一つである。俳句は勿論、画も素人の私、筆は選ぶし、紙も選ぶ。一口に和紙、画仙紙と言っても随分墨付き、顔料の付き具合いが異なる。そういう違いを自由に操ることなどとてもまだできない。筆も同じである。

我流ながら三年足らず持続している。その力は誉められることにある。久しぶりのこの快感。日頃子供たちに接する私にとって、これも貴重な体験である。

(俳誌『氷室』、一九九三・八)

嫉妬が俳画の切っ掛け

俳画を描き始めて約四年半になる。それは平成二年九月初めのことであった。その年の四月から、私は併任で附属幼稚園の園長を務めていた。

若い女のM先生が、夏期休暇中にあった研修出張のお土産に菓子箱をくれた。箱をしゃれた和紙が包んでいた。ほとんど白の無地に近く、隅の方に遠慮がちに本舗名が印刷されているだけ。これをくしゃくしゃにして捨てるのは、あまりにもったいない。その思いに、お礼の気持ちをどう伝えるかの悩みが重なって、悪戯心が湧いた。手近にあった、安価な筆ペンで季節の葡萄棚の絵を、その和紙に描き、一言ことばを添えてみた。それを教官(すべて女性)の揃っているところで、M先生に手渡したのである。

一斉に嫉妬の砲火を浴びた。なぜ、M先生にだけ絵を描いてあげるのか、というわけである。この園では特定の人にだけ好意を示すのは許されない、と。やむなくみんなにも絵を描いてあげるはめになった。

その結果評判は上々。私もブタ族、五十の手習いよろしく、我流ながらさっそく道具を揃えて俳画めいたものを描き始めた次第。以来ちょっとした手紙にも絵を添える努力を心がけている。それが練習の場と思って。

そのうち困ったことになってきた。俳画という限り、絵に俳句を添えるのが本道だ。素人のあさましさ、ひねろうとすればするほど句は浮かばない。そこで、つい他人の句を拝借してしまう始末。例えば、こんな句、

茄子の紺転がして刃の入れどころ　てる
花梨《かりん》の実しばらくかぎて手に返す　綾子
人の世をやさしと思ふ花菜漬　比奈夫
絵も大事俳句も大事老いの春　積穂

「絵も大事」の句は、絵の心の師匠藪本積穂先生の句。我流とは言え、先生の書かれた俳画の本と京野菜が、私の絵の師匠である。

俳画を始めたことは、俳句を始めねばならないことであった。これが苦痛の種。昨年三月まで勤めた大学の同僚に、坪内稔典氏がいた。稔典氏、〝絵がいいですね〟とは言ってくれても〝句〟については、いまだ〝いい〟と言ってくれたことがない。実はM先生のお母さんは京で今注目の俳誌『氷室』（石田波郷の流れを継ぐ）の事務局長、それに京の中堅で注目されている岩城久治氏は昔からの友人と、私の周りに一家をなす俳人が多いこともプレッシャーとなって、句をひねることに怖気づいてしまうのである。それでも、この数年の間に、自讃の句もいくつか生まれた。

雁の群れ茜《あかね》の空に落ち着かず　（石　蕗）
娘《こ》の嫁ぎはや木瓜《ぼけ》の花咲き初むる　（紅　梅）
石楠花や一献毎に色めけり　（寺　門）
万緑の寺の無言《しじま》や「夢」の文字　（紫陽花）

カッコ内は画材。専ら、四季彩々の植物が好み。
今密かに近着の坪内稔典著『風呂で読む俳句入門』を熟読している。絵だけでなく、句でもほめられたく思っている。句でも誰か私をブタ族にしてください。

（愛媛新聞社『えひめ雑誌』、一九九五・三）

〔六〕 ことばが拓く

森山卓郎『表現を味わうための日本語文法』（岩波書店、二〇〇二年七月刊）

戦後まもなく、時枝誠記が「文学は言語だ」と言ったのに対して、西尾実は「文学は単なる言語ではない」と反論して、論争になった。

『枕草子』の「木の花は」の段に「濃きも薄きも、紅梅」とある。「濃きも薄きも」なら、「紅梅」であればいずれでも「をかし」だと言っていることになる。それなら単に「紅梅」だけでよかったのに、あえて「濃きも薄きも」と言ったのには、それなりの理由があったはずである。当時紅色の濃き、薄きという違いが、「紅梅合わせ」という「物合わせ」においてや、服飾における今様色の薄き紅と禁色である濃き紅をめぐって、世間で話題になっていたことなどが背景にあって、先のように清少納言は自己主張したのだと思われる。こうした文化的・社会的な意味合いをも背負ってことばは用いられている。ことばはそういうものである。時枝の主張に私は同意したい。

国語（科）教育は「言語の教育」である。「文学は言語である」から、当然文学作品も国語（科）教育の教材になる。しかしその教育において、「言語の教育」であるという観点がどれほど実践されているのかというと、少し心もとないと私は感じている。表現は、二つの側面を併せもつ。一つは「何が」書かれているかの側面、もう一つは、「どのように」書かれているかの側面である。ところが、ともすると後者の面が疎かになっていると感じているからである。

ここに紹介する森山氏の近著は、「どのように」書かれているかの観点から、表現を味わうにはどんなことば・表現に意識を向けるとよいかを、特に日本語の文法研究の成果を生かしながら、たくさんの具体的な事例を紹介してくれていてありがたい。「どのように」書かれているかを意識化する方法には、大きく分けて二つあると著者は指摘する。一つは「表現された形式同士の関係を探るという見方」(結ばれたことばの間の意味的関係)、一つは「ある表現を取りあげて、なぜその形式が使われているのかという、潜在的な可能性を探るという見方」(選ばれたことばと選ばれなかったことばとの関係)であると言う。

なお、「どのように」書かれているかという観点から「読み」を深めることを目指した本に、『文学のための日本語文法』(三省堂刊・国語教育叢書3)、北原保雄『文法的に考える』同『表現文法の方法』(ともに大修館書店刊)などがあって、参考になる。単に、文法の観点からだけでなく、語彙の面からも「読み」を深めていきたいものである。

網野善彦ほか編『いまは昔　むかしは今』(全五巻、別冊索引　福音館書店刊)

①『瓜と龍蛇』(初版・一九八九年)
②『天の橋　地の橋』
③『鳥獣戯語』
④『春・夏・秋・冬』
⑤『人生の階段』

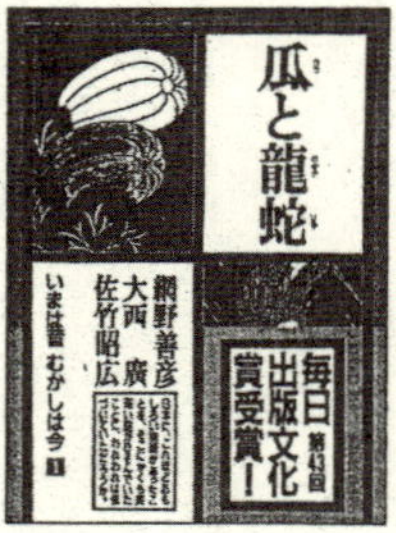

「もう一つの世界」、このことばを補助線に人間の歴史を振り返ってみると、それは昔が今に至るまで、常に人は「もう一つの世界」を夢見てきた歴史であったといえるだろう。

時代とともに、「もう一つの世界」の内実はさまざまに変化してきた。早くから神や仏の世界が思い描かれ、また海の向こう、山の向こうの世界であったりした。それらは、多くの神話・伝説や説話・物語などによって、具体的に語られてきた。

現在では、小説やメルヘンなどの文学、さらには映画・劇画などの映像世界が、その機能を担っている。「もう一つの世界」とは、「ここ・こちら」の世界に対する「あそこ・あちら」の世界であるが、「現実」に対する「夢」あるいは「理想」と言い換えてもよい。人の一生には「現実志向」のときと「理想志向」のときとがあり（人生のバイオリズム）、幼児の二歳から五歳のころ、そして十二、三歳から二十二、三歳のころが「理想志向」の高まるときだという。「理想志向」のときには、「もう一つの世界」への憧れが強まり、それを具体的に夢見る。そんな思いからさまざまな「お話」「語り」が古来生み出され語り継がれてきた。

ここに紹介する「いまは昔　むかしは今」という統一タイトルで編まれた五巻の本は、中世を頂点とする神話・説話そして昔話（民話）や民間伝承などを縦横無尽に渉猟しながら、「語り」に託され、秘められている人々の思い（エネルギー）や、背後にある世界をイメージ豊かに解き明かしてくれる、まったくもって愉しい本である。伝承の世界が、五つのテーマに整理されている。

①『瓜と龍蛇』では、天の川の誕生など川や海にまつわる「語り」の謎を追い、②『天の橋　地の橋』ではさまざまな「橋」の向こうの世界の「語り」を取りあげ、③『鳥獣戯語』では、神の使いの動物や狩や祭りでの動物とのかかわりを語り、④『春・夏・秋・冬』では、行事や季節ごとの遊びや四季の移ろいのイメージを説き明かし、⑤『人生の階段』では、人生の節目節目における、さまざまな営みに人々が抱いてきた思いを掘り起こしてくれる。まさに「物語の海への冒険・イメージの森の探検」（本の帯による）である。

「もう一つの世界」を思い抱くには、想像力が求められる。逆に「語り」の世界に触れることで想像力を養うことができる。今、私たちは「もう一つの世界」をことばで想像する機会を失ってはいないだろうか。国語の時間は、生きる力としての想像力を培う貴重な時間でもあろう。

阪田寛夫『童謡でてこい』(河出書房新社、一九九〇年十一月刊)

二歳七ヵ月の知(とも)くんが夜寝るとき、おばあちゃんの歌う童謡「サッちゃん」を聞きながら涙を流したという。驚いたおばあちゃんに孫は言った。「知くんもう泣かないからもっと歌って」と。

今この話を読みながら、客員教授として四か月北京ですごした十五年前のことを思い出した。ある日の夕刻、大きなホテル(北京・友誼賓館)の喫茶コーナーで一人コーヒーを飲んでいると涙が出てきたのである。スピーカーから流れる日本の歌のせいだとすぐ分かった。「雨の中の二人」のメロディが流れていた。歌の力、ことばの力の不思議を思わざるを得ない。

言語には、アクセントがある。主として音の強弱によるか、高低によるかで二分されるが、前者であれば、リズム言語であり、後者であればメロディ言語。日本語は、メロディ言語ということになる。つまり日本語はことばがメロディをもっていて、歌詞に曲をつけるとなると、ことばのメロディと音楽のメロディとをどう合わせるかが問題になる。

童謡・唱歌において、ことばのメロディ(アクセント)に注意して、作曲することを心がけた作曲家たちがいた。今静かに童謡・唱歌が見直されてきているが、単に大人の心の故郷だからというのではなく、現代のリズム重視の歌に対して、メロディが重視されていた時代の歌への郷愁でもあるのではないだろうか。

知くんを泣かせた童謡「サッちゃん」を作詞した人こそ、ここに紹介する『童謡でてこい』の著者である。先の話は「文庫版のあとがき」で著者自身が紹介している。この本で阪田氏は、約五十曲を取り上げて、ひとつの童謡ができるまでの作詞家や作曲家にまつわる事情を語っている。

心癒される話、歌ができるまでの苦労話や楽しい裏話であったり、わらべうたなどの伝統的な音階の話であったり、話題が豊富であるが、著者の阪田氏ならではの話が多い。

そうした中でなんといっても、まど・みちお作詞になる「ぞうさん」についての話がもっとも心に残る話である。この歌については、二回にわたって書かれ、いわゆるこの本の「あとがき」も、「ぞうさん」とまどさんのことで埋められている。

まどさんが、あの歌は象の子が「象が象として生かされていることがすばらしい」と思っている歌だと述べ、「よく、目の色や髪の色が違っても仲よくしよう、といわれたりしますが、私はそうではなくて、違うから仲よくしようと思うわけです」と語ったことを著者は紹介してくれている。

このことが書いてあるだけでも、私にとってこの本は大事な本なのである。

吉田直哉『脳内イメージと映像』（文藝春秋、一九九八年十月刊）

絵画（静止画像）は時間が描けない点で、言語の機能に劣っている。だから「ゴトゴトと音がしている」という状況は、劇画では表現できない。そこで、ことばに頼って画面に「ゴトゴト」という文字を描きこんだ。しかし、動画、いわゆる映像は、ある範囲において「時間」表現を獲得して、言語に近づいた。エイゼンシュテインが日本の連歌・連句にヒントを得て、映画のモンタージュ理論を生み出したなど、言語の機能を映像の方法に取り入れる努力がなされている。

今や、伝達においても、思考の形成においても、映像の力が不可欠になってきた。これまでは、音楽や絵画という方法もあったが、主として伝達や思考形成の機能は言語によって培われてきた。しかし、現代は「映像の世紀」ともいわれ、映像の迫力が知的欲求を満たしてくれる。ともすると、言語による思考形成が敬遠されかねない状況にある。映像の力とは何かについて、言語の教育に携わる者はしっかり見きわめておかねばならなくなってきた。

ここに紹介する本の著者は、ＮＨＫのディレクターとして数々の話題の映像を送り出してきた人である。受け身的に視聴しているだけではわからない、映像の可能性を追求して試みられた挑戦と苦悩をつづった、吉田氏の近刊『映像とは何だろうか—テレビ制作者の挑戦』(岩波書店)をわくわくしながら読んだが、吉田氏独自の映像論を目ざした本書もまた、映像とは何かを著者とともに考えるのに格好の本である。

映像は「目をつぶったら見えない」が、「目をつぶっても見えるもの」を脳内イメージと吉田氏は定義している。脳内イメージの形成は、言語の力に負うところが大きい。例えば、「映像には否定形がありません」と吉田氏は言う。言語では「見渡せば花も紅葉もなかりけり」(新古今集・定家)ということだってできる。

「知る」ことに有効な映像に対して、「わかる」ことに有効な言語とみることができるなら、言語による思考形成の重要性は、かえって現代社会では高まっているというべきかもしれない。深く「わかる」ためには、豊かな情報を「知る」ことが肝要であることはいうまでもない。しかし、映像によって「知る」ことばかりが豊かになっても、「わかる」という思考を失ってはいけないのである。

吉田氏は「映像はあくまでも脳を拡大するために、脳の延長として存在する」と主張する。車の発達が足の衰えや運動不足に繋がりかねないように、安易なビジュアル化や図式、図解、マンガ化は思考を形成する力ないしは意欲を弱めることになりかねないのである。

辻本雅史『「学び」の復権――模倣と習熟』(角川書店、一九九九年三月刊)

教育は何も学校だけでなされるものではないが、教育というと、学校教育がまず浮かぶ。学校を構成する先生と生徒とは、それぞれが教育する立場と学習する立場にあって、教卓を境に両者は向き合う関係にあるのが、学校教育の構図である。先生の「教える」立場に対して、生徒は「学ぶ・習う」立場にある。しかし、現状の学校教育では、生徒の側にそういう自覚・姿勢が十分確立しないまま、希薄化しているのではないか。

本書の著者は、「教育」を丸投げされた、今日の学校教育の現状(学校社会化)に対して、「学ぶ」姿勢の復権を訴えている。ここで「復権」というのは、江戸時代から日本の教育の伝統には、「学び」という学習文化が育ってきていたことを前提とするからである。

向き合う関係は、「教える」立場に対して「教えられる」立場という関係になりやすい。教える側の論理が教育の体制を支配する。まして、日本語には、「れる・られる」「せる・させる」ということばがあって、「学ぶ・習う」という主体的立場が確立する前に、「教えられる」「教えてもらう」「やらされる」「させられる」といった意識が介在しやすい。「学ぶ・習う」という自覚にまで雑音が入りこんでくるのである。

著者は教育史が専門、寺子屋(手習塾)や学問塾の教育など江戸時代の教育を研究している学者で、本書では特に貝原益軒の教育論と実践が『和俗童子訓』を中心に詳しく分析されている。明治以降の学校教育に至るまでのところが多くを占めているが、江戸に始まった、日本の近代教育の実態とその本質について、昔のことと感じさせない、新鮮な思いで読める解説になっている。その歴史的視座から現代の教育を見直しているのである。

明治以降の学校教育は、一斉授業による教育である。そこへ近年、子ども一人一人の個性を育成するという教育理念の重要性が叫ばれ、学校教育現場でも、個人尊重教育が声高に唱えられている。著者はこの矛盾を鋭く指摘する。四十人を相手の一斉授業(教育)で個人尊重教育がどこまで可能かというわけである。もちろん現場のとまどいは隠せない。

学校現場では、敬語教育がなかなか根づかないといわれる。学校生活で先生たちは、生徒と向き合う関係でなく、むしろ横並びの関係でありたいと思っているからである。この思いこそ「学び」の学習文化を背景にして生まれてくる態度である。

これまでの学校教育は「教える」側の論理に立ったものであるが、「学ぶ」側の立場を基本とする視点で見直していかねばならないと著者は主張する。

高島俊男『お言葉ですが…』(文藝春秋、一九九九年十月刊)

通勤のため、片道約二十分電車に乗る。このごろは、あとの電車を待ってでも座って乗ることにしている。年のせいもあるが、ここに紹介する本を読むのが楽しみだからである。この本とは次のようにして出会った。

この三月、待望の韓国慶州の旅をした。一行の一人中国文学者K先生と同室になった。先生は暇があると文庫本に読みふけっていた。私と話すのがお嫌いだったわけではない。いろんな話もした。先生の専門を考えて、私は、最近読んだ、高島という人の『漢字と日本人』(文春新書)がおもしろかったと話題を投げかけてみた。すると「実は私が今読んでいるのが、その高島さんの本だ」と紹介されたのが、本書である。

『お言葉ですが…』は、同タイトルで「週刊文春」に連載された随想をまとめて単行本にされたものが、さらに文庫本になったもの、今も週刊誌に連載中。いわば「お言葉ですが」シリーズである。

タイトルが示すように、日本語のことばや表現を取り上げて、その語句をめぐって歯に衣着せぬ、辛辣で痛快な文化・文明批評が展開する。批判される人でさえ本名で登場することもある。実は、このシリーズを読む前に、同じ筆者の『本が好き、悪口言うのはもっと好き』(文春文庫)を読んだ。講談社のエッセイ賞を受けた本で、これにすっかり魅了されたといってもよい。「悪口言うのはもっと好き」は高島さんの本音と実感できる。しかし、決して融通の利かない頑固親父というのではない。ユーモアのわかる、根は温かい人だと感じる。

「月にやるせぬわが想い」(古賀政男作詞・作曲「影を慕いて」)、久世光彦氏の指摘も紹介しながら、これはやはりおかしい、と懇々と説く。いわれてみれば、「やるせない」の「ない」は、「行かない」の「ない」とは確かに違う。「両刃の剣」をつい「両刃の刃(やいば)」といっている自分に気づかされる。「人間」を、漢音で「ジンカン」と読めば「人の世」を、呉音で「ニンゲン」と読めば「人」を指すと知っているが、「人間」が「人」を指すようになったのは、十七世紀以後だとは注意していなかった、などなど。思いこみや先入観にとらわれ、辞書・辞典類を信じて疑わない、いい加減さを、本書を読むと厳しく指摘されるのである。

文庫本になる際、魅力が一つ加わっている。すべてとは言えないが、各文章のあとに、「あとからひとこと」という欄を設けて、読者とのやりとりなどが後日談として紹介され、さすがの高島さんもときどき謝っているのである。こういう欄を設けること自体、高島さんらしいところだ。

五明紀春『〈食〉の記号学——ヒトは「言葉」で食べる——』(大修館書店、一九九六年五月刊)

戦後の十年ぐらいが幼少年期であった私などは、〈食〉に対して異様に関心が高いといえるかも知れない。なくても我慢できるが、あると我慢できない。すべて食べてしまう。食を選択するという余裕がない時代を過ごしているからであろう。

しかし今は、飽食の時代といわれ、好みを選り分けて食べる。食が選択できる時代になって、かえって偏食が日常化していないか。バイキングや大学食堂などで、多種多様な料理に目移りしながら、今日は何を食べようかと思って選び取る食品が、意外にいつも同じ種類のものになっているのに気づく。個人レベルにおいて〈食〉が文体化しているのである。

筆者は、〈食〉という「物の世界」を食文化として言語とのアナロジーでとらえて、〈食〉という記号体系を異化してみせてくれる。それがおもしろい。知的におもしろいのである。

筆者の五明氏は栄養学者。「もはや私たちが食べているのは、個々の〈食べ物〉ではなく、それぞれに託された〈意味〉なのではないか」という。〈意味〉、つまり私たちは、「言葉」で食べているというのである。本書は、体に取り込む「食」を言語記号に見立てて、食する行為を記号論的に論じたユニークな本である。食文化を形成しているさまざまな側面が記号論によって意味づけされていて、やり過ごしてきたことが私たちの内面で異化され、新鮮な問題意識を掘り起こしてくれるのである。

二十八の話題が、「オードブル」「メイン・ディッシュ」「デザート」の三章に整理されている。これはという「話題」のタイトルを紹介してみよう。「食品の分類—食文化はエコノミーである」「等価交換—草が牛になる」

「非線形思考―「クスリ」と「食物」の足し算」「食物添加物―食物観と国家観は地つづきである」「コミュニケーション理論―「食べる私」と「食べさせる私」」「食品の修辞学―食品開発は歌謡曲の作詞である」などなど。

中に「猩々緋の鎧―コピー食品はこうして生まれる」という話題がある。「猩々緋の鎧」とは、言うまでもなく菊池寛の短編小説「形」に登場する、それである。「コピー食品」とは例えば、カニ風味のかまぼこなどのこと。「カニ」という食品名はあの「猩々緋の鎧」に相当すると捉える。「カニ風味のかまぼこ」(鱈のすり身に色づけしたもの)が堂々とコピー食品であることを隠さずに店頭に並べられていても、つまり偽物であっても、食品として売れるのは、「カニ」というブランドが「猩々緋の鎧」だからだと説明している。「表面の形式が実質を圧倒してしまうのである」と。

(以上七編、『ことばの学び』三省堂、創刊号~7号、二〇〇三・一~二〇〇五・一)

胸中成竹《きょうちゅうせいちく》

本学(龍谷大学)で一番重要な法要の晴れ舞台に立たせていただくことを光栄に思っております。

今日のこの法要の精神に関わるようなお話ができますかどうか心もとなく思いますが、先ほど(講演に前だってのごあいさつで)若原学長が仰った「想像力」――実はその話をしようと思っておりましたら、先に結論を仰られたようなもので、しかもこの「想像力」の大事なことは「見えないものを見る」ということですから、これもまた私の結論にと考えていたことで、先に仰られて私の話すことがなくなってしまいました。

ご紹介いただきましたように私は三月で定年になりましたが、この龍谷大学文学部が六つ目の職場、中でも最も長くお世話になりました。六つとも教員として過ごしてきましたけれども、その都度、自分のそれまでの〝終わり〟を先送りしているような感じでした。

初めて定年という、ある意味では「あなた、もう来なくてもいいよ」と言われたようなものです。定年というのは初めての経験で、一種の特別な気持ちがありました。今までのように先送り――例えば溜まりに溜まった本なども次の所へ持ち込んでいくというのがこれまででしたが、定年というのは、何か〝整理の時期〟を感じさせるもので、大きな節目でした。周りにかなりたくさんの本があったものですから、その処置に一ヶ月以上かかりました。

不思議なもので、定年というのは単に一つの節目というだけではなくて、過去を振り返らせるようなところがあるのです。溜まった本も院生その他の方にあげたりして整理していきました。そして今まで心の片隅でまた読もうと思ってはいたけれども、いつか埋もれていて久しぶりに出会う本が何冊かありました。

そんな話から始めたいと思います。

そうして再会した本の一つが大江健三郎[1]の『核時代の想像力』（新潮社、一九七〇年）という、若い頃に夢中になって読んだ本です。「想像力」という名の本を紹介するのは、これが今日の話のメインだからでありますが、すごく気になっていることは、二年ほど前に本学で催されたある会合で、いわば研究についての評価をするような機会がありまして、仏教精神のようなものをどのように育成したらいいかという話の流れの中で、私はその場でうろ憶えのまま『核時代の想像力』にこのようなことが書いてあったと申したのです。

――一つは原子爆弾のような威力のあるものを開発した学者たちに、果たしてあれがどのような悲惨さをもたらすかという想像力があったのか。敵への威力ばかりが喧伝されて、自分が経験するかも知れない悲惨さをどれほど想像したのだろうかということを書いていています、と。

それからもう一つ印象に残ったこととして、日本でもだんだんと子どもに地獄絵を見せなくなってきた。見せなくなっていると言うよりも、親にその気がなくなっていると言いましょうか、もっと見せるべきだと書いてあったことがとても印象深く心に残っています、と。

そこで、本の整理のついでに久しぶりに繙いて、どこに書いてあったかなと確かめたのですが、書いてないのです。「あれっ!?」と思いまして何回も見ました——実は今日も見返したのです——けれども、この二つのことがこの本のどこにも書いてない……。

あの場におられた先生方には嘘を言っていたことになるので、今日はそれをまず弁解しておきたいと思います。ただし、よく似たことは書いてありました。確か原爆を開発した学者の名前も書いてあったと思っていたのですが、その博士のことも全く出てこない。地獄絵のことについては、子どもに地獄絵を見せる機会はなくなったとは書いてありませんが、『往生要集』のことは出ておりまして、想像された地獄の映像というか、イメージのことは詳しく書かれていて、広島に原爆が落とされて被爆した人々が田舎へ逃げてくるのを眺めていた人の、「すべては『往生要集』だと思うほかなかった」(『核時代の想像力』新潮選書、113頁〜)という言葉を、大江健三郎が引用していました。

全くの間違いではないけれども、記憶力というもののいい加減さに愕然としました。ただ私の中では、ものごとを考えていく上でこの二つのことが小さな核になっていたことは間違いありません。しかもそれは大江健三郎の何かによって得たものであったことには、間違いありません。

きっと大江は同じような題で他に書いていたのかも知れません。その本は確認できませんが、やはり『往生要集』が出てきたり、アメリカに限らずソ連、中国と次々に核兵器を保有する国々の人たちの、核の威力——これが人類の戦争史を逆転させるものであり、単に戦争のもたらす〝文明の発達〟という生易しい言葉で表現できるようなものではないということが、「想像力の欠如」ということで書いてありました。

なぜこんなくい違いが生じたのかについては、今はまだ自分でも解決できていませんのでお話しできませんが……。


過去を振り返ってみますと、二十歳～三十歳代の頃に書いたものがいろいろ出てきました。それを見ると、書いた当時でもそうでしたが、まさしく自己嫌悪に陥るような文字が書いてあります。字も下手で、かつて字が下手で悩んでいたことを思い出しました。ある時期から諦めましたが……。

最近になって、筆で字を書いたりすることもあって、たまに自分でも惚れ惚れとすることがあります。もちろん今でも下手だなと思う時もありますが、今日は上手く書けたなという時があるのです。こんな経験は今までなかったことです。

なぜ今頃になって多少でも自分の字に惚れ惚れするようになってきたのかと考えますと、手持ち無沙汰の時に、主に漢字ですけれども字を書いていたのです。まずは新聞の字を手本にするような形で何度もなぞって、空に書くこともあるし、紙に書くこともありましたが、手習いのようなことを時々していたことが良かったのだろうと思います。

手で字をいたずら書きすることによって、それぞれの字のバランスと言いますか、美的な構成、構造のようなものが培われていったのでしょう。もちろん筆で書くことの積み重ねがあって「自分の字に惚れ惚れする」ようなことになったのだろうと思います。

このようなことを振り返った時、タイトルにしました「胸中成竹」という言葉に出会いました。これは北宋時代の文人で蘇東坡《そとうば》(2)——漢文では蘇軾《そしょく》と習っていると思います——の言葉です。かつての士太夫、例によって彼はまた画家でもあります。

……今畫者乃節節而爲之、葉葉而累之、豈復有竹乎。故畫竹、必先得成竹於胸中、執筆熟視、乃見其所欲畫者、急起從之、振筆直遂、以追其所見、如兎起鶻落。

……今画かん者は乃《すなは》ち節節これを為し、葉葉これを累ぬ、豈《あ》に復《ま》た竹有らんや。故に竹を画くに、必ず先づ成竹を胸中に得て、筆を執りて熟視し、乃《すなは》ちその画かんと欲する所の者を見れば、急ぎ起して之《これ》に従ひ、筆を振ひて直ちに遂げ、以てその見ん所を追ふこと、兎《うさぎ》起ちて鶻《はやぶさ》落つるが如し。

蘇軾「文與可畫篔簹谷偃竹記《ぶんよかがうんとうこくえんちくき》」／『蘇東坡全集』上／北京・中国書店、一九八六年、三九五頁。

一般には「胸中成竹有り」と用いる。中国では「胸有成竹」、または「胸中有成竹」と言う。

これは難しい言葉ではなくて、絵を描く時の心構えのようなものを語っています。この場合は竹です。竹の絵を描く時には、心――胸の中で竹のイメージをしっかり抱いて、それができたら一気に描きなさいということ、つまり事を成すには予め成算を立てておきなさいという意味です。

ところが蘇東坡が言うには、今の人――その当時の人でしょうけれども――は節や葉をサッサと描いたりするけれども、それではダメで、竹なら竹のイメージをしっかりと心の中に刻み込むことによって、上手な絵が描けるようになるということです。

先ほど申しましたように、私は若い頃自分の字に自己嫌悪を抱いていたのですが、それが今では、時々はいい字が書けたなと思うことがある。と言うのは、頭の中で「あ」なら「あ」という字、「龍」なら「龍」の字を何度もなぞって頭の中にイメージを作っていくと、それが実際に字を書く時の力になるのではないかということなのです。

このように、頭の中にどれほどイメージがあるかが、字の上手・下手に関わってくるのだろうと思います。頭の良さとは関係ありません。また自分の関心がどこにあるかによって、自分の頭の中にイメージするものがそれぞれ違うでしょうから、字が上手に書ければいいというものでもない。絵が上手く描ければいいというものでもありません。しかし上手に、しっかりとした絵が描ける、しっかりとした字を書くには、やはり頭の中にイメージが必要だと思います。

「日本語学概論」で話すことですけれども、我々が実際目で見る、あるいは耳で聞く――例えば「あ」という音でもいいのですが、皆それぞれ違います。私が自分で「あ」という字を書いても、書くたびにみな違う。物理的にどこかが違うのです。書かれた文字が、例えば「あ」なのか、「め」かあるいは「お」なのかと迷う時もありますが、その境目を見極める時に判断をしているのは、自分の頭の中に文字の形の理想を持っているからなのです。しかし、それに照らして実際に書いたり声に出したりすると、それぞれみんな違います。

このように現れた形というものは全て異なっている。しかし「龍」なら「龍」として、同じ「龍」を表した文字だと判断できるわけでしょう。それぞれ違っていても同じだと判断できるようなイメージを我々が頭の中に描いているからでしょう。ただ、そのイメージがしっかりしているかどうか、多少は人によって違う。しっかりしていれば、それを表に出した時に、自分でも惚れ惚れするような「龍」の字が書けるということになるのだろうということです。

日本語には「カタ」と「カタチ」という言葉がありますが、いま申したことを認識する上でとても便利な言葉です。つまり、我々が実際に自筆で書く字はみんな異なっています。こうして我々が目にするもの、またはこうしてお聞きくださっている声、この声も一回一回聞くたびに、例えば先ほどから何度も「あ」と言っていますが、声紋鑑定の機械にかければ、私が言う一回一回の「あ」は全て違うはずです。それにも拘わらず我々は同じ「あ」と認識しているのです。

その「一回一回違う」のは「カタチ」ですが、その「カタチ」を成り立たせている「カタ」があるのです。この「カタ」が我々の頭の中にイメージとしてあって、その「カタ」をしっかり掴んでおけば「あ」だと判断できる。あるいは「龍」だと判断できる。その頭の中のイメージがぼんやりしていると、実際に書く時に間違えたりするということになるのでしょう。

この「カタ」というものは、実は頭の中に描いている、目に見えないものです。それに対して実際目で見たり聞いたりするのは「カタチ」、つまり「カタ」に「チ」が付いている。「チ」というのは赤い血でもあり、白い乳、それから「雷《いかづち》」「かぐつち」などの「ち」のように、霊魂も「チ」といいますが、要するに生命(いのち)を支えているものが「チ」なのです。

つまりいのち(生命)を持つと、みな異なってくるわけです。「日本人」あるいは「人間」という「カタ」は共通していうるにも拘わらず、一人ひとりみな違う。「カタ」に「チ」が伴う、つまり生命が加わってくると全て異なってくるということです。

だから、同じいのちの尊さは、その異なりこそが重要だということなのです。「バラバラでいっしょ」という言葉(真宗大谷派の蓮如上人五〇〇回御遠忌のテーマ)がありますが、そこからいのちというものの意味というものを考えてみるのも一つの手がかりになると思います。

さて、今日の主題は「胸中成竹」ですが、イメージ、想像するということが大事だということを、先ほど若原学長が大切なことの一つとして仰いました。そのことについて少し考えてみたいと思います。

二十世紀は「映像の世紀」と言われました。もちろん「科学の時代」でもあるし、また「戦争の世紀」でもありますが、「映像」というものに対しての世の中での信頼度がいや増しに高くなっていったと思います。私はここに危険なものがあるのではないかと思っています。

「イメージ」を「映像」と訳す場合があります。ここに大きな陥穽があるような気がします。今日ではものを認識する上で映像こそが手っ取り早い、有力な方法として理解されて、いろいろなものを映像化して伝える場合が多いようですね。

もともと絵画がそうですが、絵画化する、図式化する、ビジュアル化する……様々な形で視覚化するということが盛んになってきています。そしてイメージというものが視覚化、映像化できると受け取られてきているのではないかと思うのですが、もしそうだとすると、これはとんでもない問題を抱えていることになるということです。つまり、イメージというものはすべて映像で置き換えられるものではないということなのです。例えば、絵画の場合は連続している「時間」が表現できません。だから漫画でも時間とともに起こる「ドキューン」とか「ガタガタ」とか「ブーン」などという音、擬声語・擬音語はみな文字で書いて示すしかありません。

では連続的な時間を獲得した映像、いわば映画などは時間が描けるかと言えば、やはり連続する時間は描けても、百年前などというようなイメージは描けません。例えば百年前と現代の風俗をモンタージュして連続させても、果たしてその百年という感覚を我々が理解できるのでしょうか。何かが違うということ、あるいは古い、新しいということくらいは解るかも知れません。

来年(二〇〇八年)は『源氏物語』の存在が知られて千年目だと言われています。この「千年」という感覚が映像で表現できるでしょうか。不可能であると言っていいと思います、漫画なんかでも、時代が描いてあったりしますが、そこから連続する時間というものは表現できないのです。

ものを認識し考えていく上で大事な観念がもう一つあります。それは「否定」の表現ですね。我々は否定の表現なしにものを考えることはできません。考えてみれば、世の中に「否定」とか「偶然」ということはありえない。総てが必然として現に存在するということではありますけれども、人間はそこまで知恵・知性が回りません。だから、どうしても「否定」ということを媒介としなければ、ものを認識することができないのです。

ところが、この否定的な認識というものは映像化できません、当たり前ですね。例えばここにコップがある。コップそのものは描けますが、ここにコップがあるというそのこと自体を描くことはできません。これをコップだと判断していることは描けません。そしてここにコップがないということも表現することはできません。それはやはり言葉が伴わなければ表現できないのです。

このように否定表現はいうまでもないですが、我々はものを考える時に判断をしていく、「これは○○だ」という判断、これもまた映像では表現できません。その違いは大きいと思います。

例えば、文学の世界でいいますと、藤原定家《ふじわらのていか》（一一六二年～一二四一年）という平安末期から鎌倉にかけての大歌人がいます。この定家が撰者にもなった『新古今和歌集』に定家自身の有名な歌が収めてあります。

見わたせば花も紅葉もなかりけり　浦のとまやの秋の夕ぐれ　（『新古今和歌集』巻第四、秋歌上、363／岩波文庫、76頁）

ここにはまさに「ない」ものを描いている。「見渡せば」、季節が季節で、今は春の季節ではない。だから桜は見られないし、「浦のとまや」で秋なのに紅葉もない。だから春には桜を愉しみ、秋には紅葉の彩りを愉しむが、しかし今はそのどちらも眼前にないのだというのです。

つまり「ない」という表現でもって、この歌を読む人それぞれが春の桜、秋の紅葉を思い描いた、それを否定することによって、今この時の「浦のとまやの秋の夕ぐれ」を描こうとしているわけです。

これはまさに否定表現でなければ描けないことであり、つまり我々の頭の中にある、目に見えぬ春の桜、紅葉する秋——それが今は晩秋の「浦のとまや」では、見渡しても実際にはどちらもないわけです。それをあえてイメージする。その頭の中にイメージされたものと眼前の寒々とした風景とを重ねて描いているのが、藤原定家のあの作品だと思います。

コマーシャルにも使われてよく知られている、金子みすゞさん(3)の言葉があります。皆さんもご存知だと思います。「星とたんぽぽ」という詩。一番が昼の星が目に見えないこと、そして二番は枯れたたんぽぽ、その根が地中に張って眠っていることを詠っています。

青いお空の底ふかく、
海の小石のそのやうに、
夜がくるまで沈んでる、
晝《ひる》のお星は眼にみえぬ。
　見えぬけれどもあるんだよ、
　見えぬものでもあるんだよ。

散つてすがれたたんぽぽの、

瓦のすきに、だァまつて、
春のくるまでかくれてる、
つよいその根は眼にみえぬ。
見えぬけれどもあるんだよ、
見えぬものでもあるんだよ。
（「星とたんぽぽ」／『金子みすゞ全集』Ⅱ／JULA出版局一九八四年、108頁）

この「昼のお星は眼にみえぬ。見えぬけれどもあるんだよ」――これです。これが映像という方法によっては、そのような認識を深めることができないことを表現しています。

ここにイメージ＝映像ではない、イメージは映像によって助けられる面があるけれども、映像が全てイメージを作るのではないということが巧く表現されています。

念のために、二番の方はこういうことです。

たんぽぽも春が来るまではすっかり枯れてしまうが、「つよいその根は眼に見えぬ。見えぬけれどもあるんだよ」。この場合、たんぽぽの好きな子どもたちであれば、実際に掘り起こしてみて「根があった」と言うことはできますけれども、星の場合はそんなことができません。

つまり我々のこの現実の世界には、認識する上で「見えぬけれどもある」ものがたくさんあるということ、そしてこれを映像だけの力では認識する力を持つことができないということになると思うわけです。

最近は俳画というものを自己流に趣味として描いておりますが、相田みつをさんの言葉に、(4)とても気に入ってよく使う文句があります。これもいい言葉ですね。先の「星とたんぽぽ」とよく似た詩にこのようなものがあります。

花を支える枝
枝を支える幹
幹を支える根
根はみえねんだなあ　（相田みつを『にんげんだもの』文化出版局、一九八四年、9頁）

「花を支える枝」――花は枝に支えられていると言っています。「枝を支える幹」――枝もまた太い幹によって支えられている。「枝を支える根」――太い幹もまた地中に張った根によって支えられている。そして次です、「根はみえねんだなあ」――この場合つまり我々は見えない根というものを想像する。

よく幼児の育ちについても「根」を比喩的に使うことがあります。今の子どもたちの中には「逆三角形」で育っている子がいると言います。普通は底辺が長い三角形――根が張って、その上に頭を出す。つまり見えないところ、子どもたちの心の中（根）に育っているもの、これがなかなか眼に見えないのです。見えないけれども、眼に見えないものを育てることが大事だということです。

ところが、今の子どもたちの中には、頭でっかちで根の部分の育ちが弱い子どもがいて、根が育っていないから将来はグラグラになるということです。これは特に感性のことを言っています。感性というものは、いわば眼に見えないところで育っている。

知性は眼に見える。例えば1＋1＝2だと解ってくるとか、「あ」とか「き」が書けるとか、要するに眼に見える知性ばかりを追いかけているということです。

しかし大事なことは、眼に見えないところにどれだけのものが育っているかということなのです。ところが、今のお父さん、お母さんたちの中には、眼に見える知性の育ちばかりを追いかけて、人間にとって肝心な感性が育っていないことに後から気づくという場合があります。しかし、これはとても大事なことだと思うのです。

先ほどから映像＝イメージではない。イメージとは映像のもたらす認識以上のものを持っているということで、それを「時間」の問題とか「否定」の問題、そして「判断」の問題などを例に挙げて言いましたが、日本語にとってもう一つ大事なことがあります。

それがおそらく感覚――「痛い」「おいしい」などという感覚も多分映像にはできないだろう。先ほど「感性」のことを話しましたが、これらの感覚・感性も映像化できません。

それから「○○される」とか「○○させる」などの受身や使役の表現も映像化できません。映像化できるのは、例えばお母さんに使いに行かされた子どもが、ポツポツと歩いている姿は描けますが、しかしそれがお母さんに行かされていて、本人がしぶしぶ行っているという姿は描けません。ただ顔の表情でいやそうな顔を描くということはできるでしょう。しかしそれでも我々が観察して、どうもいやそうな顔をしているなということしか描けません。

ところが日本語の表現では、ある事態に対して、それを描く人がどう思っているかということを描いてしまう表現がたくさんあるのです。

例えば、弟がある戦争で亡くなったという事実があったとします。それを弟に戦争で「死なれた」と言うか、「死なせた」と言うか、「死なされた」と言うか、それぞれ表現によって、弟の戦争での死というものの捉え方が違うわけです。これはどれにするかを選ばなければいけません。淡々と「弟が戦争で死んだ」と事実を述べることもできますけれども、得てして我々は弟などという深い関係があると、その弟の死に対して、ある種の想いを抱いてしまいます。「死なれた」と言うか、「死なせた」と言うか……〝もっと反戦運動をやっておけば良かった〟とか〝自分が弟を戦場に行かせた、自分の責任であった〟というような想いがあれば、「弟を死なせた」と言いたくなりますね。

ほんの一例を申し上げているだけですが、「れる」「られる」「せる」「させる」というような表現は事実を述べるだけではなくて、その事実と自分がどう関わっているかを描くことになるのです。この「関係」ということも映像にはできない認識です。

このように見ていくと、言葉の世界では描けるもので映像化はできないことがたくさんあることがお解りだろうと思います。

結論めいたところに近づいてきましたが、このように映像、つまり眼に見えるカタチに置き換えてそれを認識できるのは、ものごとのごく一部にしか過ぎないのです。我々は生きていくためにさまざまなことを考え、さまざまな判断をしなければならない時に、映像ではヒントがもらえない世界がたくさんある。つまり「見えないものを見る力」――これを「想像力」というのだろうと思います。またこれこそが言葉、言葉の力だということになるかと思います。

言葉は、先ほど申しましたように否定表現もできますし、自分と事柄とがどのような関係になっているかということも表現できる。つまり主観的な表現あるいは主観的な判断を表現することもできます。このように見てくると、言葉がとても大事なものだということになる。つまり想像力を培う上で、言葉を抜きには考えられないのです。

先ほど申しました「カタ」と「カタチ」、ここにも言葉が持っているものがあります。

例えばたくさんのさまざまに違う犬がいるとします。犬は一匹一匹それぞれ違うにも拘わらず、我々は、犬か犬でないか判断ができます。一匹一匹の違いを超えて「犬」という共通なもの、いわばイメージを頭に描いている。これこそ「犬」という言葉というものなのです。

それには一匹一匹の犬をできる限りたくさん見ること、そしてある程度見たら、しっかりとした一定のカタが、頭の中にイメージができることが大事だと思います。世界中の全ての犬を見ないと犬の何たるかが言えないのであれば、少し情けないかも知れませんが、何匹かを見ていくうちに、犬とはどのようなものかというイメージが頭の中に描かれる。

卑近な例で申しましたが、言葉の力とはそういうものなのです。そうしてできあがった頭の中のイメージでもって、これは犬だ、これは犬でないと判断する。初めて出会う動物に対しても判断できるようになるわけです。

多少口はばったいことを言ったかも知れませんが、私はご紹介のように龍谷大学で日本語学を担当してきました。そこで言葉というものに引き寄せてお話ししました。

ただ最近は世の中がどうしても映像に頼ってしまう。映像だけ見て「解ってしまっている」ところが気になるということがありました。

本音を申しますと、やはり本を読んで欲しい、「ことば」を読んで欲しいということです。本の世界で自分と対話すると言いますか、「本との出会い」こそが「本当の出会い」です。

今だじゃれのような言葉で言いましたけれども、言葉の世界と自分が接することで自分の中にしっかりとしたイメージ、比喩的に言えば、まさにそれが「胸中成竹」することです。何ごとであっても成す時にはしっかりしたイメージ、しっかりしたプラン――「成算胸中にあり」とも言います。

我々は未来に向かって、言葉によって心の中にしっかりした「竹」を描いて、そして即座に次の新しいステップが踏めるようにしていきたいと思っております。

与えられた時間ちょうどになりました。

「胸中成竹」…初めは何だろうと思われた方もおられましょうが、難しいことではありません。絵を描く時には初めにしっかりしたイメージを持っておくと上手く描けますよということなのです。ご静聴、ありがとうございました。


【注】

（1） 一九三五年〜／小説家・評論家。愛媛県出身。東京大学文学部フランス文学科卒業。大学在学中の一九五八年、「飼育」によって当時最年少の二十四歳で芥川賞を受賞。サルトルの実存主義の影響を受けた作家として登場し、石原慎太郎、開高健とともに「第三の新人」の後を受ける新世代の作家と目される。その後、核や国家主義などの人類的な問題と、故郷の四国の森や知的障害のある子供（長男の大江光）という自身の体験とを重ね合わせ独自の文学世界を創り上げた。一九九四年ノーベル文学賞受賞。主な著作に『個人的な体験』（新潮社、一九六四年）、『万延元年のフットボール』（講談社、一九六七年）、『沖縄ノート』（岩波新書）、『新しい人よ眼ざめよ』（講談社、一九九三年）など多数。

（2） 一〇三七年〜一一〇一年／中国北宋時代の政治家・詩人・書家、号は東坡居士、字は子瞻。四川省眉山市出身。一〇五七年に科挙に当第、進士となり、地方官を歴任後、中央に入る。しかし神宗期に王安石の新法に反対して左遷され、再び地方官を歴任する。一〇七九年に詩文で政治を誹謗したと讒言を受け、投獄された後に黄州へ左遷された。左遷先の土地を東坡と名づけて自ら東坡居士と名乗り、名作「赤壁賦」を詠む。その後恵州さらに海南島に流され、死の直前に罪を赦された。その詩文は伸びやかで「唐宋八大家」の一人に数えられる。また中国を代表する書家でもある。

（3） 本名：金子テル／一九〇三年〜一九三〇年／童謡詩人。山口県出身。山口県立深川高等女学校卒業。一九二六年に義父の経営する書店の番頭・宮本啓喜と結婚し一女をもうける。夫はみすゞに中央誌への投稿を禁じたばかりでなく女遊びに明け暮れ、更には淋病を感染させるなどしたことから離婚が決まったが、離婚合意への条件として娘の親権を強硬に要求する夫への抵抗心から一九三〇年三月十日に服毒自殺した。代表作に「わたしと小鳥とすずと」「大漁」など多数。

（4） 本名：相田光男／一九二四年～一九九一年／詩人・書家。栃木県出身。栃木県立足利中学校卒業後、歌人山下陸奥に師事。一九四二年に曹洞宗高福寺の武井哲応老師と出会い、在家のまま仏法を学ぶ。一九四三年に書家岩沢渓石に師事、全国各地で展覧会を開催。代表作に『にんげんだもの』（文化出版局、一九八四年）、『一生感動一生青春』（文化出版局、一九九〇年）、『雨の日には雨の中を風の日には風の中を』（文化出版局、一九九三年）、『しあわせはいつもじぶんのこころがきめる』（文化出版局、一九九五年）、『じぶんの花を』（文化出版局、二〇〇一年）、ほか多数。

（龍谷大学宗教部『昼の星』（りゅうこくブックス118）、二〇〇七）

あとがき

思いも寄らぬ中国・北京での四ヶ月の生活であった。一九八八年国際旅行年の春夏のことである。一ヶ月ほどが経って、生活にリズムができ、少し落ち着いてきた頃、それでも何か落ち着かない気分がまだあることが感じられていた。

着任早々に懇意になった中国人(勤務する在北京日本学研究センターの研修生、後北京師範大学教授)が、「帰国まで好いですよ」と自転車を貸してくださった。よくパンクしたが、路端の自転車修理店に寄るのも中国語の勉強の機会になった。宿舎のホテル(友誼賓館)から北京随一の繁華街〝王府井〟にも小一時間かけて気軽に出かけた。行動範囲が随分広がってありがたかった。自転車だから可能であった。ある日自転車で真っ直ぐにえんえんと続く道を走りながら、ふと気づいたのである。四方八方、山が見えないではないか。落ち着かない気分の原因はこれだと悟った。日本では日常山を見ないで済まされない生活である。京都でも丹後でも、そして一時過ごした大阪・豊中も愛媛・松山もそうであった。その「ならい」が身についていたのである。

しかし、同じ「山が見える」という生活であっても、大江健三郎が幼少期を過ごした谷間の村(愛媛県内子町大瀬)の生活は格別であったろうと思う。それは私自身の少青年期の生活環境に似ていることから切実に実感できることだったからである。何が格別なのか。遠くの山を眺める対象として見る風流な気分でなく、山に囲繞されている、閉じ込められている感じを抱いてしまいかねない生活、つまり「閉塞感」に捕われてしまいそうなのが谷間の村の「山の見える」生活である。大江の想像する力に培ったものは、この谷間の村の閉塞感であった、と私は感じた。「私」の世界の外にある「もう一つの世界」への憧れと想像に培うのに閉塞感が機能したのではないか。本書は、冒頭の、大江の想像力に培った故郷谷間の村の訪問記に始まり、大尾の、大江の著書『核時代の想像力』にも触れた文章(「胸中成竹」)で終わる。

私の教員生活は丁度五十年であった。高校での国語の教師としての十四年、大学での日本語(国語)学の研究と教育が三十六年である。その間は勿論、その後もずっと言語―「ことば」に関わってきた。「ことば」とは何か、「ことば」の機能とは何か、を問いつづける生涯を過ごしてきたと言っても過言ではない。素朴に言えば、「ことば」のおかげで、伝える、知る・分かる、考える、作り出す、これらのできることが、「ことばの機能」である。「ことばが拓く」「ことばで拓く」のである。「想像」は「ことば」なくしては深まらない。「ことば」による想像は「映像」をも遙かに凌駕する。想像する力―想像力にこだわるのも「ことば」へのこだわり故であった。

何も「谷間の村」の生活環境になければ想像力は身につかないというものではない。「私」という存在は、「私」とまわりとの関係においての存在である。「私」は「私のまわり」との関係において、言わば「私」自身が「谷間(の村)」そのものと言っていいのではないか。「私」を中心と考えれば、「まわり」は周縁である。想像する力とは、中心にある私が周縁をどれだけ取り込むことができるかに関わっている力と考えられる。「私」とまわりとの関係、あるいは中心と周縁の関係は、こうも言い換えられよう。「私」の世界と「私」と異なる世界(「もう一つの世界」も含め)との関係と。想像力によって、どれだけ「私」と異なる世界を「私」の世界に成し得るか。それが「私」の度量・器量をつくる。それは単に想像力に掛かっている。ことばの力に掛かっているのである。

本書は、思い立ってこれまで折々に書かせてもらった文章を集めた文集である。「随想録」のつもりであるが、様々なスタイルの文章の寄せ集めになってしまった。中には連載したものもあるが、いずれも文章は一つ一つ独立したもので、お目にとまったものから読んでくだされぱいい。その際、文章末等に付した出典と刊行年月を確認してくださると、ありがたい。

それぞれ元になった文章を掲載してくださった各機関や出版社などの団体の関係の方々に心よりお礼を申

し上げたい。また、編集に当たっていろいろアドバイスくださった三省堂の石戸谷直紀氏にも感謝申し上げる。

　ご無理を引き受けてくださり、出版までの様々な業務を担当してくださった清文堂出版の前田保雄様には深甚なる感謝を申し上げる。

平成二十九年十月二十四日

糸井　通浩

［著者紹介］

糸井通浩（いとい・みちひろ）

1938年京都・嵯峨の生まれ。小・中・高時代、丹後で育つ。
1961年京都大学文学部卒。日本語学・古典文学専攻。
国公立の高校教員（国語）、愛媛大学を経て、京都教育大学・龍谷大学名誉教授。

主な共編著：『後拾遺和歌集総索引』、『小倉百人一首の言語空間—和歌表現史論の構想』、『物語の方法—語りの意味論』、『王朝物語のしぐさとことば』、『日本語表現学を学ぶ人のために』、『国語教育を学ぶ人のために』、『京都学の企て』、『京都学を楽しむ』、『京都地名語源辞典』、『地名が語る京都の歴史』ほか。

専著：『風呂で読む唱歌』（世界思想社）、『日本語論の構築』（清文堂出版）、近刊に『古代文学言語の研究』、『「語り」言説の研究』（以上、和泉書院）。

谷間の想像力

平成30（2018）年1月22日　発行

著　者　　糸　井　通　浩©

発行者　　前　田　博　雄

〒542-0082　大阪市中央区島之内2丁目8番5号

発行所　清文堂出版株式会社

電話　06-6211-6265（代）　FAX　06-6211-6492

http://seibundo-pb.co.jp　振替　00950-6-6238

組版製版印刷・製本：西濃印刷

ISBN978-4-7924-1436-8　C3081

定価　2,800円＋税